W0383200

TASCABILI BOMPIANI 1045

ANDREA DE CARLO
ARCODAMORE

ROMANZO

I LIBRI DI
ANDREA DE CARLO

L'autore assicura formalmente che i nomi dei personaggi di questa storia NON sono quelli di persone reali che li abbiano anche solo in parte ispirati. Poiché però è possibile – e in alcuni casi probabile – che esistano persone reali con lo stesso nome e alcune caratteristiche dei personaggi di questa storia, l'autore assicura che si tratta di una pura coincidenza: non è di loro che si racconta qui.

Realizzazione editoriale: studio g.due s.r.l.

ISBN 978-88-452-6086-5

I edizione Tascabili Bompiani febbraio 2008

a Cecilia Chailly

Mio cugino compiva gli anni dieci giorni prima di Natale

Mio cugino compiva gli anni dieci giorni prima di Natale, e sua moglie gli aveva organizzato una festa a sorpresa, ha telefonato per dirmi che dovevo assolutamente andarci. Da quando mi ero separato e vivevo solo avevano preso a farsi vivi almeno un paio di volte al mese, erano sempre pronti a offrirmi assistenza organizzativa e consigli esistenziali e inviti mondani. Io non facevo niente per scoraggiarli, anche se per anni non ci eravamo frequentati né avevamo mai avuto molto in comune: ogni tanto andavo a trovarli nella loro bella casa in centro, cenavo con loro o bevevo qualcosa e li aggiornavo sullo stato della mia vita. Facevo il fratello minore, anche se avevamo più o meno la stessa età; la natura apparentemente indistruttibile del loro rapporto e la qualità dell'arredamento del loro soggiorno mi confortavano, la curiosità che leggevo nei loro sguardi mi faceva sentire in movimento malgrado tutto.

Così la sera del compleanno di mio cugino mi sono fatto nascondere da sua moglie nella loro stanza da letto insieme a una ventina di giovani professioniste e professionisti milanesi loro amici, atteggiati dalla punta delle scarpe alla punta dei capelli; ascoltavo le voci e guardavo i gesti e provavo un senso di estraneità concentrata, densa e faticosa come un rallentamento del flusso sanguigno.

Alle nove la moglie di mio cugino è venuta a farci "*Shhh*" e spegnere la luce e richiudere la porta; siamo rimasti al buio tra ridacchiamenti e colpi di tosse e frasi bisbigliate e fruscii di buone stoffe e profumi sofisticati e odore di scarpe umide di pioggia e di traspirazione corporea. Ero stanco, anche: avevo passato la giornata a fotografare una collezione di lampade da tavolo, gli occhi mi bruciavano per le luci bianche dello studio. Avrei voluto addormentarmi sul letto dei miei cugini, sottrarmi agli atteggiamenti dei loro amici, alle aspettative chiuse e compresse della festa.

Poi la luce si è accesa di colpo e mio cugino era già due passi dentro la stanza; tutti hanno gridato "Tanti auguri!" con il sadismo controllato di una folla di linciatori eleganti; ho visto la sua faccia pallida che si contraeva per la sorpresa.

Sono rimasto assorto nella frazione di secondo di silenzio che è seguita, in attesa di vedere i suoi lineamenti distendersi in un sorriso simile ai sorrisi che gli arrivavano incontro da ogni lato. Ma la sua faccia è rimasta contratta molto più a lungo di come mi aspettavo, anche dopo l'impatto dell'onda di gesti e risate e mani protese e scosse e battute. Alla fine ha sorriso, nel cerchio di sguardi che sondavano e risondavano la breve distanza: si è allentato il nodo della cravatta e ha detto "Grazie", eppure c'era una tensione perplessa nel suo modo di stare in piedi.

Se ne sono resi conto anche i suoi amici, mentre continuavano a premergli addosso sulla spinta delle intenzioni accumulate prima; l'atteggiamento di mio cugino rallentava i loro slanci fino quasi a congelarli. Sua moglie gli stava di fianco come se non riuscisse a riconoscerlo del tutto, lo guardava rigida.

Poi i movimenti e gli sguardi e le voci degli ospiti hanno ripreso velocità e sommerso mio cugino e sua moglie e allentato almeno in parte le loro tensioni, si sono diffusi per l'appartamento fino a saturare ogni angolo disponibile. Mio cugino è stato trascinato al centro di piccoli vortici di felicitatori e porgitori di regali; ha scartato pacchetti, ringraziato e abbracciato, ripetuto le stesse parole molte volte di seguito. Sono arrivati nel soggiorno i cibi che sua moglie aveva fatto preparare, e uno dei bambini non ancora addormentato è stato condotto in un giro di saluti, e qualcuno ha stappato il vino e qualcuno ha messo su della musica, la festa si è caricata ancora di frasi e gesti senza per questo diventare allegra o divertente. Conoscevo bene quello spirito da salotto milanese, privo di veri slanci o sbilanciamenti, tutto fatto di sguardi di controllo e scambi di informazioni e battute in codice e ironia sotto le righe e riferimenti obbligati. Camminavo tra la gente da una stanza all'altra e cercavo di concentrarmi sul cibo e sul vino, cercavo di tenermi alla larga dai miei cugini per paura che volessero presentarmi a qualcuno; aspettavo solo l'ora di andarmene senza sembrare villano.

Verso le undici e mezzo ho raggiunto mio cugino attraverso la calca in media vibrazione dei suoi amici; gli ho detto "Io vado, tanti auguri ancora".

Lui ha guardato l'orologio e mi ha stretto per un avambraccio, ha detto "Aspetta, ti accompagno giù".

C'era una strana urgenza nei suoi occhi azzurri dalle pupille dilatate, nelle sue dita che mi stringevano con troppa forza; gli ho detto "Va bene", senza capire. Avrei voluto salutare sua moglie che era dall'altra parte del soggiorno, ma lui mi tirava verso l'uscita, ho potuto solo farle un gesto a distanza. Anche lui le ha fatto un gesto: ha puntato l'indice verso il basso, mosso le labbra per dire "Lo accompagno giù", come se si rivolgesse a una sorda. Lei da lontano ha inclinato la testa, intrappolata in un nugolo di conversatori com'era; noi eravamo già fuori dal soggiorno, lungo il corridoio, sul pianerottolo con i cappotti mezzi infilati.

Nell'ascensore mio cugino mi ha guardato ancora più pressante di prima; ha detto "Senti Leo, mi devi coprire dieci minuti, altrimenti non so come fare".

Lo guardavo da pochi centimetri nella luce al neon, stupito dall'affanno nel suo respiro vinoso e nel suo sguardo. Ero così abituato a vederlo distaccato e ironico e razionale, in controllo di sé e delle cose al limite della freddezza; gli ho chiesto "Coprirti come?".

Lui ha detto "Devo vedere una. Avevamo un mezzo appuntamento, non mi aspettavo questa storia della festa a sorpresa". Mi ha trascinato attraverso l'atrio, fuori nella strada fredda e nebbiosa; ha detto "Dov'è la tua macchina?" si guardava intorno pieno d'ansia.

L'ho portato alla mia macchina, siamo partiti di scatto. Mio cugino dava indicazioni concitate su dove andare: diceva "Sinistra, sinistra. Sono solo cinque minuti, Leo". Faceva gesti in avanti, alzava il polso per controllare l'ora, stava inclinato verso il parabrezza come se questo potesse accorciare il percorso.

Guidavo veloce sull'asfalto bagnato, cercavo di distinguere la strada attraverso il vetro appannato di condensa, con il ventilatore che girava al massimo e convogliava nell'abitacolo odore di motore. Gli ho chiesto "Ma tua moglie? E tutti gli invitati?",

"Peggio per loro," ha detto mio cugino senza guardarmi, proteso in avanti sul sedile. Diceva "Di qua, a destra, avanti, avanti".

Qualche minuto dopo ha gridato "Ferma, ferma", all'altezza di una costruzione stretta e lunga che faceva da spartiacque in un viale di grande traffico, un'ex stazione di controllo dei tram convertita in bar da qualche anno. Sono salito con la macchina sul marciapiede poco più avanti, siamo corsi fuori tra i gas di scarico raddensati dal freddo e sbiancati dai fari delle macchine.

Davanti all'ingresso del bar c'era un nugolo di persone vestite di scuro che parlavano tra loro e fumavano e scalpicciavano, con un occhio a chi passava e un occhio al doppio fiume di traffico nel viale, in attesa di qualcuno o in attesa di entrare, senza fretta e senza molte ragioni apparenti. Mio cugino è passato tra loro, guardava a destra e a sinistra; è entrato, gli sono andato dietro.

Dentro l'aria era calda, satura di musica caraibica e fumo e voci, gente in piedi a bere davanti a un bancone e contro i vetri e seduta a dei tavolini più in fondo. C'erano ragazzi con giacche di cuoio nero e altri con vecchi cappotti neri o grigi, un paio di ragazze dai capelli a cresta, africani che ridevano e ballavano nell'ombra fumosa, siluettati a intervalli dalla luce dei fari che scorrevano lungo il viale. Non mi sembrava un posto dove entrare da soli a fare amicizia; c'era un'aria da giri chiusi, intese a sguardi su basi già stabilite.

Mio cugino si è fatto varco tra le persone addossate: girava da un lato e dall'altro il profilo dal naso dritto, nel suo cappotto nero con il bavero alzato che non stonava tra quelli degli altri frequentatori. È tornato verso di me, ha detto "Non c'è", con uno sguardo di panico appena controllato.

Gli ho detto "Va be', calma". Lui non era affatto nello spirito di calmarsi, ha continuato a guardare in tutte le direzioni; e un attimo dopo l'ho visto andare verso l'ingresso controcorrente a un flusso di persone che entravano, ha toccato il braccio a una ragazza. Era alta, con un cappello in testa e un cappotto nero anche lei; ha sorriso appena ha visto mio cugino, l'ha abbracciato di slancio.

Mio cugino si è fatto squilibrare da un'improvvisa accelerazione interiore: è quasi incespicato mentre si allungava a baciarla sulle guance. Subito dopo ha gesticolato in modo buffo, si è indicato i piedi, ha detto qualcosa che l'ha fatta ridere. Non si è girato a presentarmi, e d'altra parte ero perso tra la gente molto indietro. Sono stato a guardarli che si parlavano all'orecchio e si giravano intorno e ridevano ancora, e non mi è sembrato il caso di mettermi in mezzo, sono uscito ad aspettare fuori.

Fuori era troppo freddo e umido per stare fermo; ho camminato con le mani in tasca lungo l'isola di asfalto tra i due fiumi di traffico, nell'aria avvelenata e scossa dalle vibrazioni dei motori. Mi sentivo come ogni volta che scopro di essere fuori da qualcosa, e in parte ne sono desolato, in parte compiaciuto in un modo lento e amaro. Assorbivo l'umidità carica di ossido di carbonio, mi giravo a guardare le macchine, il locale stretto e lungo, i movimenti della gente dentro attraverso le vetrate appannate: mi seccava che mio cugino mi avesse trascinato lì per avere una copertura, e allo stesso tempo non me ne importava niente. Mi sembrava che avrei potuto aspettare un tempo indefinito, fuori dal locale e fuori dalla musica e fuori dai discorsi e dai gesti e dagli sguardi e dalle ragioni che attiravano la gente a rintracciarsi con tanta ansia nella notte. Camminavo lungo i contorni dello spartiacque di asfalto, senza neanche cercare di capire se ero più triste o annoiato o invidioso o stanco; senza guardare l'orologio per scoprire quanti minuti erano passati.

Poi sono tornato verso l'ingresso del bar, e mio cugino era sulla porta con la ragazza alta, mi ha gridato "Leo! Cosa fai lì al freddo?".

Ho detto "Facevo due passi".

Mio cugino mi ha presentato alla ragazza alta, con un gesto quasi formale data la situazione: ha detto "Manuela Duini, mio cugino Leo".

Ci siamo stretti la mano, quasi formali anche noi, con una specie di piccolo inchino rigido. Manuela Duini ha detto "Non è un gran posto dove fare due passi". Aveva una bella faccia, occhi castani grandi che le ridevano, capelli castani striati di ciocche bionde; ed era mobile sulle gambe lunghe nei jeans scoloriti, aveva un bel modo di bilanciare il peso dall'una all'altra mentre si guardava intorno, con le mani nelle tasche del cappotto aperto.

Mio cugino ha detto "Manuela suona l'arpa, è una delle più brave al mondo". Doveva avere bevuto ancora: sembrava che prendesse al volo le prime parole che gli passavano davanti, con uno slancio quasi scomposto da agguantatore.

Manuela Duini sorrideva, guardava di lato. Qualcuno è sgusciato oltre verso l'ingresso e qualcuno è uscito, lei ha fatto un cenno di saluto.

"Top class," ha detto mio cugino. "Di quelle che ne viene fuori una o due ogni generazione." Aveva un'agenzia di pubblicità, bastava sentirlo parlare per capirlo; ed era più basso di lei di qualche centimetro, percepivo la sua tensione continua per sollevarsi a frasi e atteggiamenti alla sua altezza, starle alla pari.

Manuela Duini ha detto "Madonna. Forse devo cominciare a fare più la preziosa". Ma l'ironia nella sua voce si mescolava a un fondo sensibile e timido, che dava riflessi mutevoli alle sue parole.

Mio cugino ha puntato il dito verso di me, ha detto "Leo fa il fotografo. È tutto un incontro di artisti qui". Continuava a guardare Manuela Duini e sorriderle e sfiorarle un braccio e guardare me; cercava di alimentare la comunicazione, tenerla in quota. Ma era anche pieno d'ansia per sua moglie e i suoi amici e la sua festa a sorpresa abbandonata malgrado l'alcool e l'eccitazione e gli sforzi di non pensarci: l'ansia gli passava su per le gambe e attraverso il corpo e lungo le braccia come una corrente elettrica, lo faceva vibrare nel rumore dei motori e della musica caraibica che veniva fuori a onde ogni volta che qualcuno entrava o usciva dal bar.

"Che genere di fotografo?" mi ha chiesto Manuela Duini nella sua voce acuta e musicale; e sembrava davvero curiosa, non era una domanda da conversatrice.

"Still life," ho detto io. "Lampade e sedie eccetera" per qualche ragione in tono di chi si giustifica.

"Persone mai?" ha chiesto Manuela Duini.

"Quasi mai," le ho detto.

Lei ha detto "Meglio. I fotografi di persone sono quasi tutti dei bastardi o degli schifosi". Rideva, si muoveva sulle gambe lunghe, faceva mezzi passi e quarti di passo per il freddo e per la sua vitalità naturale.

"So cosa vuoi dire," ho detto io; ed era vero, il suo modo di comunicare era così diretto che le sorridevo senza la minima difficoltà.

"Hanno questo modo di invaderti," ha detto Manuela Duini. "Di premerti contro e tirarti su e gonfiarti o appiattirti fino a tirare fuori le tue parti più banali e farti rientrare in qualcuno dei loro modelli già pronti. Poi si portano a casa i negativi e ti vendono come se fossi davvero quella lì. Hanno ragione quelle tribù primitive che si rifiutano di farsi fotografare perché non vogliono che gli venga rubata l'anima."

"Sì," ho detto io, contagiato dalla sincerità senza sforzo e dalla naturalezza e la vita che c'era nel suo sguardo e nella sua voce. Ho detto "È vero. È per questo che fotografo oggetti".

Mio cugino ci ascoltava senza attenzione, distratto com'era dalle espressioni di Manuela Duini e dai movimenti all'ingresso del bar e dall'orologio che guardava ogni tanto con un gesto rapido del polso. Eravamo scappati dalla sua festa da più di mezz'ora e il tempo gli stava scadendo dentro in modo visibile: i suoi gesti erano sempre più compressi, i suoi sguardi sempre più assediati. A un certo punto ha fatto finta di accorgersi dell'ora per la prima volta, mi ha detto "Dobbiamo andare di corsa, o perdi l'aereo".

L'ho guardato strano; lui mi ha stretto un braccio con la stessa forza nervosa di quando voleva uscire da casa sua.

Manuela Duini ha chiesto "L'aereo per dove?".

Mio cugino ha detto subito "Leo parte per Roma tra mezz'ora, dobbiamo correre. Peccato" e potevo leggergli nella voce il vero rammarico mescolato alla bugia e alla fretta. Ha baciato Manuela Duini sulle guance, mi ha lasciato appena il tempo di darle la mano e mi ha trascinato verso la macchina; da dieci passi si è girato a farle un cenno per dire "Ti telefono". Lei ha risposto con un cenno meno definito, mobile e autonoma com'era; è rientrata nel bar.

In macchina mio cugino continuava a guardare l'orologio, mentre guidavo verso casa sua. Ha detto "Tiziana mi ammazza. Non ci crederà mai che sono stato giù tutto questo tempo a salutarti".

"Inventale qualcos'altro," ho detto io. "Visto che ti riesce così bene." Ero irritato per come mi aveva usato tra sua moglie e Manuela Duini, e per come mi aveva trascinato via; per la facilità con cui sapeva inventare scuse sull'onda del momento. Pensavo a quanto poco ero stato capace di farlo io quando ero sposato, a come questo mi aveva bruciato con la mia ex moglie.

Lui sembrava attraversato da pensieri corti e pensieri dolci che prevalevano gli uni sugli altri a intermittenza: ogni tanto si abbandonava all'indietro sul sedile invece di stare sempre proteso in avanti come all'andata, sorrideva. Ha detto "È simpatica, no?".

"Chi?" gli ho chiesto io; ma era chiaro di chi parlava, ho detto "Sì, molto".

Lui ha guardato fuori, ha guardato l'orologio; ha detto "La sera che l'ho conosciuta eravamo a una festa a casa di gente noiosa da crepare, e siamo rimasti a parlare fino alle due e mezzo di notte, seduti per terra in una stanza. C'erano due o tre altre persone, lei non conosceva bene neanche loro, eppure era così incredibilmente spontanea e naturale. Si è messa a parlare dei rapporti tra uomini e donne e dei sogni e della psicoanalisi e della sua vita e di tutto così senza filtri, ha finito per contagiare tutti. Dovevi vederci, lì seduti per terra, col culo sul pavimento freddo, non riuscivamo più a smettere. Gente che di solito non parla di niente che non sia il suo lavoro o quello che ha letto sui giornali o visto alla televisione. Non mi era mai capitato di incontrare una donna così, tra tutte queste mummiette secche piene di atteggiamenti".

"Eh, bene," ho detto io, senza riuscire a trovare il tono giusto di partecipazione. Pensavo che ero stato ben poco leale nei confronti di sua moglie a fargli da spalla; pensavo che aveva ragione.

Lui era tutto smosso dentro da Manuela Duini e dall'alcool e dalla corsa per vederla e dall'ansia di tornare indietro; mi ha premuto su una spalla, ha detto "Leo, porca miseria, ti rendi conto di quanto ci rinchiudiamo fuori dalla vita, per comodità e per abitudine e per semplice mancanza di occasioni? Di come ci barrichiamo in un angolo, e ci sembra anche di stare bene? Con i cuscini e le poltrone comode e il whisky di malto e i sonniferi per non pensarci? E fuori intanto c'è la vita, e al più ci accontentiamo di immaginarcela, o di guardarla filtrata o imitata in un film o in un libro ogni tanto? La sfioriamo solo, e il tempo passa via mentre noi siamo lì barricati nei nostri soggiorni arredati con tanta cura. Ti rendi conto, Leo, porca puttana?".

"Sì che me ne rendo conto," ho detto io, parte per assecondarlo e parte perché ero d'accordo. Mi colpiva sentirlo così fuori dal suo solito registro, una persona sconosciuta che usciva dai lineamenti e dalla voce che credevo di conoscere senza possibilità di sorprese.

"E cosa facciamo, una volta che ce ne rendiamo conto?" ha detto mio cugino. "Ci rassegniamo? O tiriamo fuori il coraggio per smetterla di fare i guardoni e buttarci nelle cose?"

"Io ho provato a buttarmi," ho detto io. "Ma non è stata tanto una questione di coraggio, mi ci sono trovato." Lo guardavo a tratti mentre guidavo, e non capivo quanta sostanza solida c'era sotto le sue parole sovraeccitate, che radici aveva il suo umore. Avevo in testa ancora vivide le luci e i suoni del bar in mezzo al viale, e Manuela Duini e la sua voce e il suo cappello e il suo modo di sorridere e di muoversi, i gesti di mio cugino verso di lei, gli ultimi sguardi e voltamenti mentre venivamo via attraverso l'isola di asfalto assediata dal doppio fiume di traffico notturno.

Per contrasto la strada di mio cugino mi è sembrata vuota e composta in modo quasi intollerabile quando ci siamo arrivati, come tornare indietro nel tempo a un mondo del tutto privo di vita. E anche mio cugino è tornato indietro: tornato quasi a se stesso nel giro di poche decine di metri. Ho fermato davanti a casa sua, e lui ha guardato di nuovo l'orologio, ho visto lo spirito di autoconservazione che ricominciava a filtrargli dentro sempre più veloce. Ha detto "Avranno già tagliato la torta da un pezzo, porca puttana. Cosa gli racconto".

"Non lo so," ho detto io, senza neanche riuscire a pensarci. Mi dispiaceva vederlo normalizzarsi casì, riassorbire gli sbilanciamenti di prima e diventare quasi cauto e quasi lucido, se non per un modo di trascinare la voce e lo sguardo più del giusto.

Si è tirato su dritto, con una specie di scatto da lottatore alle corde; ha detto "Gli racconto che avevi una gomma bucata e che ti ho dovuto aiutare a cambiarla".

"Ma siamo stati via tre quarti d'ora," ho detto io; me lo vedevo mentre rientrava tra gli sguardi degli invitati e di sua moglie: i movimenti secchi e le voci secche, i sorrisi senza traccia di divertimento.

"Due gomme bucate," ha detto mio cugino. È sceso, si è accovacciato a infilare le mani sotto la macchina, le ha sfregate sul mozzo di una ruota. Poi si è toccato la fronte e una guancia con le dita sporche di grasso nero; ha detto "Grazie, Leo. Non so come avrei fatto senza di te".

"Figurati," gli ho detto io.

Lui è andato verso il portone, non ha dovuto neanche trafficare molto con le chiavi, è sparito dentro.

Ero appena uscito da un periodo quasi immobile della mia vita

Ero appena uscito da un periodo quasi immobile della mia vita. Da quando mi ero separato da mia moglie tre anni prima ero rimasto sospeso tra sensi di colpa e slanci mancati e perplessità ricorrenti come un pesce a mezz'acqua. Non ero andato a vivere a Venezia con la mia nuova ragazza, né le avevo proposto di venire a vivere a Milano con me, né ero tornato alla mia ex famiglia. Il taglio brutale della separazione aveva consumato in una sola volta tutte le mie capacità di decidere, mi aveva lasciato vago e incerto, perso nei ritmi ciclici delle mie giornate. Avevo continuato a fare il mio lavoro, andare alla palestra di karate due volte alla settimana, andare a sere alterne nella mia ex casa a mettere a letto i miei figli e leggergli una storia prima che si addormentassero, mentre la babysitter aspettava in cucina e la mia ex moglie si vestiva e truccava per uscire e mi guardava perplessa dal corridoio. Avevo continuato a ondeggiare tra impulsi contrastanti, accenni di gesti e pensieri, sentimenti che arrivavano a metà strada e tornavano indietro.

Poi l'ultima estate era stata calda da morire, e il caldo aveva sciolto la colla che teneva insieme la mia vasca di pesce incerto, l'acqua era fiottata fuori: avevo lasciato la ragazza per cui avevo lasciato mia moglie, ero rimasto solo e avevo cominciato a vedere gente come non avevo mai fatto. Accettavo qualunque invito pur di uscire, sopprimevo la mia tendenza a tirarmi indietro. Ero riuscito a conoscere più ragazze di quante ne conoscevo da tempo, nel modo concatenato che capita a volte: e stavo attento a tenermi facile e disimpegnato, non lasciarmi risucchiare in vortici di richieste e aspettative. Non avevo nessuna voglia di dare garanzie o spiegazioni o assicurazioni di nessun genere; non avevo nessuna intenzione di lasciarmi studiare in trasparenza e in torbido per essere poi accusato di ogni minimo difetto di carattere e di comportamento. Mi tenevo alla larga dal peso della vita, scantonavo appena percepivo il minimo segno indicatore; avevo acquistato una cautela da deserto. Non cercavo neanche più casa, dormivo in un letto a ribalta nel mio studio tra riflettori e cavalletti e rulli di carta e mi andava bene; mi sembrava di essere libero, con un numero indefinito di possibilità aperte tutto intorno.

Tra le ragazze che avevo conosciuto la più leggera era una giornalista semidilettante che si chiamava Antonella Sartori. Mi aveva telefonato un mese prima per propormi di fotografare case di attori e sportivi e altri personaggi famosi per una rivista di interni appena uscita. La sua voce suonava sottile, ma i suoi rapporti con la redazione erano ben solidi: mi era sembrata un'occasione di uscire dal circuito chiuso di lampade e mobili e oggetti da scrivania che fotografavo ogni giorno nel mio studio.

In più questa Antonella Sartori aveva ventidue anni ed era bionda e abbastanza carina, anche se con una strana vena di apprensione che le rendeva instabile lo sguardo e le dava un passo da terreno minato anche nella più innocua delle situazioni. Teneva un piccolo telefono cellulare nella borsetta, a intervalli regolari chiamava casa per dire dov'era e quanto ci sarebbe rimasta, dove sarebbe andata dopo. Si defilava quando lo faceva, come per fumare una sigaretta o compiere un'azione non del tutto gradevole agli altri. Parlava a bassa voce, accucciata in un angolo o in piedi dietro una porta, poi ripiegava il telefonino e lo rimetteva nella borsetta; tossiva, guardava altrove, cercava di allontanare l'idea.

Eravamo andati a fotografare la casa di uno stilista e quella di un comico e quella di una soubrette e quella di un filosofo da televisione, e avevamo trovato un modo non sgradevole di lavorare insieme. Studiavo con lei le inquadrature dell'arredamento, poi sistemavo le lampade e scattavo mentre lei faceva l'intervista; ascoltavo le sue domande nervose, le risposte e gli atteggiamenti dell'intervistato senza prestargli molta cura, se non alla fine quando dovevo fargli due o tre foto seduto in posa tra i suoi mobili.

Dopo le foto a casa del comico televisivo l'avevo invitata a cena in un ristorante egiziano e a vedere un film russo fatto quasi solo di pause tra i dialoghi. All'uscita dal film lei mi aveva detto "Non era poi così ostico", nel suo tono a bassa energia tutto spigoli e indentature. Camminavamo fianco a fianco verso la mia macchina, lei mi guardava a intermittenza con i suoi piccoli occhi azzurri e percepivo un tremito su per il suo braccio sottile, mi ero sentito quasi in dovere di darle un bacio ma non l'avevo fatto.

Poi c'eravamo rivisti per lavoro, e l'avevo invitata di nuovo fuori; avevamo continuato ad avvicinarci per piccoli gradi, trascinati da una corrente debole ma continua. Le telefonavo solo a intervalli di qualche giorno, senza preoccuparmi di quello che avrebbe potuto fare nel frattempo. Quando non vedevo lei vedevo altre ragazze, e altre cercavo di conoscerne appena capitava l'occasione; un weekend su due stavo con i miei figli e alzavo i ponti con tutto il resto. Non avevo voglia di forzare i tempi né di faticare né di espormi; non avevo voglia di scoprire niente, rischiare niente, mettere in gioco niente.

Avevo una segreteria telefonica e filtravo ogni contatto attraverso i suoi circuiti

Avevo una segreteria telefonica e filtravo ogni contatto attraverso i suoi circuiti; la lasciavo sempre accesa anche quando c'ero, come una rete fina calata a intercettare tutto quello che passava. Lasciavo suonare la suoneria, scattare la risposta con la mia voce, girare il nastro che registrava. Andavo ad ascoltare solo ogni tanto, e la lucina rossa che pulsava per i messaggi catturati mi dava una strana eccitazione: due terzi di gioia da relazioni con il mondo, un terzo di panico da braccato.

A mezzogiorno e mezzo ho trovato un messaggio di mio cugino, diceva "Mi richiami in studio per piacere?".

L'ho richiamato; lui ha detto "Non avresti voglia di mangiare un boccone insieme da qualche parte?". Nella sua voce non c'era più traccia del tono rassicurante e vagamente paternalista che aveva avuto al telefono con me per mesi; c'erano ansia e incertezza, richieste di solidarietà.

Gli ho detto "Va bene", anche se non avevo nessuna voglia di uscire; ci siamo dati appuntamento a un bar che conoscevamo tutti e due.

Quando sono arrivato lui era già davanti all'ingresso, ha fatto dei gesti mentre attraversavo la strada. Mi ha abbracciato, e non mi ricordavo che ci fossimo mai abbracciati prima: sentivo il bisogno di comunicazione nel modo in cui mi premeva le mani sulle spalle. Ha detto "Entriamo, entriamo".

Ci siamo seduti a un tavolino in fondo, nella sala piena di impiegati che si ingozzavano di carni fredde e panini caldi prima di tornare agli uffici; abbiamo ordinato due birre e due focaccine farcite. Mio cugino era vestito diverso rispetto al suo solito, con una giacca nera e una camicia grigia senza cravatta abbottonata all'ultimo bottone; e aveva un nuovo taglio di capelli, corto ai lati e alto sopra, in uno stile fin troppo ragazzesco per la sua faccia tonda. Ci guardavamo seduti uno di fronte all'altro, facevamo fatica a recuperare la confidenza ubriaca e confusa dell'ultima volta. Alla fine gli ho detto "Allora?".

Lui ha preso un sorso lungo della birra appena arrivata, ha detto "Niente. Hai in mente la ragazza che siamo andati a vedere l'altra notte?".

"Manuela Duini?" gli ho detto io. "L'arpista?"

"Eh," ha detto mio cugino, instabile su un gomito. "L'ho rivista ieri." Mi guardava solo a tratti, guardava intorno nella sala piena di gente, fuori nella strada attraverso la vetrina.

"Bene, no?" gli ho detto. Mi faceva impressione questo rovesciamento di ruoli, dopo mesi in cui ero andato a raccogliere consigli da lui e da sua moglie; non riuscivo a trovare lo sguardo e il tono giusto.

Lui ha detto "Sì, ma ho paura di esserci finito dentro abbastanza di brutto". Aveva già quasi finito il suo bicchiere di birra, ne ha chiesto un altro. Ha detto "È che mi piace, porca miseria. Credo di avere perso la testa".

"Va be'," gli ho detto io. "Capita. Forse non devi preoccuparti tanto." Sorridevo, con la complicità tra maschi tiepida e riparata che forse lui si aspettava; ma avevo anche in mente la faccia di sua moglie, e la gentilezza protettiva con cui mi aveva sempre trattato: mi chiedevo cosa avrei dovuto dire invece.

Mio cugino ha detto "Non è mica facile, Leo. È una donna strana". Ha mandato giù un altro sorso lungo di birra: il suo sguardo andava sempre meno in giro, stava sempre più su di me.

"Strana in che senso?" gli ho chiesto.

"Strana," mi ha detto mio cugino. "Sarà che è un'artista e quello che vuoi, ma non ci capisco niente. Una volta mi sembra che siamo sulla stessa lunghezza d'onda e molto vicini eccetera, poi la rivedo e mi tratta come una specie di conoscente, cordiale ma distante."

"Ma non c'è stato ancora niente tra voi?" gli ho chiesto. "Di fisico?" Parlavamo ad alta voce ormai, nel chiacchiericcio degli impiegati; il cameriere è arrivato con le focaccine calde e la seconda birra per mio cugino.

Mio cugino ha detto “Baci sulle guance, per ora. Sono quasi sicuro che le piaccio, mi sembra almeno, ma ho paura a farmi troppo avanti. Mi intimidisce, anche. È complicata da tirarti scemo”.

“Perché?” gli ho chiesto, con la focaccina calda che mi scottava le dita.

Lui non ha neanche toccato la sua, beveva solo; ha detto “È sempre in giro a fare mille cose, sta preparando non so quale concerto e sta componendo le musiche per un disco e insegna in una scuola di musica e fa yoga e va a un corso di shaolin e va a ballare con degli africani fuori di testa. Torna a casa alle quattro o alle cinque di notte, c’è sempre gente assurda che risponde al suo telefono. E tutto il tempo io sono lì con le mani legate, tra lavoro e famiglia, la sera devo stare in casa con il cuore che mi va a trecento. Magari sto guardando la televisione, e mi metterei a urlare come un pazzo”.

“Lo sa che sei sposato?” gli ho chiesto a bocca piena. Avevo fame, non ci potevo fare niente.

“No che non lo sa,” ha detto lui. “Ci manca solo di dirle che sono sposato.” Ha preso la sua focaccina, l’ha rimessa giù: riuscivo a sentire il senso di imprigionamento che gli legava i muscoli, l’ansia che glieli faceva tremare. Ha detto “Il fatto è che non mi è mai capitata una cosa del genere da quando sono sposato. Non credevo neanche che potesse succedermi. Ero abbastanza sicuro della mia vita. Sai quando ti sembra di conoscere i tuoi confini? Come il perimetro di una casa? Invece vado a incontrare questa qui, sta mandando per aria tutto”.

“E ti piace molto?” gli ho chiesto.

“Cazzo,” mi ha detto lui. “Non capisco più niente. Ogni tanto mi sembra di riuscire a vedere le cose con un minimo di lucidità, mi dico cazzo hai quarant’anni e sei un professionista e devi pensare alla famiglia e al lavoro, non puoi metterti a fare il pirla. Poi lei mi torna in mente e parto di nuovo, completamente.”

Ho fatto di sì con la testa; lo guardavo battersi la mano aperta sulla fronte, dare un morso distratto alla focaccina e rimetterla giù.

Ha detto "Ha questo modo di stare in piedi, no? Fa shaolin e tai-chi e non so quali altre arti marziali, lo vedi da come si muove. Ha questo equilibrio addestrato, questa disciplina. Non è facile vedere una che si muove così elegante e in controllo del suo corpo. Anche femminile, no? La vedi con i jeans e un giubbotto di pelle e ha quest'aria mascolina da teppista, poi si mette una gonna e scarpe col tacco e un filo di trucco e diventa così donna. Ma morbida, dolce, dieci volte più donna di mia moglie con tutti i suoi vestiti di sartoria. E non te l'aspetti, no? Ti spiazza completamente, ogni volta".

"Che tipo," ho detto. Mi colpiva l'attenzione con cui l'aveva studiata, il suo modo di registrare particolari e rigirarseli nella testa e venire a raccontarmeli come per aumentare ancora il loro valore.

Ha detto "Un giorno l'ho incontrata con tre dei suoi amici negri in centro, e mi ha salutato con quest'aria strana, non so se aveva fumato qualcosa o che, continuava a ridere. Ridevano anche i negri, come dei bambini un po' fuori. Anche un po' feroci, di fondo. Non so se ha una storia con uno di loro, non ci voglio neanche pensare. L'altra sera le ho chiesto se è fidanzata, ha detto di no. Ma è così complicata, tre quarti del tempo, non riesco a farle tante domande. E ogni tanto è così semplice, invece. O sembra semplice, non so. Non ho ancora capito niente di lei".

Lo guardavo fisso, e lui mi guardava, tutti e due senza più toccare le focaccine, presi in un'onda calda e vischiosa di sincerità.

Mio cugino ha detto "Ha avuto una vita difficile, anche, tra famiglia e lavoro e storie sentimentali. Quando suoni a quel livello sei sempre sull'orlo dello stress più pazzesco, non hai idea. E i suoi non l'hanno mai aiutata, le hanno solo complicato le cose. In più si è sempre messa con uomini di merda. L'ultimo era Mimmo Cerino, sai quello delle comunità terapeutiche?".

"Ah, buono quello," ho detto io. Mi è tornato in mente un titolo sui giornali qualche anno prima, quando l'avevano accusato di aver stuprato una sua assistita e di averne picchiati a sangue altri che volevano andarsene.

"Bastardo figlio di puttana," ha detto mio cugino. "L'ha fatta quasi diventare pazza. Si sono conosciuti a un concerto di beneficenza a Cuneo, credo che lei lo vedesse come una specie di santo perseguitato all'inizio. O cercava un padre di qualche genere, visto che il suo c'è sempre stato così poco. O il fascino dell'oscuro, non so. Ma è un sadico di merda, l'ha quasi portata al suicidio, quel porco."

Ho detto "Poverina". Cercavo di ricordarmi se mi aveva comunicato un'impressione di sofferenza quando l'avevo vista, ma non mi sembrava. Aveva un'aria così allegra e mobile, non sembrava una che potesse mai mettersi nelle mani di qualcuno.

Mio cugino aveva finito di bere, mi guardava con aria interrogativa. Ha detto "Comunque. Non so cosa fare".

Gli ho detto "Non so neanch'io. L'ho vista solo una volta. E non mi sembra di essere molto qualificato a dare consigli sentimentali. Quando si è trattato di me ho sbagliato quasi tutto quello che potevo sbagliare".

"Sì?" ha detto lui; e mi sono reso conto che in realtà più che consigli si aspettava da me un punto di vista. I suoi amici erano quelli che avevo conosciuto la sera del suo compleanno; dovevo essere la persona più vicina a Manuela Duini tra quelle che conosceva bene. Ha detto "In più mia moglie ha una specie di sesto senso, non so. Non è che dica niente, ma ha questo modo di guardarmi. Sai quella specie di sguardo laser che ti passa attraverso? Mentre ti fa magari la domanda più normale?".

"Lo so," ho detto io. Mi ricordavo bene gli sguardi laser della mia ex moglie le poche volte che avevo provato a nasconderle qualcosa: il panico puro che mi avevano suscitato, i brividi fin dentro le ossa.

Mio cugino si mordicchiava le labbra; ha detto "È un casino, ma non tornerei indietro neanche se mi ammazzano. Mi sembra di essere stato chiuso in un blocco di ghiaccio fino al mese scorso. O sotto sedativi. Senza sentire e vedere niente. Capisci cosa voglio dire?".

"Sì," ho detto. "Pensavo più o meno la stessa cosa quando sono scappato via con Marina tre anni fa."

"Eh," ha detto lui, senza quasi ascoltarmi; senza ricordarsi le telefonate che lui e sua moglie mi avevano fatto allora per convincermi a comportarmi da persona matura e tornare in famiglia. Ha detto "La vita scorreva via e io non vedevo e non sentivo niente. Ogni tanto mi chiedo: dov'ero prima? Come facevo?".

"Lo so," gli ho detto; quasi commosso da come l'ansia gli si riversava nella voce e nei gesti e lo spingeva a venire così allo scoperto con me, senza più il riparo degli atteggiamenti e dei toni dietro cui si era tenuto da quando ci conoscevamo.

Poi lui ha guardato l'orologio e si è alzato, ha detto "Devo andare".

Fuori sul marciapiede ci siamo stretti la mano; mio cugino ha detto "Grazie, Leo. Avevo bisogno di parlare con qualcuno, porca miseria. Stavo diventando matto".

"Segui l'istinto," gli ho detto. "Fai quello che ti viene di fare. Alla fine è l'unica, credo."

Lui ha fatto di sì con la testa; siamo andati uno da una parte e uno dall'altra, nel rumore violento di un incrocio di grande traffico.

Poi quando sono stato solo in studio mi sono sentito strano, come se mi mancasse la tensione così viva e inarrestabile di mio cugino. Ho acceso tutte le luci, infilato un compact disc nello stereo, tirato calci e pugni al sacco da allenamento appeso al soffitto in un angolo, ma la stranezza restava. Sono tornato alle lampade da lavoro e alla macchina 13 x 18, ho spostato sul fondo colorato gli accendini firmati che dovevo fotografare; non riuscivo a concentrarmi molto.

Sono andato con Antonella Sartori a fotografare la casa di un regista teatrale

Sono andato con Antonella Sartori a fotografare la casa di un regista teatrale. Lungo la strada lei era tutta tesa, con il suo registratore a cassette e il quaderno di appunti in mano, percorsa da un tremito interiore ancora più evidente del solito.

"Calmati," le ho detto mentre parcheggiavo la macchina; cercavo di capire se la sua era insicurezza o apprensione o metabolismo accelerato o cosa.

"Sono calmissima," ha detto lei, con un taglio leggermente ostile nella voce.

Abbiamo fatto citofonare dal portinaio, e lei si aggiustava i capelli come se dovesse sostenere qualche genere di esame definitivo. Le ho detto a mezza voce "È un vecchio trombone. Per piacere". Lei mi ha guardato con una luce fredda nei piccoli occhi azzurri.

Sopra una cameriera è venuta ad aprire; il regista in piedi nel grande soggiorno tenuto come un museo ha detto "Ah" finto sorpreso, ma era tutto vestito e atteggiato per l'occasione, con i capelli da vecchia signora riflessati di turchino. Appena ho cominciato a sistemare le luci è venuto a spiegarmi in tono petulante quali erano le inquadrature migliori; seguiva ogni mio gesto di stanza in stanza per paura che potessi rovinargli qualcosa. Diceva "Faccia attenzione", diceva. "Non mi sfasci tutto come al solito."

Alla fine si è seduto su un divano per l'intervista, concentrato sui gesti che faceva e sui gorgoglii della sua voce in modo quasi intollerabile. Parlava della sua casa e del suo rapporto con Milano in toni recitati di affetto e dolore e indignazione: diceva "Ogni volta che penso cos'hanno fatto a questa città mi sento ferito. Ferito. Come cittadino, prima ancora che come artista. Mi verrebbe voglia di andarmene all'estero per sempre, e certo non mi mancherebbero le occasioni, ma poi penso che il mio posto è qui. Ci vuole una rinascita morale, adesso che tutta la corruzione è venuta fuori ed è stata sconfitta. Gli artisti e gli intellettuali devono assumersi le loro responsabilità e guidare il riscatto di Milano". Avrei voluto chiedergli dei miliardi rovesciati sul suo teatro-mausoleo non ancora finito, degli altri miliardi profusi anno dopo anno in messe in scena del suo io gonfiato e alonato di consenso critico preventivo; del processo per appropriazione indebita di fondi che ancora dovevano fargli.

Antonella Sartori lo ascoltava e faceva di sì con la testa, sorrideva quando doveva anche se sempre in leggero ritardo, aggiustava il suo piccolo sedere sulla poltrona, controllava il registratore ogni pochi secondi per paura che avesse smesso di funzionare. Riuscivo sempre più a intravedere una sicurezza esile ma persistente al fondo delle sue esitazioni e dei suoi tremiti: uno strato inattaccabile dai dubbi come la nervatura in fibra di vetro in una struttura leggera. Bastava il suo modo di ascoltare il regista e poi quasi senza tenere conto delle sue parole leggergli la domanda successiva nella lista che si era preparata; bastava il gesto rapido e secco con cui si passava la mano tra i capelli. La studiavo da qualche metro mentre spostavo la macchina fotografica sul cavalletto, e mi colpiva l'idea di vederla con tanto distacco e continuare lo stesso ad avvicinarmi a lei.

Poi l'intervista è finita, il regista è andato a mettersi in posa al suo tavolo da lavoro. Inclinava la testa in un modo che doveva avere studiato per una vita intera: appoggiava la tempia a una mano, con cautela per non schiacciare i capelli gonfi di lacca. Mi diceva "Non mi prenda troppo da vicino come un pesce"; "Non mi faccia venire il doppio mento"; "Non mi sbianchi lo sguardo con la luce".

Gli dicevo "Non si preoccupi"; studiavo l'inquadratura come avrei fatto per una poltrona o un divano pesante.

Più tardi mentre scendevamo in ascensore Antonella mi ha detto "Forse potevi essere un attimino più gentile".

Le ho detto "Potresti non dire un attimino, per piacere?" ma pensavo che il vizio di usare diminutivi le veniva forse dal bisogno di ridurre le sue percezioni ad angolature abbastanza strette per il suo corpo magro e la sua voce sottile.

Mi ha accompagnato al laboratorio di sviluppo e io l'ho accompagnata a ritirare dei vestiti; siamo arrivati sotto casa sua con una pioggia fina sospesa dal freddo a mezz'aria. Ha esitato prima di scendere dalla macchina, mi ha chiesto "Vuoi salire a bere qualcosina?".

Le ho detto "Magari", anch'io esitante. Aveva questo modo neutro di presentare le cose, non capivo quanto dovuto a un filtro di timidezza che tratteneva il calore di ogni gesto, quanto a una vera freddezza di base.

Abitava in un edificio tutto archi e terrazze e vetrature, calato come un'astronave su un tessuto di case basse. L'ho seguita oltre il portone di cristallo corazzato sormontato da uno spigolo aguzzo di cemento, e ogni dettaglio parlava di deroghe al regolamento edilizio, accordi sottobanco tra l'impresa costruttrice e gli assessori, traffici appena dietro la facciata nell'ultima fase del dominio socialista su Milano.

C'era un garage sotterraneo nel cortile con una rampa ripida; nell'atrio e sotto le scale c'era odore di vernici e colle e materiali ancora nuovi, scelti in base a criteri di ostentazione. Siamo saliti in ascensore senza parlare; Antonella Sartori guardava i numeri dei piani su uno schermetto a cristalli liquidi, stava dritta tra le pareti di ottone ondulato. All'ultimo piano ha trafficato a lungo con le molte serrature di una porta blindata, appena nell'anticamera ha mosso le braccia sottili in una specie di gesto di giustificazione.

L'ho seguita lungo gli angoli di un corridoio, e c'era un silenzio strano per Milano, le vibrazioni della città bloccata fuori dai doppi vetri delle finestre a tenuta stagna.

Antonella Sartori ha acceso le luci di una saletta dominata da un televisore enorme; ha detto "Scusa un attimino", mi ha lasciato solo. Diversi telefoni sulla stessa linea hanno suonato in diversi punti della casa; l'ho sentita rispondere "Sì, sì", sempre più lontana fino a sparire dietro una porta. Ho acceso il televisore enorme: al telegiornale parlavano di nuovi sindaci e assessori e sottosegretari e amministratori di enti pubblici e ministri messi sotto accusa in cento città d'Italia per corruzione e concussione ed estorsione aggravata e associazione mafiosa. Se ne vedevano alcuni scivolare via dietro i vetri di berline molto lucide, altri assediati da microfoni e telecamere, altri ancora tranquilli in spezzoni di cerimonie ufficiali riprese qualche mese prima, con le loro facce di sfinge o di iena o di furetto o di porco.

Sono uscito nel corridoio, provavo tutte le porte lungo il percorso. In fondo c'era un grande soggiorno su tre livelli, quasi vuoto a parte due divani coperti da fogli di plastica trasparente. Mi sembrava di sentire nell'aria ferma un'eco smorzato di oggetti rimossi; alle pareti si vedevano segni di chiodi tolti, rettangoli più chiari dove un tempo dovevano essere stati appesi i quadri. Un biglietto in calligrafia infantile su uno dei divani diceva *Non togliere le plastiche dai divani. Non aprire le finestre. Usa solo il salottino-televisione. Non fare mai scendere la temperatura della mia stanza sotto i 22 gradi.* Ho guardato da una delle grandi finestre: gli edifici molto più bassi e vecchi tutto intorno annegati nella foschia.

Antonella Sartori si è affacciata sulla porta, con un'espressione di disagio che le tirava i lineamenti. Le ho detto "Non mi fai vedere il resto della casa?".

Lei non ne aveva nessuna voglia, ma lo stesso mi ha guidato lungo il corridoio in un tour di bagni e stanze vuote quanto il soggiorno. Socchiudeva appena le porte e andava oltre, mi lasciava appena il tempo di dare un'occhiata.

Le ho chiesto "Come mai è tutto così vuoto?". Le guardavo il sedere mentre la seguivo, le guardavo le gambe come venivano fuori dalla gonna corta nelle calze nere.

Lei ha detto "Mia madre vuole vendere la casa. È tutto in sospeso, per adesso. Se la vende mi compra un appartamento a Londra". Ha incrociato indice e medio delle due mani, continuava a trascinarmi più in fretta che poteva nella visita guidata.

Mi ha portato su per una scala che saliva dall'anticamera, in un attico dalle grandi finestre dove invece c'erano ancora mobili e tappeti e tavolini e oggetti decorativi sui tavolini. Ha detto "Questa è la zona di mia madre. Io sto sotto". Mi ha fatto affacciare con cautela nella stanza da letto tutta bianca, in un bagno con vasca da idromassaggio e mensole cariche di prodotti di bellezza come gli scaffali di una profumeria; mi ha mostrato attraverso i vetri un terrazzo circolare dove la madre faceva jogging la mattina.

Le ho chiesto "Non ci sono delle foto dei tuoi?".

Lei ha inclinato la testa, sulla difensiva; respirava dalle narici sottili. Ha detto "Vuoi farmi anche la radiografia?".

"Ma no," le ho detto. "È che sono curioso. Fammene vedere qualcuna." Non sapevo neanch'io perché glielo chiedevo; cercavo di esorcizzare il vuoto della non conoscenza, più che altro, cercavo di darle una fisionomia familiare.

Lei ha sbuffato, ha detto "Ce n'è solo di vecchie. Sono separati da cinque anni". Mi ha ritrascinato al piano di sotto, è andata malvolentieri ad aprire i cassetti di un vecchio mobile nel corridoio. Ha tirato fuori le foto di una donna bionda molto magra, ha detto "Mia madre".

Ho guardato le foto della madre, e cercavo di rintracciare i tratti della figlia, risalire all'origine dei suoi modi di fare.

Antonella Sartori ha tirato fuori un vecchio album rilegato, l'ha aperto alle prime pagine. C'erano le foto del matrimonio dei suoi, vestiti anni settanta, lui con le basette lunghe e lei con un cappello e truccata all'americana, tutti e due con giacche molto strette alle spalle. Poi c'erano altri primi piani di sua madre, e piani medi di suo padre, seduto a una scrivania e circondato da altre persone. E in una era con Bettino Craxi, l'ex segretario del partito socialista a cui erano arrivati negli ultimi mesi decine di avvisi di garanzia per i delitti più diversi, sorrideva con la bocca avida e arrogante e gli teneva una mano sulla spalla.

Mi sono girato a guardare Antonella; lei non aveva nessuna espressione riconoscibile. Più avanti nell'album c'erano sue foto da bambina, alcune in tutù da ballerinetta, nervosa e pallida e sottile. Ho detto "Che tenera", e pensavo che non aveva un'aria felice; ho detto "Che magretta".

Lei ha detto "Va be', basta" mi ha tolto l'album di mano e l'ha rimesso nel cassetto, ha chiuso il cassetto.

L'ho seguita di nuovo lungo il corridoio ad angoli. Mi ha fatto vedere la sua stanza, ed era una stanza parte infantile e parte adulta, con un'enciclopedia per ragazzi e qualche libro rosa e qualche classico in edizione tascabile e qualche bestseller americano sugli scaffali, due pannelli di fotografie sue e di suoi amici in posti di vacanza diversi. Il suo letto era a una piazza e mezzo, coperto da una trapunta satinata, con una bambola di porcellana e stoffa appoggiata al cuscino. Ho detto "Che carina", infiltrato da una vera tenerezza improvvisa.

Lei ha preso subito la bambola e l'ha posata su una cassettiera, ha detto "È la cameriera che la mette lì".

Mi sono avvicinato a guardare le foto sui pannelli; lei ha detto "La smetti di guardare tutto così?". Si lisciava ai fianchi la gonna stretta e corta, camminava intorno nel suo passo da terreno minato che non ero ancora riuscito a capire del tutto. Non era un semplice passo esitante: era una specie di vibrazione di allarme che saliva dai piedi e la attraversava tutta fino agli occhi. Muoveva le braccia per accompagnare o compensare questa vibrazione; le slanciava ai lati in piccoli scatti che mi provocavano brividi di non responsabilità mescolati a una strana forma di attrazione.

In alcune foto era venuta abbastanza bene: in una era mezza nuda su una spiaggia tropicale, con il seno più formato e i fianchi più tondi di come sembravano a vederla vestita, i capelli biondi più mossi di com'erano in città. In un'altra era in calzoni corti e camicetta su una jeep, abbronzata e snella e levigata come per un catalogo patinato di viaggi ai Caraibi; in un'altra ancora era con un'amica simile a lei in una strada americana, tutte e due con le camicie annodate sopra l'ombelico nello stesso modo. Poi c'erano alcuni suoi primi piani mal tagliati, in diversi gradi di crescita dalla preadolescenza a quel momento; e fotografie di ex fidanzati o amici, con facce da ragazzi ricchi e sportivi e senza pensieri.

Lei mi stava di fianco, respirava dalle narici sottili; ha detto "Ti interessa tanto?".

"Sì," ho detto io. Non riuscivo a trovare niente di familiare in nessuno di questi frammenti del suo passato, e l'idea mi riempiva di sgomento e anche aumentava la mia attrazione. Le ho messo la mano su un fianco, ho detto "Ti sembra strano?".

"Non so," ha detto lei. Guardava di lato; il suo tremito interiore mi si è comunicato fino a vibrarmi dentro, farmi scorrere veloce il sangue. Lei mi ha preso per un braccio, ha detto "Andiamo di là", mi ha portato fuori nel corridoio con una piccola trazione persistente.

L'ho seguita in una grande cucina tutta armadiature e scaffali ed elettrodomestici a incasso, lucida e ordinata come se nessuno ci avesse mai fatto da mangiare. Antonella ha fatto uno dei suoi mezzi gesti verso il frigorifero, ha detto "Vuoi qualcosina? Io non ho fame". Arretrava di un passo e mi tornava vicina, oscillava dentro e fuori portata, con un accenno di sorriso sulle labbra, metà provocante e metà apprensivo.

Le ho chiesto "E tua madre dov'è?". Cercavo di parlare più naturale e caldo che potevo, ma non era facile perché le nostre tensioni riverberavano tra le pareti lucide, nel silenzio innaturale.

"Torna tra quattro giorni," ha detto lei, con i lineamenti appena contratti, come se stessi cercando di sondare dove non dovevo.

Ho fatto di sì con la testa; guardavo il frigorifero, guardavo lei.

Lei ha continuato a starmi quasi addosso e quasi distante, all'attacco e in difesa in modo sempre così tenue. Ha aperto il frigorifero, ma era vuoto e illuminato come una città all'alba, c'era solo una bottiglia d'acqua minerale e un pacchetto di pan carré, un tubetto di maionese.

Si è girata a guardarmi, intrappolata in una rete sottile di impulsi ed esitazioni; e l'ho presa intorno alle spalle e me la sono tirata contro, le ho dato un bacio senza pensare a niente.

Ci siamo baciati tra i mobili bianchi sotto le luci alogene, giravamo appena sul pavimento di marmo ed ero concentrato sulle sensazioni della sua bocca e della sua pancia piatta contro la mia, della sua vita sottile e i suoi fianchi lisci e modellati, la sua figura leggera che avrei potuto sollevare tra le braccia senza sforzo. Mi attirava la distanza che c'era tra noi, l'assenza di comunicazione appena sotto la comunicazione dei nostri corpi. Mi attirava la facilità quasi automatica con cui ci stringevamo, e la difficoltà istintiva con cui ci eravamo parlati; e le fotografie di lei che avevo appena visto, e la vuotezza e il silenzio della casa, i vestiti da ragazza viziata e fragile che aveva addosso, la forma del suo corpo sotto i vestiti come potevo ormai immaginarmela bene.

Lei mi baciava senza nessuna resistenza, con una lingua liquida e rapida; mi ha fermato la mano solo quando ho cercato di insinuargliela su per la gonna. Mi ha portato fuori dalla cucina, lungo il corridoio ad angoli fino nella saletta con al centro l'enorme televisore; ha infilato nel videoregistratore un film del terrore, si è seduta con me su un divano semicircolare. L'ho tirata di nuovo vicina, l'ho baciata di nuovo, reclinato su di lei ma di lato. Ci baciavamo e ci respiravamo addosso, attratti e confusi ma sempre con un margine di lucidità; sempre con lo schermo acceso ai confini del nostro campo visivo. Era una strana sensazione di regressione, tiepida e opaca e piacevole, che non richiedeva nessuno impegno e nessuna fatica mentale. Lei si lasciava baciare, lasciava che le carezzassi il seno e il collo e la pancia e il sedere e le ginocchia; ogni tanto si staccava e indicava una scena del film del terrore, faceva finta di spaventarsi, mi tornava contro. Vedevo tutto nello stesso modo sfumato, troppo da vicino o troppo da lontano per mettere a fuoco lo sguardo su niente, perso nelle sensazioni che raccoglievo con le labbra e con le dita. Se insinuavo la mano più di tanto sotto la scollatura della sua camicetta o sotto l'orlo della sua gonna lei me la fermava con una mano sottile ma ferma, diceva in tono soffiato "No". Non cercavo affatto di forzarla o spingerla oltre questi limiti, stavo al gioco. Non cercavo di capire se c'era una strategia nel suo comportarsi da ragazza di quindici anni invece che di venti; non cercavo di capire se era un atteggiamento o un dato di fatto. Mi sembrava di avere quindici anni anch'io, ed era rassicurante: come tornare indietro con una macchina del tempo attraverso tutte le richieste e le pressioni dello stato adulto. Mi sentivo in vacanza dalla vita, avrei voluto restarci a lungo.

La mia ex moglie ha lasciato un messaggio nella segreteria telefonica

La mia ex moglie ha lasciato un messaggio nella segreteria telefonica: "Niente, volevo sapere qualcosa per i regali di Natale dei bambini". Ho fatto tornare indietro un paio di volte il nastro, senza capire se nel suo tono c'era più irritazione o dispiacere o risentimento o cordialità contenuta o cosa. In dieci anni che avevamo passato insieme non ero mai riuscito davvero a decifrare la sua voce, o il suo sguardo o il suo modo di fare; era una donna così poco espansiva, così riparata dietro filtri di buona educazione e controllo di sé. Quando vivevamo insieme questo mi aveva suscitato rabbia ed estraneità e desideri di rottura, adesso che eravamo separati mi rimescolava dentro un disagio fatto di cautela e affetto e sensi di distanza, sensi di colpa. Continuavo a considerarmi responsabile ogni volta che la sentivo o la vedevo depressa o irritata; lei ci giocava, nel suo modo obliquo fatto appunto di sfumature di voce e sguardi sospesi: cercava di tenermi sotto tiro quanto poteva, usava i bambini quanto poteva.

L'ho richiamata, ho detto "Cosa c'è?" nel tono parte aggressivo e parte distratto che mi veniva per difesa.

"Niente," ha detto lei. "Volevo sapere quando pensavi di dare i regali ai bambini, perché partiamo domani pomeriggio."

"Ah, non c'è molta scelta, allora," ho detto, con un'onda rapida di irritazione che mi saliva dentro a sommergere i sensi di colpa. Andavano in Marocco con il suo nuovo uomo e il figlio del suo uomo, ma come sempre mi teneva in sospeso fino all'ultimo sulle date precise dei loro spostamenti. C'era quest'alchimia delicata di cose dette e non dette, cambi di programma all'ultimo momento, controdecisioni su chi teneva i bambini per il weekend; non capivo mai quanto per strategia e quanto per caso, quanto per il suo carattere.

"C'è stato un problema con i voli," ha detto lei. "Partiamo prima per evitare il grande traffico."

"Vengo stasera," le ho detto, tra stanchezza improvvisa ed esasperazione.

"Entro le cinque," ha detto lei. "C'è una festina e ci tengono tantissimo che tu ci sia. Domani ci dobbiamo svegliare prestissimo, abbiamo un milione di cose da fare."

"Va bene, va bene," le ho detto pieno di rabbia, e la rabbia era già rimescolata di tristezza all'idea che i bambini si svegliassero prestissimo senza di me e se ne andassero così lontano.

Poi mi sono rimesso a lavorare. Avevo delle sedie da fotografare, dovevo finire entro sera e ne avevo fatte meno di metà. Lavoravo lento, per piccoli aggiustamenti di luce e di angolatura, con un disco di blues elettrico sullo stereo. Non dovevo inventare niente, non era un genere di fotografia dove bisogna stupire o commuovere o divertire nessuno; lavoravo come ripetere una cantilena che conoscevo a memoria, con gli stessi pensieri circolari che mi giravano nella testa. Ogni tanto smettevo per qualche minuto, andavo a tirare colpi di mano e di piede al sacco da allenamento. Pensavo ai miei figli in Marocco, al frigorifero di Antonella Sartori grande e vuoto, alle sue gambe nelle calze nere, alla luce azzurra intermittente del suo sguardo, allo sguardo di mio cugino mentre mi parlava nel bar.

Verso le cinque è arrivata un'assistente art director della ditta delle sedie, con ancora uno sgabello da fotografare. Si chiamava Nadia ed era attraente in un suo modo di moretta stagna e bassa; ci vedevamo ogni qualche mese per lavoro, una volta ci eravamo dati per sbaglio un bacio sulle labbra vicino alla sua macchina. Adesso mi girava intorno mentre continuavo il mio lavoro, e fumava e rideva e mi chiedeva cosa pensavo di fare per Natale, le vedevo un riflesso allusivo negli occhi scuri e agli angoli della bocca carnosa. Forse era la storia così controllata e adolescenziale con Antonella Sartori a riempirmi di tensione, o l'idea di essere quasi solo e quasi libero con le vacanze che si avvicinavano sempre più, o semplicemente lo sguardo di Nadia e il suo modo di muovermisi vicina; sta di fatto che provavo per lei una specie di attrazione elettromagnetica, da pezzo di ferro per una calamita. Le luci erano calde, anche; lo spazio denso e ingombro di oggetti.

A un certo punto lei mi ha chiesto "L'hai visto il mio tatuaggio?". Le ho detto di no; lei ha slacciato due bottoni della camicetta, si è scoperta la base del collo. Aveva una piccola farfalla blu e rossa tatuata appena a lato della spallina del reggiseno: l'ho sfiorata con due dita, e la sua pelle era bianca e liscia e calda e palpitante con ogni respiro, e Nadia ha guardato in basso solo per un attimo e mi è venuta addosso, labbra contro labbra e petto contro petto, soda ed elastica come gomma. E sono stato preso dall'attrazione elettromagnetica senza neanche il tempo di pensarci; l'ho stretta al collo e alle ascelle e frugata sotto la camicetta e su per la gonna, siamo scivolati contro la parete fino giù a terra. Nessuno dei due ha detto niente: ci strusciavamo uno sull'altra, catturati da pure sensazioni corporee che si dilatavano dentro di noi e riempivano di frenesia i nostri gesti e ci facevano urtare le ginocchia e i gomiti e la testa e la schiena sul linoleum del pavimento. Non ero neanche molto consapevole di lei, a parte il fatto che mi tirava i capelli e mi mordicchiava le orecchie e mi artigliava i fianchi dove erano scoperti; non riuscivo neanche a vederle bene la faccia, a parte le labbra e gli occhi socchiusi. Era come scopare con una donna astratta, anche se era tutto così concreto; come scopare con un puro desiderio concentrato, al di là del calore bagnato alla giuntura delle sue cosce, al di là del suo respiro sempre più corto.

Alla fine siamo rotolati di lato come due naufraghi spazzati a riva da una tempesta moderata, con il fiato corto e rossi in faccia, stupiti per come tutto era avvenuto quasi al di fuori del nostro controllo. Nadia ha detto "Madonna, cosa avevi?".

"E tu?" le ho detto io. Non sentivo niente per lei, adesso che il cuore mi stava rallentando, e non mi sembrava che lei sentisse niente per me. Non avevamo raggiunto nessun territorio segreto, non c'era più nessun fascino nella nostra vicinanza. Provavo solo un senso vago di compiacimento all'idea di com'era facile fare del sesso senza impegno e senza ricerca e senza spiegazioni e senza scelte univoche, solo a essere liberi e a volerlo fare. Non ci eravamo neanche tolti i vestiti, ce li siamo riaggiustati e ridevamo, sempre meno a nostro agio man mano che tornavamo lucidi.

Poi ci siamo dati una rinfrescata a turno nel piccolo bagno; non abbiamo fatto altri commenti, ci comportavamo come se non fosse successo niente. Ho ripreso a fotografare le ultime sedie, anche se mi sentivo un po' debole alle ginocchia e dovevo fare uno sforzo per concentrarmi sulla sequenza giusta dei gesti. Nadia fumava a pochi passi da me, mi guardava lavorare con i suoi occhi scuri lucidi, seduta su una delle sedie già fotografate. La guardavo ogni tanto anch'io, e mi sembrava la dimostrazione stagna e compatta di un equivoco; ogni suo respiro e soffio e scricchiolio di scarpe mi comunicava disagio e senso di vuoto, avrei voluto che se ne andasse. Alla fine si è alzata e ha detto "Io vado"; ho guardato l'orologio ed erano già le sette.

Mi è venuta una vampata di panico, più forte delle sensazioni di prima: mi sono venuti in mente i miei figli senza regali e senza padre, la distanza tra me e loro e il tempo per attraversarla, il percorso dal mio studio alla mia ex casa raccorciato e allungato come in un telescopio a scatti.

Ho quasi spinto fuori Nadia con la sua borsetta tonda, l'ho salutata mentre correvo giù per le scale e attraverso il cortile e fuori in strada.

Fuori c'era il traffico delle sette di sera pochi giorni prima di Natale, luci rosse e bianche di macchine e gas di scarico raddensato, rumore meccanico, gente frenetica lungo i marciapiedi. Sono corso per una via laterale in un viale parallelo pieno di negozi, ho continuato a correre raso alle vetrine piene di oggetti, contro la corrente di compratori che venivano in senso opposto con i loro cappotti scuri e le loro pellicce e i loro pacchi e pacchetti in mano, e lo spazio mi sembrava pieno di spigoli e freddo e ostile, privo di ossigeno e di margini per pensare.

Guardavo le vetrine d'infilata, ma non riuscivo più a ricordarmi cosa avrei voluto regalare ai miei figli: scivolavo con gli occhi su bambole e vestiti e libri e scatole colorate e scaffali e luci senza fermarmi abbastanza a lungo su niente, senza riuscire a distinguere un impulso dall'altro. Alla fine sono entrato in un negozio di hi-fi con il tempo che mi mordeva alla schiena e ai fianchi, ho comprato la prima tastiera elettronica e il primo stereo portatile che il commesso mi ha fatto vedere, mi sono fatto dare le grosse scatole di cartone e le ho trascinate fuori, pesanti e ingombranti com'erano, sono tornato a dove avevo lasciato la macchina.

Poi ho guidato più veloce che potevo nel traffico ingolfato: uscivo dalla corsia giusta, scavalcavo le altre macchine nel modo più brutto, passavo col rosso, battevo sul clacson.

Sotto la mia ex casa ho schiacciato il tasto del citofono con il cognome della mia ex moglie; ho detto "Sono io". Ma c'era la babysitter dall'altra parte e non ha riconosciuto la mia voce, ha detto "Io chi?". Ho dovuto quasi gridare "Leo Cernitori!" perché si decidesse ad aprire.

Sono uscito dall'ascensore, e il piccolo terrier che avevo comprato ai miei figli ha cominciato ad abbaiare furioso da dietro la porta, appena la babysitter ha aperto mi si è scagliato contro. Ho cercato di dargli un calcio, con le grosse scatole dei regali che mi cadevano tra le braccia, gli ho detto "Bastardo". Solo allora mi ha riconosciuto e si è messo a fare salti di festa; troppo tardi per cambiarmi lo spirito.

Il pavimento del corridoio era cosparso di briciole e stelle filanti e biscotti e bicchieri di carta e tovagliolini di carta appallottolati. La babysitter pallida e gonfia stava raccogliendo residui con lentezza, ha detto "Salve" senza neanche guardarmi in faccia; e il cane cercava di mordicchiarmi una gamba, sono riuscito a dargli un calcio senza perdere la presa sugli scatoloni. La mia ex moglie era in piedi nel soggiorno insieme a un'altra giovane madre del suo stesso genere, si sono girate a guardarmi con un'espressione simile di diffidenza. Ho lasciato scivolare gli scatoloni sul divano, non mi è sembrato di alleggerirmi molto. Ero sudato, e cominciavo a sudare peggio nel caldo improvviso, ma non mi sono tolto il giubbotto di pelle. Ho detto "È che non sono riuscito a liberarmi prima". Sapevo di sbagliare a giustificarmi, eppure non mi veniva un altro tono, i sensi di colpa e l'ansia da ritardo mi fondevano i riflessi.

La mia ex moglie non ha detto niente, ma sembrava che lei e l'altra donna riuscissero a leggermi nella testa, perché c'era una strana attenzione dilatata e finta distratta nelle loro espressioni, si irradiava per la stanza con la stessa frequenza intermittente delle luci dell'albero di Natale alle loro spalle.

Sono andato a salutarle attraverso questa atmosfera, ogni passo e ogni gesto faticoso come se nuotassi vestito in un lago; ho stretto la mano a tutte e due quasi con lo stesso grado di formalità. Loro mi hanno guardato con una miscela simile di distanza e curiosità e sospetto, senza dire niente. C'era sempre questo scambio obliquo, ogni volta che tornavo nella mia ex casa: questo sondaggio intermittente per capire cosa succedeva sotto la superficie dei nostri modi di fare.

Poi mia figlia è entrata di corsa nel soggiorno insieme a un altro bambino; si è accorta di me ed è rimasta sospesa per un attimo a metà movimento, incerta se continuare a correre o venirmi incontro. Mi è venuta incontro, e ho provato un'onda rapida di sollievo, mescolato a dispiacere e a nuovi sensi di colpa, sensi di inadeguatezza generale. L'ho sollevata di slancio tra le braccia e l'ho baciata, le ho detto "Buon Natale buon Natale buon Natale", nel modo appassionato ed eccessivo e infantile che di solito avevo con lei. Mi sentivo addosso lo sguardo della mia ex moglie, e lo sguardo della madre sconosciuta, e quello della babysitter e dell'amico di mia figlia, e di mio figlio piccolo che è entrato in quel momento: avevo una percezione di me come di qualcun altro che osservavo dal di fuori, senza partecipazione e senza molta simpatia, attento solo a cogliere le sue mosse false.

Mia figlia quasi subito si è irrigidita tra le mie braccia, ha detto "Fammi scendere", credo perché il suo amico la guardava. L'ho trattenuta ancora un istante per rendermi conto del suo peso rispetto all'ultima volta, l'ho rimessa giù e ho preso in braccio il più piccolo. Neanche lui era molto contento di farsi spupazzare, e avevamo ancora meno familiarità: si è messo a scalciare, ha detto "Lasciami". Ogni volta che li rivedevo, anche a distanza di pochi giorni, mi sembravano trasformati in persone leggermente diverse da quelle che conoscevo, ogni volta mi sembrava di avere perso tutti i passaggi della trasformazione. Ho messo giù anche lui, ho indicato le grosse scatole sul divano, detto "Per voi".

I miei figli le hanno guardate, ma sembravano intimiditi dalla dimensione, non si sono mossi.

Ho detto "Non vi interessa vedere cosa sono?": pieno di rabbia adesso, con la fronte e le ascelle e la schiena bagnate di sudore nel cerchio di sguardi.

Mia figlia ha fatto un tentativo timido di scartare il suo scatolone, ma era troppo ben chiuso e difficile da manovrare; dopo un attimo ha detto "Apri tu".

Così alla fine mi sono tolto il giubbotto e ho cominciato ad aprire, e la resistenza del cartone mi ha fatto crescere ancora la rabbia; ho finito per mettermici come in una lotta contro un animale ottuso. Ho lacerato di furia la scatola, strappato a brani il cartone e i fogli di plastica trasparente subito sotto, mandato in briciole il polistirolo espanso che proteggeva gli angoli.

In pochi minuti il pavimento tutto intorno era coperto di frammenti stracciati e palline bianche; ho tirato fuori la tastiera elettronica, grande e nera e piatta com'era, l'ho posata sul divano davanti a mia figlia. La mia ex moglie ha detto "Che bello" nel suo tono formale; mia figlia ha detto "Molto", come se cercasse più che altro di farmi contento.

Ho detto a mia figlia "Ci sono tutti i suoni che vuoi. Violini, sassofoni, quello che vuoi".

Lei ha detto "Sì?" e davanti al suo sguardo mi rendevo conto di com'era un regalo troppo adulto per lei, troppo freddo e tecnologico e impersonale; mi sembrava di averle portato a casa un'arma, o un messaggio incomprensibile precipitato all'indietro dal futuro. Ho fatto a pezzi anche la scatola dello stereo portatile per il piccolo, e avrei voluto trovare almeno lì qualcosa di molto più semplice e ingenuo, un giocattolo di legno o una bambola di stoffa o qualsiasi altro oggetto adeguato a un bambino di tre anni e mezzo. Invece ho tirato fuori lo stereo compatto e gliel'ho dato, e anche questo sembrava un'arma dello stesso genere giapponese della prima, e non mi ero neanche ricordato di portargli una cassetta da suonare, e il negoziante non mi aveva neanche dato le pile; mio figlio l'ha posato per terra e lo guardava e non sapeva cosa farne.

Così ho attaccato la tastiera di mia figlia alla presa di corrente: decine di piccole luci verdi e rosse si sono accese qua e là, come sulla plancia di controllo di un'astronave. Ho schiacciato due tasti, prodotto suoni di pianoforte campionato che sembrava quasi vero ma non proprio. Ho alzato il volume, schiacciato altri tasti: tirato fuori percussioni e archi e fiati sintetici. Non riuscivo più a fermarmi, era come cadere giù per una scala e ogni gradino era più ripido e angoloso dell'altro, ogni gesto più sbagliato. Ho alzato ancora il volume, provato a suonare *Jingle Bells* senza trovare tutte le note giuste, fatto tremare i vetri delle finestre con le vibrazioni di finte campane e finte canne d'organo. La mia ex moglie ha detto "Abbassa!"; mia figlia ha detto "Uau", ma le interessava di più giocare ancora con il suo amico prima che se ne andasse. Ho spento tutto, lasciato perdere, sono andato a lavarmi la faccia nel bagno che anni prima avevo ripiastrellato da solo.

Poi l'amico di mia figlia e sua madre se ne sono andati, la mia ex moglie ha detto alla babysitter di mettere in pigiama i bambini. Mi ha detto "Noi non mangiamo più niente, ci siamo già abbuffati fin troppo. Se vuoi qualcosa il frigo è ancora pieno".

Ho detto "No grazie" ma due minuti dopo sono andato lo stesso a prendere un vassoio di pizzette e sfoglie salate, le ho mangiate seduto al tavolo mentre la mia ex moglie sistemava il soggiorno e apriva e chiudeva armadi nel corridoio.

Mi ha chiesto "E tu cosa fai?" senza fermarsi, come sempre senza mostrare un interesse scoperto

"In che senso?" le ho chiesto, sulla difensiva come sempre.

"Per Natale," ha detto la mia ex moglie.

"Non so ancora," le ho detto. "Dipende."

Lei ha detto "Cerca di divertirti. Vai in qualche bel posto esotico, visto che sei libero. Vai in Brasile". Mi sembrava più in forma di quando stavamo insieme, più elegante e dinamica e sicura di sé; mi sembrava che la nostra separazione le avesse fatto bene, alla fine.

Ho detto "Adesso vedo. Decido all'ultimo". Mi irritava che volesse suggerirmi cosa fare in un tono così vago; e non mi sentivo affatto libero o tranquillo o indifferente come volevo farle credere. Avevo paura, appena fuori dal territorio lattiginoso della nostra vicinanza temporanea, dovevo fare un esercizio continuo di equilibrio per non lasciarmi risucchiare dalla vertigine.

Lei ha fatto un cenno verso la stanza dei bambini, ha detto "Sono contentissimi del viaggio, ma gli dispiace da matti non essere con te il giorno di Natale". Usava questo tono soffice, ma sapeva benissimo di darmi una coltellata sottile; era il suo modo di conservare un controllo su di me, tenere aperte le ferite, tenere difficile il difficile. Sapeva che ci cadevo, anche: che su questo piano ero pronto a farmi ricattare senza limiti di tempo.

Ho acceso la televisione, tanto per creare qualche interferenza nella stanza; parlavano delle ultime scoperte sulle associazioni a delinquere dei politici. Se ne vedevano passare alcuni quasi di corsa lungo i corridoi di qualche palazzo di giustizia, gonfi e pallidi come pesci moribondi tra i loro avvocati, sotto le luci delle telecamere; lo speaker elencava nuove concatenazioni di nomi e ruoli. Mangiavo le pizzette e le sfoglie salate senza vera fame; anche scosso per quello che era successo con Nadia, preso tra scie mescolate di compiacimento e perplessità.

La mia ex moglie curva dietro il divisorio basso della cucina ha detto "E sei abbastanza contento?".

"Così," ho detto io. "Sto a vedere cosa succede, più che altro. Sono in una fase di transizione, credo."

"Ma non sei sempre stato in una fase di transizione?" ha detto lei. Sorrideva nel modo più sfuggente, lontana almeno quanto era ironica. Non ero neanche mai riuscito a capire davvero il suo sguardo: il suo modo di fissarlo su di me e poi sfuocarlo nel vuoto come sopraffatta da un'improvvisa rapida stanchezza. Questi vuoti ricorrenti di comunicazione mi esasperavano ancora come quando o stavamo insieme, mi facevano venire voglia di scrollarla per le spalle e chiederle "A cosa stai pensando?". Ma erano conversazioni a termine, ormai: sapevamo tutti e due che nel giro di pochi minuti sarei uscito dalla porta in fondo al corridoio, sceso per le scale.

Poi mentre parlavamo così a contatti intermittenti ha telefonato il suo uomo. Lei ha risposto a voce molto bassa, non capivo se perché c'ero io o perché con lui era ancora più controllata che con me: mormorava frasi brevi nel microfono, con la minima energia necessaria a dare un suono alle parole senza tradire sentimenti o intenzioni. Guardavo i quadri che avevo lasciato alle pareti, le finestre da cui avevo guardato fuori migliaia di volte. Alla televisione l'ex segretario del partito socialista girava la grossa testa davanti a una selva incalzante di microfoni, spiegava le sue ragioni e lanciava minacce oscure; ma parlava molto più strascicato di qualche mese prima, e c'era più panico che tracotanza nei suoi occhi di ladro, i capelli radi gli stavano appiccicati alle tempie.

La mia ex moglie ha messo giù, ha detto "Che situazione": non capivo se riferita al nostro paese o a me. Eravamo già lontani chilometri, non ci guardavamo neanche più negli occhi.

Sono andato a salutare i miei figli. Ho scosso per le spalle il piccolo, dato un paio di finti colpi di karate alla grande, le ho detto "Non ti scottare con il sole".

"Non ti preoccupare," ha detto lei, e sembrava molto più adulta anche solo di pochi minuti prima. Non sono stato a guardarli troppo; ho dato qualche bacio a tutti e due, sono uscito nel corridoio.

La mia ex moglie mi ha accompagnato alla porta, ha detto "Cerca di fare una buona vacanza".

Le ho detto "Cercherò"; sono andato giù svelto per le scale.

Poi in strada mi è venuto un senso di vuoto come non mi capitava da tempo. Guardavo i dorsi anneriti e congelati delle macchine, e mi sembrava di non avere nessun posto dove tornare, nessun appiglio e nessun riparo e nessuna direzione e nessun senso. Mi sembrava di non essere riuscito a concludere niente nella vita, di avere solo inseguito a scatti qualche immagine vaga, buttato via tutto quello che avevo per qualche sensazione già esaurita e ormai inconsistente nel freddo umido che mi penetrava attraverso i vestiti fino nelle ossa.

Ho finito di fotografare i boccetti e flaconi di un nuovo profumo

Ho finito di fotografare i boccetti e flaconi di un nuovo profumo, ho rimesso tutto nelle scatole, spento le lampade, infilato le lastre sensibili nella borsa per portarle al laboratorio. Riuscivo sempre a rientrare nei tempi che avevo promesso ai clienti, era anche per questo che continuavo ad avere lavoro in un periodo di crisi generale. Ma la mancanza di sorprese adesso mi innervosiva invece di rasserenarmi, mi comunicava un'irrequietezza senza forma e senza direzione che mi faceva camminare avanti e indietro per lo spazio ingombro dello studio. Mi sembrava di essere stato fermo troppo a lungo, senza mai rischiare davvero niente, riparato dietro la sicurezza artigianale e dietro la ripetizione e la prevedibilità per compensare i dubbi ricorrenti e il panico da vuoto. Avevo voglia di correre fuori da qualsiasi parte, pur di reagire; di stabilire qualunque contatto con il mondo, attaccarmi a qualunque occasione di movimento mi passasse vicina.

Così ho chiamato Antonella Sartori anche se di mattina le avevo detto che non potevamo vederci, le ho chiesto cosa faceva. Lei è rimasta sconcertata, non aveva nessuna abitudine all'improvvisazione; ha detto "Vado fuori a mangiare con una mia amica e un mio amico. Pensavo che tu avessi da fare".

"Invece ho finito prima," le ho detto. "Posso venire con voi?" Non stavo a preoccuparmi di sembrarle pressante: pensavo già a chi altro avrei potuto chiamare se a lei non andava bene.

Antonella Sartori ha detto "Se non ti stufi".

"Non mi stufo, non mi stufo," le ho detto, con gli occhi verso la porta.

Mezz'ora dopo ero sotto casa sua, con una giacca da sera sotto il giubbotto di pelle. Lei ha detto al citofono "Scendiamo", non mi ha invitato a salire. Ho camminato avanti e indietro nel freddo della sua strada stretta, mi chiedevo cosa stavo cercando dalla vita.

Cinque minuti dopo è scesa, con una ragazza molto simile a lei a parte la faccia più tonda, vestita nel suo stesso stile di ventenne ricca finta disinvolta, e un ragazzone dai capelli tagliati a spazzola. Mi ha dato appena un bacio sulla guancia, ci ha presentati con un frammento di gesto: ha detto "Leo, Bea, Ghigo". Ci siamo dati la mano, pensavo che avrei voluto un nome più lungo dei loro.

Siamo saliti sulla macchina di Ghigo, una Porsche bassa e larga che dietro aveva solo due mezzi sedili di emergenza. Antonella si teneva tutta angolata per non starmi troppo addosso, protesa tra i sedili davanti a parlare con i suoi amici in un tono esuberante che non le avevo ancora sentito. Doveva avergli raccontato di me, perché c'era un traffico di mezze occhiate e ridacchiamenti in andata e ritorno tra loro, con la complicità automatica che viene solo da genitori dello stesso genere e vestiti dello stesso genere e scuole e vacanze e storie e amici e accenti e case dello stesso genere.

Siamo andati a mangiare in una pizzeria che loro conoscevano bene, li ho ascoltati parlare di persone e macchine e moto e negozi e sport d'acqua e di montagna e viaggi e tentativi di seduzione e problemi con le famiglie, progetti vaghi. Ogni tanto mi vedevo dal di fuori, ed ero stupito da quanto facilmente riuscivo a uniformarmi al loro tono, entrare nell'atmosfera. Oscillavo, metà con loro e metà lontano anni luce, divertito all'idea di essere lì come un ventenne stupido tra ventenni stupidi ma molto più padrone della mia vita di quando avevo vent'anni davvero; spazzato via a tratti da onde di estraneità. L'inconsistenza dei loro discorsi mi riposava come una vacanza, e subito dopo mi riempiva di sgomento; le loro voci da ragazzi viziati mi sembravano divertenti e subito dopo detestabili. Guardavo Antonella e Beba con un'esaltazione leggera, lisce e sottili e modellate nei punti giusti, senza tracce di vita sulla faccia come icone della pubblicità uscite da un manifesto o da uno spot televisivo; solo ogni tanto provavo un senso di vuoto. Nell'insieme ero contento, molto più di quando stavo solo e tagliato fuori dal mondo, chiuso nel mio lavoro e nei miei pensieri circolari. Cercavo di tenermi piatto sulle sensazioni di superficie, tenermi facile. Pensavo che avrei dovuto buttarmi su questo piano frivolo e leggero molto prima, invece di restare così a lungo in un tiro incrociato di richieste e accuse e lacrime e ricerche di verità e fatica di spiegazioni. Pensavo che la superficialità e l'ignoranza erano rasserenanti, mille volte meglio dell'intelligenza inseguita e sollecitata e forzata fuori dai suoi cardini. Pensavo che mi faceva piacere non pensare; e ci riuscivo con sempre meno sforzo.

Antonella era amica di Ghigo e di Beba da quando andavano alla scuola media insieme: conosceva ogni particolare delle loro vite e dei loro caratteri, ci giocava. La sicurezza esile che avevo solo intravisto al fondo delle sue esitazioni adesso veniva allo scoperto, con anche una punta di cattiveria ben temperata, una punta di esibizionismo contenuto. Cambiava tono di voce nella sua voce povera di toni, recitava due o tre parti senza quasi muovere i lineamenti, si scostava con la mano i capelli biondi sottili, pungolava nelle costole i suoi amici con un dito magro, li stuzzicava a mezzi sorrisi e mezze parole.

Ha pungolato Ghigo a raccontare dell'estate prima, quando era andato a casa dei suoi a Montecarlo e per quindici giorni era stato sulla spiaggia e per strada e nelle discoteche a rimorchiare tutte le ragazze che incontrava e portarsele a letto e la mattina buttarle fuori con una scusa. Poi da un giorno all'altro gli si erano esaurite le batterie e si era chiuso a dormire e mangiare e dormire senza più mettere piede fuori ed era ingrassato di dieci chili in dieci giorni, era diventato una specie di grande mollusco da letto e da frigorifero. Raccontava tutto questo con una facilità incolore, adagiato sui fatti senza bisogno di nuove sollecitazioni né domande, in un accento del tutto privo di contrasto e di ritmo, come una guida di museo che scivola a passi automatici attraverso il suo percorso obbligato. Diceva "Per fortuna che i miei avevano lasciato gli armadi della cucina pieni zeppi di roba in scatola e dolci vari. In più avevo con me il cane di mia madre che è un bichon frisé mezzo epilettico, lo facevo cagare e pisciare sul terrazzo, gli avrò dato da mangiare trenta scatole di cioccolatini al liquore per tenerlo buono". Non dava enfasi a niente di quello che diceva, non sembrava che nessuno dei suoi ricordi lo divertisse in modo particolare; parlava solo per accontentare Antonella e Beba, provocare reazioni che già conosceva. Loro scuotevano la testa e ridacchiavano, lo stuzzicavano ancora, si scambiavano occhiate che avevano poco a che fare con le sue parole.

Poi le due ragazze hanno cominciato a parlare tra loro di vestiti, si sono addentrate in un universo parallelo fatto di nomi di stilisti e marche e vetrine e commessi e cerniere e bottoni e fogge e prezzi misurati secondo scale continuamente variabili. Ghigo è andato avanti a spazzare il suo secondo calzone farcito al prosciutto, ogni tanto mi guardava. Mi ha chiesto "Che foto fai, moda?". "Oggetti," gli ho detto io. Lui ha detto "Modelle niente?"; non capivo se deluso o perplesso o indifferente.

A un certo punto le due ragazze sono andate in bagno. Io e Ghigo ci siamo guardati a intervalli di qualche secondo; poi lui con la bocca piena e gli occhi azzurri mezzi addormentati fissi su di me ha detto "Volevo dirti. È una roba seria, con Antonella?".

"Non lo so," gli ho detto. "Ci conosciamo da poco."

"Perché lei ci tiene molto," ha detto lui. "Ha avuto una brutta delusione con uno l'anno scorso. E anche tutta la storia di suo padre. Spero che non la prendi in giro."

"Non la prendo in giro," gli ho detto, irritato per come sembrava che si fosse preparato la parte prima, per come lo stesso continuava ad avere un'aria assente. Ho detto "Cos'è la storia di suo padre?".

Lui ha abbassato la mano per tagliare il discorso; Antonella e Beba sono tornate, tutte sorrisi e capelli gonfi e aggiustamenti sulle sedie, la conversazione è tornata ai loro amici e ai genitori dei loro amici, dettagli insignificanti passati e ripassati al setaccio. Mi sentivo più a mio agio, adesso che sapevo che Antonella teneva molto a me; ero contento di stare al loro gioco, avere la mia parte.

Poi siamo usciti e ci siamo messi a girare, schiacciati nella Porsche bassa di Ghigo, tutti ormai sullo stesso identico piano di ridacchiamenti e osservazioni a vuoto. Antonella e i suoi amici volevano andare a ballare, ma dicevano che era ancora troppo presto. Mancavano solo sei giorni a Natale; c'erano festoni di luci a forma di stella cometa stesi attraverso tutte le strade principali, lampeggiavano nella nebbia. Beba ha detto che forse potevamo provare una discoteca di cui le aveva parlato qualcuno, dove c'era gente anche prima di mezzanotte. Ghigo tirava le marce per farci vedere quanta ripresa aveva la macchina, poi frenava perché diceva che l'assetto non era a posto, ci faceva sobbalzare avanti e indietro. Siamo passati oltre la circonvallazione esterna, andati giù lungo uno dei canali attraverso la periferia sudovest; la nebbia diventava sempre più densa man mano che ci allontanavamo dal centro, facevamo fatica a trovare la strada.

Alla fine ci siamo arrivati; siamo scesi in una via grigia e spoglia della periferia, fuori dal tepore degli argomenti e dei toni di voce che avevamo usato fino allora. Beba ha guardato la gente che aspettava aggruppata vicino all'ingresso; ha detto "Giro di buri" nella sua voce palatale. Dentro era pieno, parte di ragazzotti di periferia e parte di sopravvissuti degli anni settanta. La musica era africana, c'era un disc jockey africano con un grosso paio di occhiali che lanciava grida ogni tanto in un microfono. Un vecchio sistema rotante di luci multicolori girava sul soffitto, l'aria era soffocata di frequenze basse, martellate su ritmi ossessivi di percussioni.

Antonella e Beba e Ghigo si guardavano intorno con facce e atteggiamenti corporei che prendevano distanza dal posto, ma dopo qualche minuto Beba è andata verso la pista e gli altri due l'hanno seguita, si sono messi a ballare. Hanno formato una specie di triangolo che dovevano avere già collaudato in altre occasioni, perché riuscivano a seguire uno i movimenti dell'altro anche se nessuno dei tre aveva nessuna particolare bravura o senso del ritmo.

Mi sono messo a ballare con loro, e poco alla volta ho cominciato a divertirmi. Era passato un sacco di tempo dall'ultima volta che lo avevo fatto, ma con il karate ero in forma, i muscoli mi rispondevano bene: muovevo di scatto le mani a taglio, mi alzavo e mi abbassavo, ruotavo il busto, slanciavo le gambe in calci laterali. La musica era così forte e ripetitiva da sollecitare qualunque genere di improvvisazione, eppure ero l'unico a improvvisare così tanto; qualcuno inclinava la testa per guardarmi nel modo dissimulato che c'è nelle discoteche, il mio stile suscitava curiosità e mezzi sorrisi.

Antonella non sembrava divertita: mi guardava a intervalli rapidi, si girava verso i suoi due amici con piccole smorfie derisorie. Le ho gridato nel rumore "Cosa c'è che non va?". Lei ha gridato "Ma come ti muovi?". "Come dovrei muovermi?" le ho gridato io, con un senso di estraneità così improvviso e forte che avrei potuto correre verso l'uscita e non farmi mai più vedere. Lei ha gridato "Così!". Neanche quando gridava riusciva a convogliare molta energia nella voce, produceva una specie di squittio sulle stesse alte frequenze dei suoi sguardi intermittenti. I movimenti che mi suggeriva erano i suoi e degli altri due, ballonzolati come in un sacco, con la testa bassa e le ginocchia unite e le braccia slanciate in alto e lasciate ricadere per conto loro come stracci. Ho provato a imitarla; i suoi sguardi sono rimasti uguali, misurati tutto il tempo sulle opinioni mute dei suoi due amici.

A un certo punto ballavo un poco discosto da loro, di nuovo con i miei movimenti di semikarate ma senza più molto divertimento, e mi sono sentito toccare una spalla. Mi sono girato, ed era Manuela Duini: con un bicchiere di plastica in mano e i capelli castani e biondi scomposti, alta e mobile sulle gambe, vestita con una gonna nera corta e una maglietta nera e un gilet dorato. Si è allungata verso di me, ha gridato "Ti ricordi?" attraverso il martellare delle frequenze basse.

Le ho gridato "Sì che mi ricordo", con una strana onda di sentimenti misti che mi saliva dentro

Manuela Duini sorrideva, ubriaca o fumata, con lo stesso modo istintivo di comunicare della sera che l'avevo vista con mio cugino. Si è allungata di nuovo verso di me, ha gridato "Ti chiami Leo, no?".

"Sì," le ho gridato io, lusingato all'idea che si ricordasse il mio nome, e colpito dalla musicalità acuta della sua voce, dal suo respiro al mio orecchio nell'aria smossa da molti corpi in movimento.

Lei guardava intorno, ha preso un sorso dal suo bicchiere di plastica, si muoveva nel ritmo senza proprio ballare. Poi mi ha toccato una spalla, e mi si è appoggiata quasi di schianto, ho sentito una specie di singhiozzo e la consistenza del suo corpo contro il mio fianco, i suoi capelli contro la mia guancia. Le ho picchiettato una mano aperta sulla schiena, nel rumore e nella ressa e nel caldo.

Lei si è raddrizzata dopo qualche secondo, si è passata due dita agli angoli degli occhi; ha sorriso, ripreso a muoversi nel ritmo.

Le ho gridato "Va tutto bene?"; incerto se abbracciarla di nuovo, chiederle se voleva uscire all'aria aperta, fare finta di niente.

Lei ha fatto di sì con la testa, mi ha porto il suo bicchiere; ho bevuto un sorso di gin fizz, ho ripreso anch'io a muovermi. Cercavo qualcosa da dire, ma non mi veniva niente, non mi sembrava di avere argomenti a parte mio cugino, non sapevo come chiederle perché le lacrime.

Lei ha bevuto ancora, seguiva la musica. Ma era in prestito, scossa e incerta; ogni tanto guardava nel folto della vibrazione generale dove un gruppo di africani alti faceva una specie di esibizione di ballo coordinato, in un cerchio di sguardi e di movimenti imitati. Mi ha gridato "Persone non ne fotografi proprio mai?".

Le ho gridato "Perché?": sospeso nel suo sguardo e nel tono della sua voce, nei movimenti del suo corpo che seguiva il ritmo senza proprio ballare.

"Così," ha gridato Manuela Duini. "Perché ho bisogno di foto."

"Se vuoi ci posso provare," ho gridato io; e non ero neanche sicuro che mi sentisse perché faceva di sì con la testa e guardava di lato.

Uno degli africani è venuto a prenderla per un braccio, si è chinato a dirle "Che fai?" in una voce del tutto priva di spigoli. Era alto due metri e più ma con una faccia da bambino, magro e liscio ed elastico come un serpente, aveva un anello a mezzaluna all'orecchio e i capelli a ciocchette dritte sulla testa.

Manuela Duini si è scostata di poco, ha detto "Bevo", con il bicchiere alzato. Mi ha indicato, ha gridato "Leo, Tamba".

Tamba ha fatto un cenno con la testa senza quasi guardarmi, le ha preso un sorso dal bicchiere in una specie di dimostrazione a mio uso. Respirava rapido, si muoveva a scatti, con gli occhi arrossati e le narici dilatate, percorso da un fremito di esaltazione chimica che non lo faceva stare fermo un attimo. Le ha stretto un braccio intorno alla vita, ha detto "Vieni dài", l'ha trascinata via.

Manuela Duini mi ha sorriso appena e si è lasciata trascinare via, divertita e triste e inquieta e sudata e confusa com'era. Le ho gridato "Per le foto chiamami! Sono sulla guida! Leo Cernitori!".

Lei mi ha gridato "Grazie!" già lontana nell'aria densa di fumo e luci e calore e traspirazione e musica martellante e gente congestionata e assordata che si muoveva secondo lo stesso ritmo di onda e di risacca.

Solo allora mi sono accorto che Antonella e i suoi due amici non mi ballavano più vicino. Non riuscivo neanche più a vederli tra la folla, sono andato in giro a cercarli. Erano al bancone del bar, si guardavano tra loro e guardavano verso l'uscita; appena li ho raggiunti Antonella ha detto "Andiamo?" senza molto calore nella voce e negli occhi.

La moglie di mio cugino ha chiamato con la sua voce nervosa

La moglie di mio cugino ha chiamato con la sua voce nervosa, ha detto "Leo, sei lì?". Sapeva che tenevo la segreteria sempre accesa perché glielo avevo raccontato io, ma lo stesso non sono andato a rispondere. Non sentivo suo marito da qualche giorno, avevo paura che volesse farmi qualche domanda a tranello su di lui.

Lei ha detto "Appena torni mi richiami, per favore? Volevamo invitarti a cena stasera".

Così ho sollevato la cornetta, ho detto "Scusa, stavo lavorando"; ho accettato l'invito anche se non ne avevo nessuna voglia al mondo.

Quando sono arrivato a casa loro erano tesi tutti e due come animali da tana, appena sotto la superficie di buoni vestiti e buone maniere e buone frasi sul tempo e sullo stato del nostro paese. Ci giravamo intorno con una mano sul fianco, nel soggiorno dove i regali erano già ben impacchettati e infiocchettati ai piedi dell'albero di Natale; mio cugino cercava di nascondersi dietro il più piccolo dei suoi figli, si teneva defilato.

Poi i figli sono andati a letto e ci siamo seduti a tavola, e ogni minimo gesto o parola doveva vincere una resistenza enorme per venire fuori. La moglie di mio cugino aveva preparato una minestra di verdure quasi senza sale; se n'è accorta dopo il primo cucchiaio, ha detto "Senza sale", in un tono di rammarico che andava molto al di là della minestra.

Forse proprio per questo mio cugino ha detto "Non è vero, è buonissima" e io mi sono sentito in dovere di andargli dietro, ho detto "Buonissima", con lo sguardo basso.

Così abbiamo mangiato la minestra senza sale e ci evitavamo con gli occhi, avrei voluto essere da qualunque altra parte. Cercavo almeno di tenere la conversazione più al largo possibile dalle nostre persone, ma non era facile: ho cominciato a raccontare un film che avevo visto, e mi sono reso conto che era tutta una storia di tradimenti, ho tagliato il racconto a un terzo. La moglie di mio cugino mi ha chiesto come andava il mio lavoro; le ho detto "Bene". Mi ha chiesto come andava la mia vita sentimentale; le ho detto "Bene, bene". Sorrideva a labbra strette, tesa quasi al punto di rottura, senza smettere per un istante di radiografare gli sguardi rapidi tra me e mio cugino.

Mio cugino ha cominciato a bere vino in modo sempre meno controllato, la sua voce è diventata sempre più secca e provocatoria. Ha fatto un quadro catastrofico di come sarebbe stata la situazione del nostro paese nel giro di un anno se tutte le indagini sui politici corrotti fossero andate avanti fino alle estreme conseguenze. Diceva "Non basteranno le prigioni, non basteranno".

"Se ne possono costruire altre," ha detto sua moglie.

Lui ha detto "Sì, ma poi a che punto ti fermi? Perché allora dovrebbe andare in galera anche il mio meccanico che non mi ha mai fatto una ricevuta, cazzo. E il dentista che ieri si è beccato tre milioni in nero solo per l'apparecchio della Michelina. È che siamo un paese disonesto, da sempre. Adesso sembra che i politici fossero una banda di pirati che teneva in ostaggio cinquanta milioni di santi. Ma cosa cazzo facevano i santi, in tutti questi anni? Cazzo facevano per liberarsi, prima che arrivassero i giudici?".

"Qualcuno ci provava," ho detto io. "Ma sembrava un'impresa così disperata. Sembravano così ben intanati, erano lì alla televisione e sui giornali con le loro facce schifose da quando noi andavamo alle elementari."

"Bella scusa," ha detto mio cugino. "È che in Italia la corruzione ce l'abbiamo nel sangue, anche se non ci piace. Siamo cattolici, per la madonna. Pecca e confessa e fatti perdonare e ripecca, e alla fine tutti sono contenti. Perché dobbiamo metterci in testa di fare i calvinisti, adesso? Ci renderemo conto di quanto è più faticoso avere delle regole da rispettare, cari."

"Cavolo di discorsi," ho detto io, anche se mi sembrava che parlasse quasi solo per attaccare sua moglie dietro uno schermo. Ma non mi divertivo per niente, mi tornavano in mente le ragioni di fondo che ci avevano tenuto distanti fin da bambini. Mi faceva tornare in mente i suoi calzoni all'inglese e i suoi discorsi sulle scuole di vela e le scuole di sci, la rabbia istintiva che mi comunicava già allora.

Sua moglie ha detto "Parli così solo perché la pubblicità adesso è in crisi".

"Se la pubblicità è in crisi sei in crisi anche tu, stella," ha detto mio cugino. "Se è in crisi dove li andiamo a prendere l'anno prossimo i soldi per tutte 'ste montagne di giocattoli del cazzo? Che tanto il giorno dopo Natale non gliene frega già più niente?" Indicava con il coltello i pacchi infiocchettati sotto l'albero, gli tremava la mano per l'insofferenza e il rancore e il senso di intrappolamento che aveva dentro.

"Smettetela," ho detto io, e mi sentivo vile a parlare al plurale.

"Lo vedi che ignobile è tuo cugino?" ha detto la moglie di mio cugino, anche lei tremante, girata verso di me per non guardarlo in faccia.

Poi è andata in cucina e ha portato in tavola dell'arrosto, e anche l'arrosto era venuto male, secco e fibroso come un pezzo di cuoio. Mio cugino ha detto "Squisito" con una voce di gola; lei l'ha guardato come se volesse tirargli in faccia il piatto. È suonato il telefono e sono scattati tutti e due; mio cugino ha fatto uno sforzo per bloccarsi al tavolo, pallido come non l'avevo mai visto, sua moglie è schizzata ad afferrare la cornetta. Era solo un'amica: la moglie di mio cugino ha detto "Giulia" con un mezzo sospiro di sollievo, ho visto i muscoli dello stomaco che le si allentavano sotto il vestito. Anche mio cugino si è rilassato sulla sedia, mi ha dato una specie di occhiata da annegato. Guardava l'orologio, si passava una mano tra i capelli che si era fatto tagliare per avvicinarsi a Manuela Duini, si versava altro vino. Sua moglie è tornata a sedersi, non meno rigida di prima, mi ha chiesto che programmi avevo per Natale.

Le ho detto "Nessuno". Bevevo senza averne voglia, mi

sentivo in trappola nella rete delle loro tensioni; avrei voluto andarmene e non sapevo come.

Poi uno dei bambini si è messo a piangere nella sua stanza dall'altra parte della casa; mio cugino e sua moglie si sono guardati, in una specie di braccio di ferro mentale, alla fine si è alzata lei.

Appena è stata fuori dal soggiorno mio cugino ha detto "Scusa tanto Leo, ma in certi momenti mi sembra di non farcela più. Con questo cazzo di orologio che va avanti e non lo posso fermare". Parlava a mezza voce, con sguardi intermittenti alla porta, il bicchiere in mano. Ha detto "In certi momenti mi viene voglia di strangolare lei e i bambini, con i loro regali e la montagna e il Natale che sta arrivando a spazzare via tutto come una specie di treno assassino del cazzo".

"Cosa succede con Manuela Duini?" gli ho chiesto a voce altrettanto bassa, anch'io mezzo angolato verso la porta. Ho pensato se raccontargli che l'avevo vista in discoteca, ma non ne avevo voglia.

"Niente," ha detto lui. Oscillava avanti e indietro, si è toccato tra lo stomaco e il cuore. Ha detto "È un tale casino. Di giorno ancora, con il telefono e tutto, hai l'idea di poterti tenere in contatto, anche se poi lei è sempre in giro. Ma la sera divento scemo. È come cercare di correre con i piedi in un sacco di cemento, cazzo. Sto tutto il tempo a immaginarmi cosa fa e dove va, e non ci posso fare niente".

"Ma vi siete rivisti?" gli ho chiesto, anche se non avevo voglia di tenere aperto l'argomento.

Mio cugino ha detto "Mezz'ora in un bar l'altra sera, e poi è andata a ballare non so dove, sono dovuto tornare a casa come una specie di condannato. Il supplizio di Tantalo, cazzo".

"Non potevi inventare una scusa?" gli ho chiesto, in bilico tra il fastidio quasi fisico che provavo per lui e le assonanze che i suoi stati mi suscitavano dentro. Pensavo a quando mi ero sentito anch'io come un condannato, pochi anni prima: alla smania di aria aperta che mi era venuta.

"Che scuse vuoi inventare?" ha detto mio cugino con gli occhi alla porta. "Ci riuscivo quando non me ne importava niente, adesso non ce la faccio. E non hai visto com'è mia moglie? Come sta tutto il tempo a spiare in controluce ogni minimo gesto e ogni minima parola?"

Si è alzato ed è andato verso una finestra, l'ho seguito. Stavamo girati nello stesso modo per controllare la porta sul corridoio, come due cospiratori alle corde. Mio cugino ha detto "Poi con Manuela mi sento così inadeguato. Non so cosa cavolo sia. Non mi è mai capitato di essere così poco sicuro di me con una donna. Forse sono tutte le storie che ha dietro, o il suo modo di fare. Non so. L'altra sera poi diceva delle cose tremende sulla pubblicità. Diceva che siamo degli sciacalli che giocano coi sentimenti della gente".

"Ma ha ragione," gli ho detto, con una tempia che toccava il vetro freddo della finestra.

Mio cugino non ha risposto pronto e tagliato come avrebbe fatto in qualunque altro momento. Mi guardava con una strana aria disarmata, dopo tutti i suoi discorsi cinici e irritanti sul presente e il futuro del nostro paese; sembrava che davvero non avesse più molti margini di sicurezza.

"Forse dovresti rischiare," gli ho detto. "Se ci tieni tanto."

Gli ho visto una luce di paura nello sguardo; ha detto "Forse sì". È tornato al tavolo a riprendersi il bicchiere, con le suole delle scarpe inglesi che scrocchiavano sul parquet. È tornato da me e ha bevuto ancora un sorso di vino, ha detto "Infatti volevo chiederti una cosa". Ma guardava verso la porta sopra l'orlo del bicchiere; non mi chiedeva niente.

"Cosa volevi chiedermi?" gli ho chiesto alla fine.

Lui ha detto "Se per caso non mi puoi prestare il tuo studio domani sera". Lo sguardo gli era venuto fisso e insistente d'improvviso, mi sondava in una specie di sfida semisussurrata.

"Domani sera?" ho detto io, con un senso di disagio che mi prendeva allo stomaco, allarme freddo e senza ragioni che andava in circolo.

"Sì," ha detto mio cugino. "L'ho invitata a cena, ma poi devo stringere in qualche modo. Fra tre giorni è Natale, cazzo. E non posso mica portarla in albergo o nel mio ufficio. Il tuo studio è più romantico, abbastanza bohémien, no?"

"Ma è uno studio da fotografo," gli ho detto. "Che cosa le racconti?"

"Che la fotografia è la mia passione segreta," ha detto mio cugino. "Che ci vado appena sono libero dal mio lavoro di pubblicitario sciacallo. Forse le fa una buona impressione."

"E io dove dormo?" gli ho chiesto. "Dove vado?"

"Basta che me lo lasci fino alla una e mezza o le due," ha detto lui. "Comunque vada alle due massimo siamo fuori, tanto devo tornare a casa. Non puoi uscire con una delle tue ragazze? Andate da qualche parte, alle due sgombro il campo, giuro. Cerco di portarla lì presto."

"Non so," ho detto io, spinto indietro dalla miscela di bramosia ed esibizionismo e ansia e incertezza e falsità e piani pronti nella sua voce e nei suoi occhi; da come mi guardava e guardava verso la porta, faceva scivolare le parole imprecise una sull'altra ma ben mirate.

Poi sua moglie è tornata nel soggiorno, si è insospettita subito per come ci siamo immobilizzati davanti alla finestra. Ha detto "Vi interrompo?".

"Cosa aveva?" ha chiesto mio cugino per scavalcare i sospetti, con un gesto mal riuscito verso la stanza di suo figlio.

"Sogni brutti," ha detto sua moglie. "Con tutte le schifezze che vedono alla televisione è il minimo che può succedere." Tagliava sguardi da me a mio cugino, con ogni nervo e muscolo del corpo magro teso a raccogliere impressioni.

Poi si è messa a sparecchiare la tavola, l'ho aiutata. Mio cugino è rimasto nel soggiorno, quando sono tornato a prendere i bicchieri mi ha bisbigliato "Allora?": in piedi vicino al divano come un condannato in attesa di sentenza.

Così gli ho detto "Passa domani a prendere le chiavi", senza quasi muovere le labbra per paura che sua moglie mi sentisse.

Lui ha detto "Mi salvi la vita, cazzo", in una specie di soffio. Ha riacquistato disinvoltura nel giro di pochi secondi, mi ha strizzato l'occhio mentre sua moglie tornava nel soggiorno.

Sono rimasto ancora cinque minuti, poi ho ringraziato per la cena e sono uscito dalla loro casa elegante e confortevole resa così scomoda da quello che gli stava succedendo, ho quasi corso nel freddo nebbioso fino alla macchina. Ma una volta in macchina ho aspettato qualche minuto a mettere in moto: l'ansia di mio cugino mi aveva lasciato dentro uno strano rimescolamento di vuoto e di pieno, come il riverbero di aria smossa che c'è vicino ai binari dopo che un treno è passato in velocità.

Poi mi sono fermato a una cabina telefonica e ho chiamato Antonella Sartori. Le ho detto "Se ti venissi a trovare?".

Lei ci ha pensato su un istante: ha detto "Stasera sono sfinita. Ma domani sera sei invitato a cena".

"Lì da te?" le ho chiesto.

"Sì," ha detto lei. "Se ti va," con una sottile angolatura nella voce che non le avevo ancora sentito.

Mio cugino è passato all'una a prendere le chiavi del mio studio

Mio cugino è passato all'una a prendere le chiavi del mio studio; si guardava intorno come se avesse affittato il posto, riparato nel suo cappottone nero con il bavero alzato. Sembrava contrariato per quanto lo spazio era ingombro di attrezzature, perplesso per il letto a ribalta incassato nella parete. Ha detto "Come si tira giù questo?". Gliel'ho spiegato senza molta gentilezza; ho detto "Scusa ma devo andare avanti con il lavoro".

Fuori sul pianerottolo mi ha detto "La porto qui verso le dieci e mezzo undici, per le due siamo fuori", con un sorriso che cercava complicità e partecipazione.

Gli ho detto "Va bene, va bene", l'ho quasi spinto fuori.

Poi verso le quattro di pomeriggio stavo fotografando una serie di bicchieri e caraffe di cristallo ed è suonato il citofono, una voce ha detto "Manuela".

Sono rimasto bloccato con la cornetta in mano vicino alla porta, senza capire se era un cambiamento di programma di mio cugino o un malinteso o cosa.

"Manuela Duini," ha detto lei nel citofono.

"Sali," le ho detto; guardavo i cristalli ben disposti sul panno nero sotto le luci.

È arrivata quasi subito, c'era solo una rampa e mezzo di scale dal cortile. Ha detto "Ciao", alta e sorridente sulla porta, con gli occhi grandi. Aveva addosso una vecchia giacca di pelle nera da uomo e un paio di jeans scoloriti, le davano un'aria più da teppista delle altre due volte che l'avevo vista. Mi ha abbracciato di slancio, ha detto "Ti disturbo?".

"No no," ho detto io, senza sapere bene come muovermi. Mi chiedevo se mio cugino stava aspettando fuori in macchina, o le aveva dato appuntamento a più tardi, o non sapeva niente. Manuela Duini si guardava intorno tra le lampade e i cavalletti e gli stativi e i rulli e le scatole di cartone, mezza distratta e mezza interessata. Guardavo anch'io, cercavo di capire che impressione poteva farle il mio studio.

Lei ha detto "Davvero potresti farmi delle foto?".

"Sì," le ho detto. "Posso provarci." Avevo una strana sensazione, di sollievo e tepore interno, sangue che circolava, confidenza immotivata.

"Quando?" ha detto lei, attenta a me e allo spazio intorno quasi nella stessa misura.

"Quando vuoi," le ho detto.

"Anche adesso?" mi ha chiesto. Sembrava irrequieta, difficile da fermare; eppure aveva anche uno sguardo comunicativo, non era chiusa in atteggiamenti o rappresentazioni di se stessa.

"Sì," ho detto io, preso alla sprovvista.

Lei ha indicato la porta, ha detto "Allora vado giù a prendere l'arpa. È in macchina, sono stata in uno studio a registrare una cosa".

Così siamo scesi insieme; c'era una vecchia giardinetta ferma a bloccare il passo carraio. Manuela Duini ha aperto il portellone, mi ha detto "Eccola qui". Non mi era mai capitato di vedere un'arpa da vicino: mi ha colpito la strana forma di gondola, nera e ottone e color legno naturale sotto una gualdrappa da cavallo di panno rosso; il peso quando abbiamo cominciato a tirarla fuori dalla macchina.

Manuela Duini mi dava indicazioni su come sollevarla, e non era facile, perché la stoffa e il legno lucido mi scivolavano tra le mani, non riuscivo a trovare un appiglio sicuro. Lei si è messa a ridere, ha detto "Certe volte lo odio, questo catafalco". Ma sapeva bene come maneggiarla, con un misto di energia e delicatezza e impazienza, apprensione che le faceva dire "Attento" in tono acuto quando rischiavo di farla urtare contro il metallo della macchina.

L'abbiamo tirata giù e caricata su un carrellino leggero, trascinata attraverso il cortile e su per le scale nel mio studio, spinta davanti al fondale. Poi Manuela Duini è andata giù a spostare la macchina, io ho cominciato a sistemare le luci. L'idea di fare dei ritratti mi riempiva di agitazione, e di farli con così poco preavviso e a lei, nello studio dove l'avrebbe portata poche ore più tardi mio cugino: mi sudavano le mani, camminavo da un punto all'altro senza riuscire a trovare quello che cercavo.

Manuela Duini è tornata dopo dieci minuti, con una borsa da viaggio di stoffa. Ha detto "Ho portato qualche vestito, non so", l'ha posata in un angolo. Aveva anche un sacchetto di carta; ha tirato fuori due brioches e me ne ha porta una, ha dato un morso all'altra mentre camminava avanti e indietro sulle gambe lunghe, spavalda nella giacca nera di cuoio. Si è scarruffata con una mano i capelli, li ha impolverati di zucchero a velo, ha impolverato il golf nero che aveva sotto. Poi è andata ad aprire la valigia, ha frugato dentro tra giacche e camicette con interesse decrescente. Ha detto "Non so cosa mettermi. Non ho voglia di cambiarmi né niente".

"E stai come sei," le ho detto. "Non ti cambiare affatto." In parte mi dispiaceva, perché l'idea che si potesse svestire e rivestire nel mio studio mi comunicava piccole onde interiori molto ravvicinate; ma non riuscivo a immaginarmela meglio di così, o più vicina alla sua natura.

Lei si è solo tolta la giacca di pelle, l'ha buttata in un angolo. Ha acceso una sigaretta, mi ha guardato.

Le ho detto "Vai un po' vicina all'arpa".

Lei è andata vicina all'arpa, si è appoggiata alle corde tese tra il legno curvo e quello dritto.

"Sembra un arco," le ho detto, mentre spostavo una lampada per cambiare il taglio di luce. "Una specie di grande arco rituale con molte corde."

Lei ha detto "Ma era un arco, in origine. Era un arco con una sola corda che vibrava, poi ne hanno aggiunte altre poco alla volta e hanno aggiunto una cassa di risonanza e tutto il resto".

Ho spostato ancora le luci, aggiustato la carta del fondale, spostato la macchina 13 x 18 sul suo cavalletto pesante. Ero lento, ogni sollevamento e trascinamento richiedeva minuti interi. Ho detto "Scusa, ci vuole un po' di tempo"; cercavo di avere un tono sereno e incurante, senza fretta.

Manuela Duini ha indicato la 13 x 18: la grossa scatola di metallo e il soffietto, il panno nero; ha detto "Come mai usi quella?" sorrideva.

"Mi piace di più," ho detto io. "Puoi comporre l'inquadratura come agli inizi della storia della fotografia. Come in un quadro dipinto. È più lenta, ma vale la pena." Non ne ero così convinto mentre lo dicevo; mi sembrava un atteggiamento, mi costava fatica.

Lei ha detto "Certo", in un tono più esile di prima, con lo sguardo più basso. Era timida in realtà, appena sotto la superficie esuberante e comunicativa. La guardavo riflessa a rovescio sul vetro retinato della macchina fotografica, e mi faceva impressione che stesse lì in attesa delle mie indicazioni, così inaspettatamente disciplinata.

Ho detto "Prova a mettere una mano su quel legno curvo". Erano anni da quando avevo fatto ritratti a qualcuno, a parte le poche pose tra i mobili per la rivista di Antonella Sartori; non avevo nessun filtro professionale dietro cui ripararmi, a parte il panno nero della macchina fotografica.

"Sul modiglione?" ha detto lei; ha messo una mano sul legno curvo da cui partivano le corde, ha spostato il peso del corpo, assunto un'espressione più morbida.

"Modiglione?" ho ripetuto, con la testa nascosta sotto il panno nero.

Lei si è messa a ridere, ha detto "Si chiama così".

Ho scattato una foto, cambiato lastra. La studiavo ancora, in campo lungo in modo da far rientrare tutta l'arpa nell'inquadratura. Cercavo di capirla per gradi e di capire l'arpa, con la sua forma primordiale e classica e barocca e senza tempo, vicina a lei e anche lontanissima dal suo spirito irrequieto e mobile, dall'epoca in cui la stavo fotografando.

L'ho fotografata in piedi da altri angoli, poi le ho chiesto se non voleva sedersi come se suonasse. Lei ha detto "Va bene"; sono andato a prenderle uno sgabello girevole. Lei l'ha regolato all'altezza giusta, si è seduta e ha tirato l'arpa verso di sé con un movimento di totale naturalezza, ha fatto scorrere le dita sulla cordiera. Il suono che ne è uscito era liquido, brillante e dolce e pieno di riflessi come acqua di musica. Ha smesso quasi subito, mi ha guardato con un espressione di attesa.

Ho detto “Che suono incredibile”: la mia voce per contrasto mi è sembrata ruvida e sfibrata come una stoffa scadente, avrei voluto averne un’altra.

“Ti piace?” ha detto lei, con un sorriso parte timido e parte consapevole. Ha detto “Ma è tutta scordata”. Si è alzata e ha preso una chiave e ha cominciato a tendere le corde, tesa lei stessa dal braccio alzato alla punta del piede come un’arciera: schiacciava i pedali per cambiare il tono, girava i tendicorde con una mano, pizzicava le corde con l’altra finché raggiungeva l’intonazione giusta. Aveva una dimestichezza totale con la sua arpa, ma nella facilità apparente con cui la manipolava c’era una cautela da domatrice di orsi: come se si aspettasse una possibile reazione pericolosa da un momento all’altro.

Le ho scattato un paio di lastre anche così, limitato com’ero dal peso e dalla lentezza della 13 x 18. Continuavo ad avvicinarmi a piccoli passi, trascinare la macchina sul cavalletto, spostare le luci, alzare e abbassare il panno nero, mettere a fuoco attendere il momento di scattare dirle “Ferma”, cambiare lastra; e mi sembrava sempre di arrivare in ritardo sulle espressioni e sui gesti che cercavo di cogliere.

Le ho detto “È anche uno strumento così femminile” in un tono sdilinquito come se stessi parlando di lei più che della sua arpa. Ma eravamo a solo un metro e mezzo di distanza, appena provavo ad avvicinarmi ancora mi arrivava dentro una vibrazione calda. Ho detto “Con questa specie di pancia di abete maturato alla luce. Queste curve morbide, no?”.

“Ma è anche dura da suonare,” ha detto lei. “Se non hai forza nelle mani e nelle braccia non tiri fuori niente. È un finto strumento dolce. Devi essere una bestia per suonarla davvero. Vedi tutte ’ste povere gattemorte senza sangue con le loro braccine sottili, al massimo riescono a tirare fuori qualche glissando e qualche piccolo arabesco decorativo.”

Si è seduta di nuovo, ha scorso le dita sulla cordiera, fatto sgorgare dall’arpa cascate e rivoli e gocce di note che precipitavano per gradini e si rincorrevano a curve e zampilli ravvicinati. Le sue mani si muovevano come in un gioco cinese, sembravano sfiorare le corde più che pizzicarle, le dita e i palmi e gli avambracci coordinati in gesti stilizzati. E forse voleva darmi una dimostrazione di arabesco decorativo, ma la sua musicalità era più forte delle sue intenzioni, l'aveva fatta scivolare nei suoni come uno può scivolare nell'acqua di un lago o scivolare in un sogno. Poi ha smesso, e rideva, ha detto "È questa la musica d'arpa che hai in mente, no?".

"Forse," le ho detto. "Ma è bella anche questa, suonata così."

"Arpa bar," ha detto lei; mi guardava con la testa inclinata, un ginocchio alzato.

Le ho detto "Stai così. Ferma", ho scattato una lastra. Ma non mi sentivo a mio agio: mi sentivo ottuso e torpido, inchiodato a terra dal peso delle mie attrezzature, davvero come agli inizi della storia della fotografia. Avrei voluto rimangiarmi i discorsi che le avevo fatto sulla 13 x 18 e su come ti permetteva di comporre le foto come quadri; avrei voluto buttare da parte tutto l'armamentario e tirare fuori la 6 x 6 o anche una 35 millimetri, anche una tascabile automatica da quattro soldi abbastanza rapida da cogliere la frazione di secondo che mi interessava.

Lei non era un soggetto semplice: aveva diverse nature contrastanti che venivano fuori a seconda della luce e dell'angolo e del momento. Da certi angoli sembrava una suonatrice d'orchestra sobria e compita, da altri prendeva un'aria di ragazzina sensuale, da altri aveva un'ombrosità schiva da donna selvatica; da altri ancora sembrava una teppista, da altri una giovane signora borghese. Un momento era timida, e un altro aggressiva; in una luce era molto bella, in un'altra quasi bruttina. Aveva anche una faccia segnata per la sua età, e alcuni denti otturati con amalgama di piombo senza grandi preoccupazioni estetiche. Nell'insieme questi difetti le stavano bene come delle qualità, davano solo un velo di vita al suo modo di essere attraente. Le giravo intorno sempre più vicino, sempre più affascinato da lei, sempre meno professionale.

A un certo punto le ho chiesto "Lo conosci da molto mio cugino?" nascosto com'ero dal panno nero. Non capivo cosa potevano avere in comune; se era il fatto di non avere niente in comune ad avvicinarli.

Lei ha detto “No”. Si è accesa una sigaretta, ha soffiato il fumo azzurrino nella luce forte, mi guardava.

“Da quanto?” le ho chiesto. Ero sudato, il riscaldamento centrale era troppo alto e avevo addosso una camicia di flanella pesante e un gilet di cuoio.

“Un mese, più o meno,” ha detto lei.

Sono venuto fuori da sotto il panno, per respirare e perché non mi piaceva più parlare in modo così filtrato; ma appena allo scoperto la sicurezza mi si è dissolta insieme agli argomenti, ho dovuto mettermi a trafficare con una lampada.

Manuela Duini mi guardava, avrei voluto sapere cosa pensava. Ha detto “Tu lo vedi spesso?”.

“No no,” ho detto io, troppo in fretta, troppo ansioso di prendere distanza da lui. Ho detto “Ci conosciamo da quando eravamo bambini, più che altro. Sai quel tipo di dimestichezza automatica? Che non è proprio amicizia e neanche vera confidenza ma lo stesso dà per scontato di avere qualcosa in comune?”.

Lei ha fatto di sì con la testa, la sua attenzione divisa in parti variabili tra le mie parole e il fatto di stare davanti alla mia macchina fotografica. Ha detto “Avevo due cugini anch’io, ma uno si è buttato dalla finestra a diciannove anni. L’altro suona il piano. È il primo ragazzo che ho baciato. Per provare, sai quelle cose che si fanno a dieci o undici anni? Lui ne aveva tre o quattro più di me. Poi qualche giorno dopo ci siamo anche presi a schiaffi, sempre nella casa di montagna dei miei zii. Ci siamo riempiti di schiaffi per qualche minuto, a turno, e ridevamo come due isterici, alla fine avevamo la faccia gonfia”.

“E adesso?” le ho chiesto, preso dalla naturalezza con cui mi raccontava queste cose, come se fossimo amici intimi da sempre.

“Adesso niente,” ha detto lei. “Non ci vediamo quasi mai. Ma la mia famiglia è così. Siamo quasi tutti musicisti ma ognuno per conto suo. Carriere separate, è il motto di famiglia. Non mi ha mai aiutata nessuno, ’sti bastardi. La gente pensa che chissà quali appoggi ho avuto, e invece hanno sempre pensato solo a se stessi."

"Cosa suona tuo padre?" le ho chiesto.

"Fa il direttore d'orchestra," ha detto lei. "Mia madre si è sempre occupata soprattutto di lui, noi figli venivamo dopo. Mio fratello ha tagliato completamente i rapporti con loro, se gli scrivono rispedisce indietro le lettere senza aprirle."

"Cosa suona?" le ho chiesto.

"Violino," ha detto Manuela. "Forse l'hai sentito. Arturo Duini, è uno dei quattro o cinque al mondo, dicono. Anche con lui non c'è quasi più comunicazione, è talmente concentrato su se stesso e sulla sua carriera. Sono una specie di orfana del cavolo. Boh." Ha sorriso, soffiato fuori l'ultimo fumo, spento la sigaretta sulla suola di una scarpa.

Avevo smesso di cercare un'inquadratura, stavo a guardarla da due metri e ogni sua parola o movimento mi comunicavano una miscela densa di sorpresa e curiosità e attrazione e nostalgia. Ho detto "Dev'essere difficile suonare la musica classica. Mi sono sempre chiesto come fate a ricordarvi tutte le note, averle tutte dentro pronte da tirare fuori".

"Ma ci sono gli spartiti," ha detto lei, quasi brusca. "E le note ti entrano in testa a furia di provare, come qualsiasi cosa."

Poi ha cominciato a suonare davvero, una musica nervosa e armonica e piena di energia, ogni nota tesa ed elastica e precisa come una piccola freccia scoccata per inseguirne altre nell'aria e attrarne di nuove dietro di sé. Guardava un punto indefinito nello spazio, tra la cordiera e il fondo della stanza; l'arpa oscillava avanti e indietro tra le sue mani e le sue ginocchia, seguiva il ritmo dei suoi gesti e del suo respiro. I suoi polpastrelli larghi da animale musicale toccavano le corde con una rapidità quasi impercettibile, i palmi smorzavano il suono ogni tanto e si riallontanavano, gli avambracci si muovevano avanti e indietro con forza perfettamente misurata. E c'era una parte di piacere nel suo sguardo, e una parte di disappunto, come se inseguisse la musica che aveva in mente e riuscisse a raggiungerla e poi perdesse contatto di nuovo e restasse indietro e riuscisse a riagguantarla di nuovo e cavalcarla e farsene portare senza perdere l'equilibrio o lasciarsi trascinare.

Ho trascinato in un angolo la 13 x 18 con il suo cavalletto e sono corso a prendere la Hasselblad, l'ho caricata più veloce che potevo, ho ripreso a cercare un'inquadratura. Mettevo a fuoco molto da vicino, la faccia di Manuela Duini e le sue mani sulle corde dell'arpa, e mi sentivo molto più libero, mi sembrava di percepire tutto con molta più chiarezza di prima. Riuscivo a vedere la tensione elastica che le saliva attraverso il corpo e su per le braccia fino ad affluirle alle dita; e il momento preciso in cui le dita toccavano le corde, con una percussione o un pizzico e una smorzatura altrettanto rapidi, e facevano sgorgare il ritmo e la melodia e il colore della musica che erano dentro di lei, pronti a venire fuori con tanta precisione e leggerezza. Non fotografavo a raffica come avrei potuto con un'altra macchina più veloce, ma lo stesso mi sembrava di volare: mi avvicinavo e mi allontanavo, le giravo intorno, mi alzavo e mi abbassavo sulle gambe. Sudavo e faticavo ancora, mi rendevo conto di come solo una parte di quello che vedevo e sentivo sarebbe finito sulla gelatina della pellicola, sensibile alla luce e al colore ma del tutto sorda al suono e alla temperatura e tutte le altre sensazioni rapide e impalpabili che mi arrivavano incontro. Ma cercavo di seguire il ritmo della musica, e la tensione e la forza e lo stupore e anche la rabbia che passavano attraverso le dita di Manuela Duini nella musica che suonava. Cercavo di catturare le sfumature che continuavano a cambiare nel suo sguardo: il divertimento e il disappunto e la concentrazione atletica, la distanza assorta da attraversatrice di paesaggi sonori.

Poi ha sbagliato un passaggio e si è alzata di scatto, colorita in faccia, ha detto "Basta".

"Cos'era?" le ho chiesto io, scosso dalla musica e dal suo modo di suonarla, da come la stanza polverosa e assediata di oggetti da lavoro si era riempita di immagini e umori che ancora riverberavano nell'aria.

"Haendel," ha detto lei. "Questo è il mio tempo ideale, non c'è una volta che sia riuscita a suonarlo così con un direttore. Mi hanno sempre staccato dei tempi lenti da palude barocca, come se Haendel non fosse stato mai allegro o vivo in vita sua. Sono tutti talmente pieni di se stessi e delle loro preoccupazioni filologiche, si tengono sempre a freno. Non sopportano che una cerchi di essere libera e istitutiva."

"Che scemi," ho detto io, ed ero affascinato dalla passione che animava la sua voce e il suo sguardo e i suoi gesti.

Poi lei ha cambiato umore ancora una volta; è tornata a sedersi, ha suonato qualche arpeggio di una musica diversa, come se cercasse qualcosa. Si è alzata di nuovo, ha detto "Ma sono fuori esercizio di brutto. Tra due settimane devo suonare Rossini a Ferrara, non so come fare". Di colpo era attraversata da una corrente di agitazione e di insicurezza che la faceva respirare più veloce, le mandava lampi irregolari agli occhi. Non aveva un orologio, né braccialetti o anelli, è venuta a toccarmi il polso per leggere l'ora, ha detto "Devo correre".

Così non c'è stata nessuna fase intermedia tra la vicinanza totalmente focalizzata di quando la fotografavo e il ritorno alla semplice cordialità amichevole di quando era arrivata: le stavo di fronte con la Hasselblad ancora in mano, e non sapevo cosa fare. Ho pensato di offrirle qualcosa da bere o aprire un nuovo discorso o farle vedere qualcuno dei miei lavori; ma nel frigorifero avevo solo acqua minerale e non mi veniva in mente nessun argomento e i miei lavori erano solo foto di oggetti. Ho detto "Anch'io devo finire quei cristalli entro stasera, se no mi ammazzano".

L'ho aiutata a rimettere l'arpa sul carrello e portarla giù nel cortile e in strada, spingerla con cautela dentro la macchina. Fare queste fatiche insieme a lei mi dava ancora un'idea di intimità, le sensazioni di contatto che avevo avuto mentre la fotografavo tornavano e se ne andavano a strappi. Erano solo lampi di sensazioni, passavano rapide tra un gesto e uno sguardo; per il resto mi sentivo i muscoli più rigidi di come avrei voluto, mi muovevo senza disinvoltura.

Lei ha chiuso il portellone della sua vecchia macchina; ha detto "Mi dispiace di averti fatto fare il facchino". Mi incantava il suo modo di girare la testa sul collo: di guardarmi negli occhi e guardare di lato con un piccolo slancio elegante.

Le ho detto "Sono abituato a portare su e giù roba". Era buio ormai, faceva freddo ma le guance mi scottavano.

Manuela Duini ha guardato il fiume di macchine che scorrevano oltre con i fari accesi; mi ha abbracciato, ha detto "Grazie per le foto". Sorrideva aperta, naturale come un'amica di molto tempo che se ne va.

Le ho detto "Ti chiamo appena le ritiro".

"Sono sulla guida anch'io," ha detto lei. Poi è salita al volante, ha messo in moto. L'ho guardata scendere dal marciapiede senza nessun riguardo per le sospensioni e infilarsi nel traffico congestionato della sera, e mi sembrava impossibile che mio cugino riuscisse a riportarla lì poche ore più tardi. Mi sembrava impossibile che chiunque riuscisse a portarla da qualunque parte, autonoma e libera e impaziente com'era. Sono rimasto fermo sul marciapiede finché ho perso traccia dei suoi fanali di coda tra i molti altri nella nebbia solforosa, e il freddo ha cominciato a salirmi dentro, venato di sentimenti privi di contorni.

Alle sette e un quarto ho dato una sistemata di corsa allo studio

Alle sette e un quarto ho dato una sistemata di corsa allo studio, messo in ordine qualche cavo, spinto contro una parete le scatole con i bicchieri e le caraffe che avevo fotografato. Ho fatto il minimo possibile, non ho neanche provato a lasciare un nido confortevole per mio cugino. Scorrevo lo sguardo intorno e mi immaginavo lui e Manuela Duini che entravano, ubriachi tutti e due o almeno allegri dopo la cena; mi immaginavo i loro possibili gesti di avvicinamento. Mi chiedevo se avrei dovuto avvertire mio cugino che lei era venuta nel mio studio il pomeriggio, se questo avrebbe influito in qualche modo sulle sue strategie; ma non ne avevo voglia e non avevo tempo, ho spento la luce, chiuso la porta.

Alla lezione di karate ero distratto, altalenavo tra stati di assenza e impulsi di aggressività. Il maestro si è irritato perché falsavo l'inclinazione di un calcio a falce; subito dopo ho colpito un altro allievo al collo in malo modo con la base della mano, l'ho visto diventare quasi bianco in faccia per lo shock. Le voci e i suoni si smorzavano sull'imbottitura del pavimento e delle colonne della palestra, mi sembravano una rappresentazione acustica del mio stato d'animo. In certi momenti riuscivo a concentrarmi solo sui miei gesti; poi mi veniva in mente lo sguardo di mio cugino mentre mi chiedeva le chiavi del mio studio, lo sguardo di Manuela Duini mentre suonava, gli sguardi dei miei figli già partiti, la voce al telefono di Antonella Sartori che mi invitava a cena da lei. Ogni colpo che tiravo o che paravo o evitavo prendeva la forma di uno di questi pensieri, mi faceva contrarre i muscoli su un'immagine che mi arrivava addosso con la stessa forza veloce e subito ritratta di un impatto fisico.

Appena finita la lezione sono andato a farmi una doccia e rivestirmi, sono corso fuori con il polso alzato per controllare l'ora. La palestra non era lontana dalla casa di Antonella Sartori, e dopo l'orgia di acquisti del giorno non c'erano quasi più macchine in giro, ci ho messo meno di dieci minuti ad arrivare.

Nel baule della macchina avevo un mazzo enorme di rose rosse che mi erano servite per delle foto di argenterie il giorno prima; si erano un poco afflosciate e bruciacchiate ai margini sotto le lampade dello studio, ma alla luce fredda del videocitofono facevano ancora una figura impressionante. Me le aveva portate la art director della ditta di argenterie, come si può portare una bandiera o un altro oggetto carico di simboli al punto di diventare minaccioso; finite le foto le avevo chiuse nel bagno perché mi mettevano troppo a disagio.

Ho proteso il mazzo verso Antonella Sartori, appena è uscita sul pianerottolo dopo aver schiavardato le molte mandate della sua porta blindata. Lei ha detto "Grazie" nel suo modo incolore, ma da come si muoveva era più spaventata che contenta, non sapeva come prenderlo. Erano rose giganti, con il gambo lungo un metro almeno; non mi era mai capitato di portarne a nessuna donna in vita mia, non avevo pensato bene all'effetto che potevano produrre.

L'ho seguita nell'anticamera con il mazzo ancora tra le mani, goffo come un fattorino; lei ha indicato in alto, ha detto "È tornata mia madre".

Sua madre è scesa per la scala che portava al piano di sopra, abbronzata e secca e magra e vestita da ragazza più di sua figlia. Mi ha dato la mano da due gradini più in alto senza stringerla molto, ha detto "Come va?". Mi guardava e guardava il mazzo di rose giganti, sembrava allibita anche lei.

Ho detto "Bene, grazie"; cercavo di spingere le rose verso Antonella ma lei non si decideva a togliermele di mano. Alla fine le ho dovuto dire "Le metti da qualche parte, magari?". Antonella le ha prese malvolentieri, quasi sommersa dagli steli enormi, è andata a posarle in qualche stanza.

La madre intanto continuava a guardarmi dal penultimo gradino della scala, cercava credo di capire chi ero e che intenzioni avevo con sua figlia, anche in base al mazzo di rose giganti.

Io la guardavo dal basso in alto, nell'ingresso svuotato di mobili come il resto della casa; le ho chiesto "Come è andato il viaggio?".

Così lei è scesa anche dagli ultimi due gradini e sua figlia è tornata, ho dovuto andare con loro nella saletta del televisore ad ascoltare la madre che raccontava della sua vacanza a Santo Domingo. Diceva "Un paradiso in terra. Sole e mare da favola, e i bungalows sono dritti sulla spiaggia". Doveva avere cinquant'anni, ma si era fatta tirare la pelle della faccia fino a bloccare tutte le espressioni; parlava in un accento neutro scandito, non capivo se dovuto alla tensione della faccia o a un corso di dizione.

La figlia ascoltava, nervosa e anche diffidente sul bordo del divano; controllava me e sua madre, le reazioni reciproche. Mi sembrava che ci fosse una rivalità sottile tra loro: nel modo che avevano di guatarsi a breve distanza, ognuna delle due in apparenza modellata sull'altra.

La madre ha detto "Ginnastica e nuotare e prendere il sole. La cucina è ottima perché il cuoco è italiano. Di sera balli sotto questa volta immensa di stelle, sono grandi il doppio che da noi". Fumava con accanimento, aspirava il fumo fino in fondo ai polmoni, accavallava le gambe nei jeans da ragazzina. E non sembrava ricca da sempre, o per sempre c'era un margine di incredulità o di desiderio di stupire nei suoi racconti, un margine di apprensione.

Ho detto "Che bello"; pensavo alla faccia del suo ex marito, cercavo di immaginarmi dov'era.

"Sì," ha detto lei. "Però dopo la prima settimana per mia somma sventura sono arrivati centoventi salumieri italiani che avevano vinto il premio vendite di un'industria di prosciutti."

Mi guardava fisso e mi sono messo a ridere, angolato com'ero verso di lei sul divano semicircolare.

Ma né la madre né la figlia hanno riso con me: Antonella era tutta rigida al suo posto, ha acceso il televisore enorme con il telecomando, fatto scorrere i canali. La madre mi ha detto in tono drammatico "Lei non ha idea di cosa possano diventare centoventi salumieri in un posto come quello".

"Me l'immagino," ho detto io, anche se lei stessa avrebbe potuto essere la moglie di un ricco salumiere, a guardarle il naso troncato in punta e i gesti che faceva nell'accendere e fumare una sigaretta dietro l'altra forse per tenere lontana la fame e restare magra in concorrenza con sua figlia.

Lei ha detto a sua figlia "Perché non spegni quell'affare?". La voce impostata le si apriva a tratti in una vocale sguaiata da provincia subalpina, diventava ruvida.

"Mi hai già raccontato tutto, mamma," ha detto Antonella; ha solo abbassato l'audio.

Sul televisore enorme quasi senza audio intanto passava un programma giornalistico: si vedevano altre immagini di palazzi di giustizia, giudici che andavano e venivano, imprenditori che camminavano via rapidi tra i loro avvocati, politici che si giustificavano o cercavano ancora di fare i loro sarcasmi da cadaveri davanti alle telecamere senza più riuscirci. La madre di Antonella ha detto "Certo che adesso sta diventando un linciaggio, quasi".

Ho cercato l'espressione più neutra che mi veniva: ho mosso appena la testa, senza enfasi o significato.

Lei ha detto "Guardi, io e mio marito siamo separati di fatto da cinque anni, non è che difendo nessuno. Ma non si può dare ai politici la colpa di tutto. Qualcuno li avrà pure eletti, non le pare?".

"Forse non c'erano molte alternative," ho detto io, guardando le immagini che scorrevano sullo schermo quasi silenzioso. Antonella era tesa come una molla, percorsa dalla sua piccola vibrazione nervosa che le faceva tremare le ginocchia.

"Poi questi giudici vogliono fare i protagonisti," ha detto sua madre, come se non mi avesse sentito. "La stampa li esalta e la gente gli va dietro, senza capire che di questo passo finiremo nello sfacelo." La pelle del collo abbronzato le si pieghettava ogni volta che abbassava il mento, tradiva la sua età e il suo spirito ancora più dei dorsi grinzosi delle mani.

Non avevo voglia di mettermi a questionare con lei, guardavo basso. Ma pensavo alla facciata della loro casa, e alle facce dei farabutti alla televisione convinti di potere ancora trattare condizioni per salvare almeno il bottino, e pensavo alla mia vita a Milano e a quella dei miei amici e dei miei figli, a quanto mi ero sentito in territorio occupato finché suo marito e i suo amici erano i padroni del mondo. Ho detto "Più nello schifo di come eravamo, non è facile".

Lei però doveva avere sviluppato una sorta di impermeabilità negli ultimi mesi: ha dilatato le narici per fare uscire il fumo, ha detto "Sono tutti lì a puntare il dito, adesso. Mio marito non può più andare al ristorante che la gente agli altri tavoli si alza come se fosse appestato. Ma fino a sei mesi fa erano tutti lì a fare la coda per vederlo cinque minuti e proporgli qualsiasi cosa e chiedergli se poteva intervenire magari per promuovere il loro nipote in terza media. A Natale mandavano tante di quelle bottiglie di champagne e scatole di dolci che non sapevamo dove metterle. Adesso nessuno lo conosce più, fanno tutti le vittime. Facile".

Antonella si è raschiata la gola, lisciata un ginocchio, sembrava sul punto di dire qualcosa ma non ha detto niente.

Sua madre ha inalato ancora fumo a pieni polmoni, tirata e secca e cotta come un'aringa sottosale. Ha detto "Io vi lascio. Vado a dormire", si è alzata e mi ha dato la mano, con un gesto affabile e risentito che doveva avere studiato e praticato quanto la pronuncia.

Appena è stata fuori ho detto ad Antonella "Andiamo?" indicavo la porta.

Lei tra labbra strette ha detto "Sei invitato qui a cena. Non ti ricordi?".

"Ma con tua madre?" le ho chiesto. Avrei solo voluto uscire dalla loro casa, mangiare da qualsiasi altra parte.

"Mia madre sta di sopra," ha detto Antonella. "È stanca morta, anche se sembrava così in tiro." Parlava a voce ancora più bassa e tesa del solito, ma le vedevo negli occhi la stessa sottile angolatura che le avevo sentito nella voce la sera prima.

"E non mangia?" le ho chiesto, mentre la seguivo verso la cucina.

"No," ha detto lei. Mi ha toccato il fianco, si è allungata con un piccolo slancio nervoso a darmi un bacio sulle labbra.

In cucina ho preso un coltello seghettato e ho accorciato della metà i gambi delle rose giganti, le ho ficcate in un vaso e ci ho messo dell'acqua. Antonella tacchettava intorno sul pavimento con aria di niente, non si è neanche offerta di aiutarmi. Aveva una gonna nera corta e svasata come una piccola campana, una camicetta bianca dalle maniche a sbuffo; doveva anche essersi fatta una lampada ai raggi ultravioletti, perché era molto più abbronzata di due giorni prima, di un colore denso e innaturale. Ma ero attratto da lei: dalla sua vita sottile e dalla fragilità apparente dei suoi gesti, dal suo modo di respirare con le labbra dischiuse come se si aspettasse una sorpresa anche violenta da un momento all'altro. Cercavo di restare sintonizzato su quest'onda di attrazione, seguire i suoi gesti senza precipitare nel vuoto in cui si formavano.

Lei ha aperto il frigorifero enorme, mi ha indicato alcuni pacchetti di rosticceria e due bottiglie di vino bianco dell'Alto Adige; ha detto "Preso qualcosina, niente di speciale". Mi guardava intermittente, e sapevo che la sua non era vera timidezza né modestia ma piuttosto una piccola riserva costante, un filtro di prudenza e disagio e forse calcolo rispetto al mondo. Lo spessore sottile dei pacchetti nel frigo mi ha provocato una miscela di sgomento e tenerezza: l'ho stretta intorno alla vita, baciata con forza per compensare; il cuore mi andava a scatti.

Lei mi ha premuto una mano sullo stomaco, ha detto "Aspetta".

Ho rilasciato subito la stretta, l'ho guardata nei piccoli occhi azzurri che sfarfallavano di esserci e non esserci. Aveva un modo strano di respirare, come se dovesse vincere una leggera ma continua resistenza interiore, o semplicemente non riuscisse ad assimilare abbastanza ossigeno con ogni fiato, e mi sembrava che i baci non l'aiutassero affatto in questo.

Ha aperto di nuovo il frigo, tirato fuori una bottiglia di vino; ha detto "Fai tu però".

Ho stappato la bottiglia, mentre lei si guardava intorno a piccoli scatti e lampi, esitante e anche padrona del campo. Abbiamo bevuto senza parlare, nella cucina troppo grande e in apparenza mai usata, ed ero contento di avere un paio di stivali texani dalla suola dura e una giacca nera e pantaloni neri, i muscoli ancora tesi dopo il karate. Mi sentivo in grado di fronteggiare la situazione, non avevo insicurezze né dubbi di comportamento. Pensavo alla madre di Antonella al piano di sopra, nella sua stanza dove la temperatura non doveva mai scendere sotto 22 gradi; dal resto della casa non arrivava nessun suono.

Antonella ha aperto i due pacchetti di rosticceria: in uno c'era un singolo trancio di pizza, nell'altro alcune fette di salmone affumicato. Ha messo la pizza sulla griglia di un grande forno elettrico, ha trafficato con pulsanti e manopole, è tornata vicino a me a bere. Non dicevamo niente, né mi sembrava che potessimo trovare qualcosa da dire; stavamo dritti a breve distanza e bevevamo un bicchiere dietro l'altro e ci guardavamo e guardavamo intorno, ascoltavamo gli scricchiolii delle nostre suole sul pavimento di marmo lucido. Avevo lo stomaco vuoto, non avevo mangiato quasi niente a mezzogiorno: il vino bianco freddo e secco e aromatico in fondo mi andava alla testa sorso dopo sorso, mi comunicava una curiosa esaltazione superficiale per i miei stessi gesti. Antonella beveva a brevi sorsi ravvicinati, e non gliel'avevo mai visto fare fino a quel momento; i suoi movimenti prendevano poco alla volta un'esuberanza più rapida e caricata, la incoraggiavano a venirmi vicina e farsi stringere di nuovo, staccarsi di nuovo con un piccolo sorriso obliquo.

Ma avevo fame: le ho chiesto "A che punto è la pizza?".

Lei è andata a controllare il grande forno elettrico, attraverso il vetro scuro da televisore di alta qualità; ha detto "Ancora un minutino". Si è lisciata un fianco con la mano, ha fatto una mezza giravolta sui tacchi, con uno sguardo fin troppo rapido.

L'ho riagganciata intorno alla vita e baciata e lasciata andare, ho versato e bevuto altro vino freddo, ogni tanto guardavo verso il forno. Ero lì così ben in controllo dei miei gesti e dei tempi, pieno di anticipazioni da predatore nella tana della preda, e d'improvviso mi sono passate attraverso la testa due o tre immagini di Manuela Duini. Mi è venuto in mente un suo sguardo e un suo sorriso, il modo che aveva di girare la testa. È durato un attimo, come un'interferenza radio, molto più rapida di quando ero in palestra. Un attimo dopo ero di nuovo presente a me stesso, nella cucina lucida a due passi da Antonella Sartori, attratto dalla sua piccola figura snella.

Lei ha detto "Sono ancora indecisa se fare un viaggio nel Rajastan, o invece andare tranquilla tranquilla da Ghigo a Montecarlo. C'è un mio amico che fa il tour operator, mi lascia l'opzione aperta fino a domani."

Ho preso un altro sorso di vino, cercavo di capire se mi stava invitando ad andare con lei o cosa. Ho detto "Il Rajastan in India?". E di nuovo mi è venuta in mente Manuela Duini che chiudeva il portellone della sua macchina e mi salutava; mi è venuta in mente la sua irrequietezza ottimista, la luce sincera e diretta e divertente nei suoi occhi.

"Certo, in India," ha detto Antonella Sartori. Aveva un tono da piccola sfottitrice, adolescenziale e maliziosa; ha detto "Non hai girato molto, eh?".

"Ho lavorato, più che altro," ho detto io. Cercavo un tono maturo, da quarantenne che parla a una ragazzina, ma la mia sicurezza di prima era incrinata, il senso di controllo se n'era andato. Pensavo al modo di parlare di Manuela Duini, ai suoi gesti mentre mi raccontava della sua famiglia; la strana nostalgia che avevo provato mentre la fotografavo tornava a rimescolarmisi dentro.

"Io viaggio tantissimo," ha detto Antonella Sartori. "Da quando ho cinque anni, più o meno. Sono andata dappertutto, con mia madre e da sola" e già me l'aveva detto altre volte, mi aveva già fatto l'elenco dei posti che aveva visto. Era brilla per il vino, un po' fuori dal suo piccolo perimetro sorvegliato: muoveva le braccia più a scatti del solito, girava sui tacchi, mi stuzzicava a sguardi.

Le ho detto "Cosa succede alla pizza?". Camminavo sul filo, o su un'impalcatura sottile; mi bastava smettere un attimo solo di prenderla per buona e mi sentivo risucchiare nel vuoto.

Lei è tornata ad aprire lo sportello del forno, ha fatto di no con la testa. Ma era passato forse un quarto d'ora da quando ci aveva messo la pizza; sono andato a controllare, e la pizza era fredda, il forno spento.

Ho detto "È spento", con una vertigine che mi saliva dentro.

Lei si è irrigidita come di fronte a un'accusa grave, ha alzato le spalle in una specie di atteggiamento di sfida.

"Non mangia mai nessuno, qui?" le ho chiesto. "Stai cercando di diventare come tua madre?"

"Cosa c'entra mia madre?" ha detto Antonella Sartori, con uno sguardo freddo da quasi nemica.

Le ho detto "Non ti offendere, adesso. Stavo scherzando". Cercavo di sorridere, non farmi travolgere dal panico. Le ho appoggiato una mano sulla spalla, dato un bacio sulla guancia, sulle labbra. Ho preso la pizza, fredda com'era, ho detto "La mangio così. Va benissimo".

Lei mi ha seguito al tavolo, ancora diffidente, si è seduta a guardarmi mentre mangiavo. Le ho chiesto se ne voleva; ha detto "No no", dritta sull'orlo della sedia come se il cibo non riguardasse la sua vita.

Le ho raccontato di un viaggio che avevo fatto in Giappone con un venditore di mobili pazzo; ho contrastato i toni finché sono riuscito a farla ridere, farle perdere diffidenza. Continuavo a riempire il mio e il suo bicchiere appena il vino scendeva tre dita sotto l'orlo, mandavo giù e cercavo di contenere i miei pensieri in uno spazio limitato, non farli sconfinare oltre i contorni delle mie sensazioni dirette.

Abbiamo aperto la seconda bottiglia e Antonella ha portato il salmone in tavola, l'ha distribuito in parti disuguali su due piatti. Abbiamo parlato dei suoi amici Beba e Ghigo e di vestiti e di posti di vacanza, e di nuovo mi divertiva la mancanza di peso della situazione, la totale mancanza di fatica. Era come andare con il cambio automatico giù per una strada a curve in lieve pendenza: non c'era niente da scegliere e niente da decidere, le parole i gesti scivolavano uno sull'altro per conto loro. Antonella mi parlava da pochi centimetri, si scostava i capelli biondi con la mano, cincischiava appena il salmone nel suo piatto. Il suo sguardo era sempre meno intermittente, prendeva a tratti una luce di invito e di lieve provocazione.

Stavo al gioco, sul suo piano, senza distacco né giudizi; solo ogni tanto c'era un'interferenza nel flusso delle mie sensazioni: mi veniva in mente mio cugino al ristorante con Manuela Duini, con la mano sul suo braccio. Annaspavo per un attimo, poi giravo la testa o alzavo la voce o facevo un gesto, e mi bastava per tornare al gioco di avvicinamento con Antonella.

Quando abbiamo finito il salmone eravamo completamente ubriachi tutti e due, non riuscivamo più a pronunciare una parola limpida né fare un gesto netto. Ci siamo alzati e me la sono stretta contro di nuovo, le ho premuto le mani sul sedere, sono sceso all'orlo della gonna. Lei ha detto "Andiamo di là", è sgusciata verso la porta.

Siamo passati davanti al triplo soggiorno quasi vuoto, e l'ho spinta dentro, con le labbra che le sfioravano un orecchio tra i capelli biondi fini. Le ho chiesto "Ma tuo padre dov'è?". Pensavo a dov'erano mio cugino e Manuela Duini invece, cosa facevano in quel momento preciso.

"Non lo so," ha detto lei, di nuovo sulla difensiva anche se il vino le aveva tolto quasi tutto il senso dell'equilibrio.

Le ho detto "Non essere sempre così tesa ogni volta che si parla di tuo padre. Non è mica colpa tua". Le ho baciato il collo, la nuca.

"Appunto," ha detto lei. "Allora lascia perdere."

Mi rendevo conto che c'era un lato morboso nel modo che avevo di sondare la sua vita, ma cercavo di tenermi più che potevo nella situazione, cercavo zavorra da subacqueo per non lasciarmi riportare alla superficie. Pensavo alle foto del matrimonio dei suoi, alle foto di suo padre in veste di giovane funzionario promettente e già ladro, suo padre sbiancato dalle lampade di qualche telegiornale. Ma da sotto in sopra riuscivo a vedere anche mio cugino e Manuela Duini che uscivano dal ristorante, lui mezzo passo avanti per aprirle la portiera della macchina con uno sguardo che brillava in anticipazioni, e mi sembrava orribile avergli lasciato il mio studio come tana d'amore. Pensavo alla maniera assorta e piena di fuoco con cui Manuela aveva suonato poche ore prima, alle nature contrastanti che erano venute alla luce man mano che le giravo intorno alla ricerca di un'inquadratura; al suo modo di parlarmi come se ci conoscessimo da sempre. Mi sembrava assurdo essermi rassegnato al fatto che mio cugino aveva già dei piani su di lei, avergli lasciato una specie di diritto di precedenza senza neanche pensarci.

Antonella mi ha mosso una mano davanti agli occhi, ha detto "Ooh, ci sei?".

"Sì che ci sono," ho detto io, e ondeggiavo come sul ponte di una nave. Ho detto "È solo che sono un po' preoccupato per mio cugino. Non sta molto bene negli ultimi tempi. Fa il pubblicitario".

Lei non sembrava molto partecipe di queste preoccupazioni; mi è venuta addosso a darmi un bacio, stringermi un braccio. Ha detto "Che bicipiti, per un fotografo". Mi passava sopra lo sguardo quasi sfrontata; ha detto di nuovo "Andiamo di là".

Siamo andati giù per il corridoio lucido e sgombro e silenzioso, le guardavo il sedere e le gambe e respiravo il suo profumo e le sentivo la mano velata di sudore, guardavo i rettangoli più chiari sull'intonaco dove erano stati tolti i quadri.

Poi siamo arrivati nella sua stanza parte infantile e parte adulta, con il letto a una piazza e mezzo e il copriletto rosa satinato e la bambola di stoffa e porcellana appoggiata al cuscino, ogni piccolo oggetto perfettamente in ordine come in una bolla immobile nel tempo. Il vino mi dilatava le percezioni al punto di rendere l'aria densa come miele, ogni gesto lasciava una scia; non riuscivo neanche più a stare in piedi né stare discosto da Antonella.

L'ho baciata stretta, sono caduto sopra di lei sul letto satinato. Le annusavo i capelli che sapevano di balsamo, e dietro le orecchie e alla base del collo dove si era messa qualche goccia del profumo costoso ma sintetico che teneva su una mensola poco lontana dal letto; assorbivo con i polpastrelli la consistenza del suo corpo sotto i vestiti. Erano anni che cercavo una consistenza di questo genere; da quando avevo cominciato a pensare alle diverse consistenze delle donne a seconda della loro età e conformazione naturale e di quello che facevano. Erano anni che confrontavo e misuravo, e mi era sempre sembrato che ci fosse un corpo più liscio o più smussato o più fresco da desiderare. Le ho sfilato a fatica gli stivali alla moschettiera, le ho sbottonato la camicia dalle maniche a sbuffo, gliel'ho tolta con grande lentezza, ogni gesto ancora trattenuto dal gioco di autocontrollo che avevo fatto con lei fino a quel momento Scorrevo le dita solo ai margini delle sue zone sensibili, insinuavo appena la mano sotto il suo reggiseno e su per le calze; la ritraevo subito, ricominciavo il percorso.

Lei invece non aveva più nessuna intenzione di rispettare dei limiti: c'era una specie di piccolo fuoco persistente nel suo respiro e nei suoi gesti, nel suo modo di sbottonarmi la camicia e togliermela a piccoli strattoni, nel suo modo di inarcarsi all'indietro con le gambe e le labbra dischiuse. Le ho sfilato anche la gonna, passato le mani su per le cosce fino all'elastico delle calze autoreggenti, sotto il liscio inconsistente delle mutandine di seta bianca. La sua pancia era tesa e piatta come le pance delle pubblicità di cosmetici sulle riviste femminili, i piccoli peli chiari dell'inguine tenuti a un triangolino adatto a qualunque costume sgambato alla moda. Le ho leccato l'interno di una coscia, leccato l'ombelico, leccato le costole che sporgevano sulla pelle bianca, leccato un seno sotto la seta del reggiseno, leccato il collo.

Scorrevo le mani e la lingua per il suo corpo leggero, e pensavo che in fondo era questo che volevo quando ero scappato dalla pesantezza della vita e dalle richieste molteplici: la mancanza di segni e la mancanza di tracce, la levigatezza modellata per linee sottili. E il senso di controllo che veniva dalla differenza di età e di esperienza e di prospettiva, la possibilità di giocare ad armi dispari senza mettere in gioco molto di mio a parte me stesso. Pensavo a tutte le mie quasi coetanee faticose e segnate in faccia e con i capelli tinti di henné rosso che vedevo alle feste o in attesa all'uscita della scuola di mia figlia, alle mie quasi coetanee che mi avevano chiesto impegni e disposizioni e cambiamenti in modo esplicito e in modo muto ed erano state in attesa e alla fine comunque si erano mostrate deluse e mi avevano premuto addosso la loro delusione e le loro aspettative tradite e le nuove richieste maturate nel frattempo. Non è che ci pensassi in modo proprio: era un retroterra di pensieri non pensati che spingeva in avanti le mie sensazioni tattili e visive e le caricava per contrasto, mi incoraggiava ancora verso i miei stessi gesti.

Le ho sfilato il reggiseno e le mutandine con la più grande lentezza, perso nel contatto e nell'odore e nella temperatura e nel battito rapido dei cuori, nella compressione di stati dovuta alla lentezza del nostro avvicinamento. Mi sentivo di nuovo padrone della situazione, confuso e mescolato dal vino com'ero; mi piaceva l'idea di stare sopra di lei nuda con ancora i calzoni addosso, in controllo di ogni mio movimento e degli effetti che produceva. Mi sentivo una specie di manuale vivente di tecniche sessuali, un pianista di donne con un repertorio illimitato sulla punta dei polpastrelli; l'idea mi comunicava un'esaltazione come mi era capitato poche volte in vita mia. Le baciavo i capezzoli rosa pallidi e l'incavo glabro delle ascelle, le mordicchiavo i lobi teneri delle orecchie e le labbra, assorbivo i suoi respiri soffiati e il tremito che le passava attraverso il corpo. Il senso di controllo era così esilarante che a un certo punto mi sono toccato la cintura, ho detto "Se vuoi non la slaccio". Avrei potuto farlo, anche: tanto ero vicino e lontano allo stesso tempo, dentro le mie sensazioni e fuori.

Antonella non voleva affatto che non la slacciassi; si è allungata a farlo lei, tirarmi giù i calzoni, trascinarmi verso di sé bianca e rosata com'era. E mentre precipitavo ormai in modo irrimediabile verso di lei mi è tornata in mente Manuela Duini, con una violenza molto più concentrata di come era successo fino a quel momento. C'è stata una sovrapposizione improvvisa, una fotografia in bianco e nero che ne squarciava una a colori: ho visto Manuela Duini al posto di Antonella Sartori, e mio cugino al posto mio, e facevano esattamente la stessa cosa.

Ero tra le gambe e le braccia di Antonella, già quasi perso nella consistenza e nella temperatura del suo corpo, assorbito in ogni minuscolo suo dettaglio dilatato dalle sensazioni, e il pensiero di Manuela Duini mi è passato attraverso il cuore e il cervello come una lama, mi ha fatto scivolare di lato con una specie di sospiro da moribondo.

Antonella ha girato la testa a guardarmi, con un sorriso incerto sulle labbra. Ho provato a sorridere anch'io, prendere fiato, tenere a fuoco lo sguardo sulla sua faccia e sulla sua persona. L'ho girata a pancia in giù, ed era facile da girare, le ho passato la lingua lungo la schiena e sul sedere e tra le cosce, le ho leccato la spina dorsale mentre la titillavo con le dita dov'era umida. Ma il pensiero di Manuela Duini e mio cugino nel mio studio è tornato, in una fitta di nostalgia o di rammarico intollerabile. Era il genere di rammarico che si può avere per una voce sentita a distanza o per un sorriso irraggiungibile; e invece di attenuarsi diventava più acuto, mi impediva quasi di respirare.

Ho smesso di nuovo, mi sono seduto sul letto. Antonella si è girata, ha detto "Cosa c'è?".

"È che sono preoccupato per mio cugino," ho detto io. "È innamorato di una, ma è un casino."

Lei mi guardava con le pupille dilatate e ansimava piano, cercava di capire se scherzavo o cosa. Ha detto "Quanti anni ha, tuo cugino?".

"La mia età, più o meno," ho detto, e parlarne non era nessun sollievo, l'ansia continuava a crescermi ogni secondo. Ho detto "È molto fragile. Doveva vedere una stasera ma non so se lei lo ama, non vorrei che perdesse la testa o facesse qualcosa di stupido".

Il mio tono e lo sguardo che dovevo avere l'hanno riportata ai modi che conoscevo: ho sentito il suo corpo tornare più rigido e pieno di resistenze, perdere tepore e morbidezza. Ha indicato il telefono sul comodino, detto "Chiamalo, scusa. Non sai dove trovarlo?".

Le guardavo il seno che saliva e scendeva a ogni respiro, ed era un seno chiaro e ben formato, mi sono chinato a baciarlo; non sapevo più cosa fare. Mi sembrava che con un piccolo sforzo di concentrazione avrei potuto tornare a immergermi senza riserve nelle sensazioni di prima, ma appena ci provavo il rammarico e la nostalgia mi tagliavano di nuovo attraverso come una lama. Mi immaginavo mio cugino che girava intorno a Manuela Duini sempre più insistente, che faceva gioco sulla sua curiosità naturale e sulla sua disponibilità verso il mondo per arrivarle sempre più addosso, e mi sarei messo a gridare di rabbia e disperazione.

Così ho preso il telefono sul comodino di Antonella, ho fatto il numero del mio studio. Non sapevo cosa dire se mio cugino avesse risposto, non riuscivo a farmi venire in mente nessuna scusa. Volevo solo interrompere i suoi giochi di seduzione, chiedergli di andarsene subito e lasciare in pace Manuela Duini. Mio cugino non ha risposto: c'era la segreteria telefonica con la mia voce, sullo sfondo stupido di musica dixieland che avevo messo per renderla meno imbarazzata. Ho provato lo stesso a dire "Sono Leo. Sei lì? Pronto?" senza risultato. Me lo potevo vedere benissimo, sul mio letto a ribalta tra le braccia di Manuela Duini, con la musica del mio stereo a tutto volume. Potevo vedere ogni gesto e sguardo, sentire i respiri e il fruscio delle lenzuola; mi sembrava di diventare pazzo.

Ho messo giù. Antonella Sartori ha detto "Niente?". Si era infilata sotto la trapunta, con le ginocchia raccolte, si mordicchiava le labbra.

"Non risponde," ho detto io. Le ho carezzato una spalla, ma mi sentivo prigioniero. Gliel'ho baciata, e avrei voluto correre fuori nudo com'ero, saltare in macchina e guidare come un pazzo fino al mio studio.

Lei ha detto "Non ti preoccupare, sarà fuori da qualche parte". Ha scostato la trapunta per farmi entrare, mi ha tirato verso di sé con una bramosia tenue che le riaddolciva i lineamenti e lo stesso lasciava spazio a qualche minima riserva rinnovata.

Ma non riuscivo a fare l'amore con lei, non c'era verso. I miei pensieri seguivano il suo corpo per qualche secondo e poi tornavano verso Manuela Duini con una forza e una velocità che non riuscivo a capire. Mi sembrava di avere un'affinità naturale con lei come solo mi ero immaginato potesse capitare nella vita; di averla lasciata passare oltre con un'inerzia da oppiomane. L'idea di mio cugino a letto con lei mi sembrava sempre più intollerabile, mi faceva sentire come uno che assiste a distanza a un omicidio o alla distruzione di un'opera d'arte e non interviene.

Sono saltato su di nuovo, ho detto "Senti, io devo andare a vedere. Non posso stare qua. Mi dispiace".

"Adesso?" ha detto Antonella: sospetto e offesa e altri sentimenti freddi che le brillavano improvvisi nei piccoli occhi azzurri.

"Sì," ho detto io, già in piedi e con i calzoni in mano. Ho detto "Mi dispiace", ma sapevo che non serviva a molto; ho detto "Sono troppo preoccupato".

Lei è venuta ad aprirmi le molte serrature della porta, con addosso una vestaglia di seta bianca stretta in vita. Le ho detto "Ti telefono dopo". Lei non ha detto niente, è stata a guardarmi con una mano sul fianco mentre uscivo, ha richiuso subito.

Fuori sono corso come un pazzo verso la macchina, con la camicia sbottonata sotto il giubbotto e il sudore che mi si congelava nell'aria fredda. Sono saltato al volante e ho messo in moto, sono partito di scatto per la strada vuota. Non c'era nessuno in giro, se ne stavano tutti rinserrati in casa ad accumulare energia per il Natale. I festoni di luci mi facevano un effetto agghiacciante mentre ci passavo sotto, qualunque scritta o decorazione o abete in vaso davanti a una vetrina grigliata aumentava lo stridore che sentivo dentro. Mi sembrava di essere in corsa contro il tempo, contro la corrente di un fiume di dati di fatto impossibile da fermare. Guidavo più veloce che potevo, e l'ansia mi cresceva a spigoli e linee dritte a ogni incrocio; tiravo il motore oltre i suoi limiti naturali, con la lancetta del contagiri sempre sulla fascia rossa.

Poi sono arrivato, e c'era il fuoristrada giapponese di mio cugino parcheggiato proprio di fianco al mio portone; il cuore mi si è quasi fermato. Avevo sperato fino a quel momento che non ci fosse riuscito, che Manuela Duini gli fosse sgusciata tra le mani o gli avesse detto che lo considerava solo un amico, gli avesse chiesto di portarla al cinema o a ballare invece.

Sono sceso, ma dopo tutta l'ansia della corsa non sapevo più cosa fare. Guardavo il fuoristrada di mio cugino, nero e lucido come un animale da preda addormentato, e mi sembrava il simbolo della sua arroganza ottusa, dei sentimenti rozzi ma ben mirati che l'avevano spinto a chiedermi aiuto per sedurre una donna tanto più complessa e interessante di lui. Mi sono avvicinato a guardare nell'abitacolo, e mi sembrava di poter percepire ancora una traccia della presenza di Manuela Duini; mi sembrava di sentirla attraverso tutto lo spessore grigio dell'edificio, fino nel mio studio che dava sull'interno. Ho preso uno slancio furioso dal muro e ho tirato un calcio alto a un finestrino del fuoristrada, con tutta la forza disperata che avevo nel corpo: ho sentito l'impatto del tacco duro del mio stivale, il vetro che si incrinava a ragnatela e diventava bianco e andava in briciole. L'antifurto è partito con la sua sirena acuta intermittente, ma non ho neanche provato a defilarmi, speravo che mio cugino in qualche modo lo sentisse dallo studio e saltasse giù dal letto per venire a controllare. Non è venuto; l'antifurto si è fermato dopo una ventina di secondi; il fuoristrada è rimasto fermo e silenzioso di fianco al portone, con il finestrino orbo che lo faceva sembrare ancora più un animale crudele.

Era quasi la una di notte, l'aria densa di umidità acida e congelata, passava una macchina ogni cinque minuti come se incontrasse una grande resistenza. Camminavo avanti e indietro lungo il marciapiede con il cuore che mi batteva sordo alla base della gola, e non sapevo se aspettare fuori finché mio cugino e Manuela Duini uscivano, o entrare nel cortile a gridare qualcosa, o salire a battere sulla porta dello studio e sfondarla se non aprivano; o tornare indietro da Antonella Sartori e chiederle scusa, farmi riprendere nel suo letto. Mi sembrava tardi per qualunque cosa, mi sembrava che non ci fosse più niente da salvare in nessuna direzione.

Sono entrato lo stesso nel cortile: le mie due finestre al primo piano erano illuminate. Era una specie di tortura stare lì sotto a guardare; e non capivo più perché lo facevo, in base a quali elementi mi ero precipitato lì con tanta frenesia. Pensavo che in fondo non c'era stato niente tra me e Manuela Duini al di là di una semplice simpatia istintiva: nessun gesto e nessuna frase e nessuna singola parola in grado di suggerire o promettere niente. Eppure ero lì a guardare in alto con il sangue avvelenato e il fiato corto e i muscoli che mi facevano male, impregnato da un senso di irrimediabilità così acuto da farmi male.

Sono salito al primo piano, andato a passi cauti verso la porta del mio studio. Ci ho appoggiato le mani, ho accostato un orecchio, senza quasi più respirare. Da dentro filtrava musica a basso volume, chitarra elettrica blues su un ritmo allungato che sentivo spesso mentre fotografavo. Mi sembrava terribilmente allusiva adesso, nella sua fluidità tutta impennate e precipitazioni e slittamenti. Pensavo che avrei dovuto almeno staccare il giradischi prima di uscire, lasciare un elemento in meno a mio cugino per le sue strategie ignobili di conquista.

Poi mentre ascoltavo quasi paralizzato senza voler più sentire niente, la musica si è interrotta e ho sentito dei passi, la chiave è girata nella serratura. Ho fatto un salto di lato ma troppo tardi, la porta era aperta e mio cugino fuori sul pianerottolo, ha detto "Cazzo fai qui?".

Non gli ho risposto, guardavo dentro per vedere Manuela Duini.

Lui aveva il cappotto addosso, doppie e triple linee intorno agli occhi; ha detto "Lo sapevi che mi andava male, no?".

"No, perché?" ho detto io, con un'onda dolce di sollievo che mi saliva dentro e mi rallentava il cuore e mi faceva girare la testa.

"Non mi hai neanche avvertito che era venuta qui oggi," ha detto mio cugino. Era furioso, ma con il mondo in generale più che con me; di un genere di rabbia ripiegato su se stesso come un punto interrogativo.

Gli ho chiesto "Non c'è, lei?" indicavo dentro solo per avere una conferma.

"No che non c'è," ha detto mio cugino.

Gli ho detto "Torna dentro un attimo, che parliamo". Ero tutto amichevolezza e generosità, di colpo: disponibile e affettuoso come un vero cugino, pronto a raccogliere confidenze e dare consigli.

Lui non aveva nessuna voglia di rientrare, mi ha messo in mano le chiavi. Ha detto "Cazzo vuoi parlare, io vado a casa".

L'ho seguito giù per le scale, e non camminava bene, doveva aver bevuto almeno quanto me ed era scosso e abbacchiato come dopo un incidente di macchina. Gli ho chiesto "Cos'è successo, allora?" in tono partecipe, quando solo tre minuti prima l'avrei strangolato.

"È successo che si è messa a ridere appena siamo entrati," ha detto lui. "E mi ha chiesto dov'eri tu, visto che era stata qui a farsi fotografare solo poche ore prima."

"Volevo dirtelo," gli ho detto. "Ma non ho fatto in tempo. È stata una sorpresa anche per me. È arrivata qui senza dirmi niente. Sai com'è fatta, no?" Non avevo un grande controllo sulla mia voce, adesso che cercavo di essere lucido, né sui miei movimenti: tendevo a far scivolare una frase nell'altra e un gesto nell'altro, forzare gli accenti senza misura.

"Lo so meno di te, evidentemente," ha detto mio cugino. "Comunque grazie tante."

Siamo usciti nel cortile, e sembrava la scena di una commedia sentimentale dell'Ottocento: mi sembrava di annusare il cartone, la polvere di scena. Tendevo a vedere tutto in modo ridicolo, adesso che l'angoscia si era dissolta e l'ubriachezza mi avvolgeva di nuovo nel suo involucro oscillante e tiepido; dovevo fare uno sforzo per stare serio con mio cugino. Gli ho chiesto "E se n'è andata subito?".

"Sarà rimasta mezz'ora," ha detto lui. "Tutta gentile e carina e spiritosa, ma appena ho provato a darle un bacio mi ha chiesto cosa facevo, mi ha guardato come se fossi caduto dalla luna. Ha detto che mi ha sempre considerato un amico e che non dobbiamo guastare tutto con altri sentimenti e che era stanca e voleva andarsene a casa. Ci sono rimasto così di merda che non l'ho neanche accompagnata, le ho chiamato un taxi."

"Allora non è stata colpa mia," ho detto; e invece cercavo di capire quanto lo era stata: se lei aveva pensato a me quanto io a lei, o invece non le ero passato affatto per la testa.

"Cazzo ne so," ha detto mio cugino. "Sono tutte parole che dicono le donne. Probabilmente scopa con uno dei suoi amici negri di merda o con qualcun altro, cazzo ne so."

Siamo usciti in strada, con le mani in tasca tutti e due, presi da linee divergenti di pensieri con la stessa origine. Poi mio cugino ha visto il suo fuoristrada con il finestrino sfondato, i frammenti di cristallo sparsi sul marciapiede come lacrime di macchina. Ha detto "Por-ca put-ta-na".

Ha aperto, e anche dentro c'erano scaglie minute dappertutto che brillavano alla luce dei lampioni. Gli sono stato vicino, mentre lui passava la mano a taglio per ripulire il sedile di guida, scuotevo la testa. Tutto avveniva in modo dilatato, credo che nessuno di noi due avesse più un senso preciso o attendibile del tempo. Stavamo lì, appoggiati al fuoristrada giapponese che odorava di plastica nella strada fredda e umida, facevamo gesti lunghi.

Mio cugino a un certo punto si è tagliato con una scheggia; ha detto "Cazzo di notte di merda, madonna". Si è succhiato il dito insanguinato, poi è salito al volante, ha detto "Io vado a dormire, vado".

Gli ho fatto un cenno di saluto, l'ho guardato andare via lento con il motore che ruggiva tra i muri della strada, e non mi sentivo minimamente in colpa o poco leale nei suoi confronti. Poi sono risalito nel mio studio, a guardare le tracce di disordine sparse in giro: una bottiglia di vodka quasi vuota, mozziconi di sigaretta in un piattino, dischi fuori dalle loro custodie sul pavimento. Annusavo l'aria per sentire come Manuela Duini l'aveva attraversata, guardavo le sedie per capire dove si era seduta. Cercavo di indovinare in quale dei due bicchieri aveva bevuto, e doveva essere quello ancora mezzo pieno posato su una mensola; ho bevuto la vodka che restava, tiepida com'era, e mi sembrava che potesse avere una traccia del sapore delle sue labbra. Ne ho versata dell'altra dalla bottiglia per sentire la differenza; l'alcool forte si è mescolato a quello che avevo già dentro, ha dilatato e confuso ancora le mie percezioni.

Mi sono tolto le scarpe e ho tirato giù il letto a ribalta, mi ci sono lasciato cadere di schiena, con le braccia e le gambe in fuori. La testa e il corpo mi ondeggiavano come se fossi sdraiato sulla superficie instabile di un lago, i pensieri prendevano forma di immagini tremolanti, sembravano staccarsi dal soffitto e riassorbirsi nelle pareti. Avrei voluto stare sveglio ma non ci riuscivo: piccole onde di lago mi riverberavano attraverso cerchi concentrici che si allontanavano e ripartivano dall'inizio, il tempo vibrava quasi immobile come la superficie su cui ero sdraiato.

Mi sono svegliato non molto più lucido della sera prima

Mi sono svegliato non molto più lucido della sera prima, con la testa satura e filtrata come una stanza piena di pulviscolo luminoso. Non era una sensazione sgradevole: i gesti mi costavano la stessa poca fatica dei pensieri, lasciavano le stesse scie tiepide di incertezza e nostalgia e perplessità.

Ho cercato il numero di Manuela Duini sulla guida, e c'era, ed ero stupito di trovarlo così facilmente e anche mi sembrava naturale. L'ho chiamata prima ancora di vestirmi, con solo un paio di calzoni addosso, camminavo avanti e indietro a piedi nudi per la lunghezza del filo del telefono. Non credo che l'avrei fatto se le mie percezioni fossero state più nitide; probabilmente ci avrei pensato a lungo, e mi sarebbero venuti dubbi, e scrupoli per mio cugino, avrei deciso di aspettare che mi chiamasse lei per vedere le foto. Avevo sempre questa tendenza a non forzare le circostanze, lasciare che le cose capitassero per conto loro se dovevano capitare; non ero mai stato un grande afferratore di occasioni o un angolatore di eventi o un sollecitatore di contatti. A volte lasciavo passare il momento utile e le circostanze favorevoli, pur di non forzare niente, stavo a guardarli scivolare via oltre l'orizzonte: anche con una parte di compiacimento, debole e lento come una delusione.

Invece era mattino già avanzato e avevo la testa satura del pulviscolo di alcool e sentimenti confusi della sera prima, e ho fatto il numero di Manuela Duini come se fosse la cosa più facile del mondo.

Ma non ha risposto lei; ha risposto una voce di uomo, smussata e straniera, ha detto "Chi è?".

Ho pensato per un istante di mettere giù, ma i miei riflessi erano troppo rallentati; ho detto "Leo Cernitori. C'è Manuela, per piacere?".

"Non so," ha detto la voce d'uomo, senza angoli, con un fondo oscuro di inerzia e di ostilità. Ho sentito la cornetta che batteva sul palmo di una mano e poi su un mobile, la voce d'uomo che diceva "Cennitor, telefòn". Ho pensato che doveva esser l'africano alto con cui l'avevo vista in discoteca, che aveva ragione mio cugino; la delusione mi ha fatto venire freddo allo stomaco e su per le braccia.

Poi Manuela Duini è arrivata a rispondere, ha detto "Leo"; e il calore comunicativo nella sua voce ha sciolto la mia delusione senza farla sparire, l'ha mandata in circolo allo stato liquido insieme agli altri sentimenti.

Ho detto "Le tue foto sono pronte, se ti interessano. Vado adesso a ritirarle al laboratorio". Avevo immaginato di parlarle molto più lento e senza una direzione come i pensieri che avevo in testa, ma l'idea che ci fosse un uomo con lei mi spingeva a indirizzare le mie parole, me le accelerava in bocca.

"Certo che mi interessano," ha detto lei, nel tono mezzo curioso e mezzo distratto che già le avevo sentito.

Cercavo di vedermela mentre parlava: vedere se era vestita, e come, e dove guardava, com'era la stanza in cui parlava, dov'era l'africano, se c'era un gioco di occhiate o gesti tra loro.

Ha detto "Quando le posso vedere?".

"Quando vuoi," ho detto io, e la voce mi andava su e giù di non sicurezza. Non riuscivo a capire se le foto le interessavano davvero o invece se ne era dimenticata fino a quel momento; cos'altro aveva per la testa, se avevo sbagliato a telefonarle.

Lei ha detto "Adesso sto uscendo, e nel pomeriggio ho da fare, e domani vado via. Forse potresti venire qui verso mezzogiorno".

Ho detto "Credo di sì", senza molto slancio, perché mi sembrava di essere io a chiederle qualcosa, e la delusione continuava a girarmi dentro, illiquidita e mescolata com'era al desiderio di vederla e all'imbarazzo e all'attrazione e all'incuranza da alcool.

Lei però non aveva l'aria di giocare a fare la preziosa o la distante; ha detto "Se ti va bene. Altrimenti dimmi tu".

"No no, va bene," ho detto io; mi sono fatto dare il suo indirizzo, anche se l'avevo già copiato dalla guida del telefono.

A mezzogiorno sono arrivato sotto casa sua, con la busta delle fotografie scorse solo per un attimo al laboratorio. La città intorno girava con un accanimento difficile da capire; le orecchie mi ronzavano, ero ipersensibile ai rumori e ai movimenti bruschi del traffico. Ho suonato il tasto del citofono con scritto "Duini" a lato di un vecchio portone, nel viale percorso da ondate di macchine e camion, tram che sferragliavano sotto una fila di platani spogli. La voce di Manuela Duini ha detto "Ultimo piano": usciva piena di slancio anche dal citofono.

Sono salito per cinque piani, due gradini alla volta ma lento; guardavo i nomi sulle targhette delle porte, l'intonaco giallo scrostato a tratti, assaporavo lo spazio e il tempo che mi mancavano ad arrivare. Poi sono arrivato, in cima all'ultima rampa più stretta e ripida delle altre, e Manuela Duini era già sul pianerottolo, ancora diversa dalle altre tre volte che l'avevo vista. Mi ha abbracciato e baciato nel suo modo generoso, ha detto "Grazie che sei venuto". Era scalza, con i suoi soliti jeans stinti e un golf grigio di lana grossa; mi ha fatto entrare e sorrideva, ha detto "Allora?".

"Eh," ho detto io. "Ho bevuto un po' ieri sera ma va bene." L'ho seguita, e non sapevo se parlarle della sera prima e del mio studio e di mio cugino; sono stato zitto. Annusavo l'aria del corridoio stretto e alto e pieno di luce, registravo gli oggetti lungo il percorso: un telefono di plastica trasparente a forma di automobile, alcune piantine grasse su una mensola di vetro, un vecchio specchio dalla cornice dorata, quattro o cinque vecchi cappelli e cappellini appesi alle pareti.

Manuela Duini mi ha preceduto oltre una porta, ha fatto un gesto di ospitalità, mezzo disinvolto e mezzo imbarazzato. La sua mansarda sembrava una specie di tenda asimmetrica di legno, o di capanna mistica, alta e ariosa, con il soffitto inclinato rivestito di listelli di larice che scendeva da un lato fino a toccare il pavimento coperto di una moquette color verde bosco. Da due grandi lucernari si vedeva il cielo opalino di fine dicembre e la cima di un edificio alto. Vicino a una parete c'era l'arpa che avevamo portato nel mio studio per le foto, in un angolo un'altra arpa più vecchia, con la colonna ornata e dorata. C'erano un tavolo tondo e due poltrone spaiate e un divano basso, una telecamera su un treppiede, un piccolo televisore su un tavolino di vetro a ruote, uno stereo e due grandi altoparlanti, un vecchio baule verde, una vetrinetta di legno di radica. C'erano libri su uno scaffale, un quadro recente di un paesaggio giallo che sfuggiva nel movimento, un quadro più piccolo in stile neoclassico dove una ragazza attingeva acqua a una fontana.

Mi guardavo intorno con un'attenzione lenta, incantato dallo spazio e dagli oggetti che ci erano appoggiati, come pensieri in una testa vista in trasparenza. Mi colpiva quanto questi oggetti avevano origini e stili e anche qualità diverse, eppure visti insieme assumevano lo stesso carattere e lo stesso spirito; mi colpiva quanto poco occupavano la stanza, quanto la lasciavano libera per chi ci si muoveva. Cercavo tracce della presenza dell'africano, anche, ma non ne vedevo; sembrava che non ci fosse mai stato nessuno lì dentro a parte lei.

Ho detto "Che bella casa. Che strana" a bassa voce perché mi sembrava che ci fosse un equilibrio da non disturbare.

Manuela Duini ha detto "Era già quasi tutto così quando l'ho presa. Non ho fatto molto". Si guardava intorno, divertita e orgogliosa della sua casa, ed era chiaro che non poteva certo essere stata così prima che ci arrivasse lei, ma aveva questo modo di non assumere atteggiamenti né rivendicare meriti speciali, sorridere con appena una vena di timidezza mentre mi faceva cenno tra il pavimento e una parete, diceva "Siediti dove vuoi".

Senza quasi pensarci mi sono tolto le scarpe anch'io e mi sono seduto per terra, con le spalle al divano basso.

Lei camminava in giro con il suo passo così ben equilibrato; ha riempito d'acqua una ciotolina smaltata, l'ha posata su un fornello cilindrico di terracotta, ha acceso una candela corta, versato nell'acqua qualche goccia da un boccetto. Stavo a guardarla da seduto sul pavimento, registravo ogni suo gesto con uno stupore concentrato che dava significati a ogni sfumatura di movimento. "Cos'è?" le ho chiesto.

"Neroli," ha detto lei, senza dare molto peso alle parole. È venuta via dalla piccola lampada per aromi, ma non si sedeva ancora.

“E da dove viene?” ho chiesto io, come se mi aspettassi qualunque possibile risposta.

Lei è andata a prendere da uno scaffale un libro sottile dalla copertina bianca, l’ha sfogliato. Ha letto veloce, come se recitasse una cantilena “Si distilla dai fiori di arancio amaro ci vogliono da mille a millecinquecento chili di fiori per fare solo un litro di essenza è molto attiva in caso di paure inconsce disperazione animo contrariato può guarire vecchie ferite interiori rinforza l’aura e viene spesso usato come olio di protezione”.

“E?” ho detto io e ridevo, completamente preso dal suo tono di voce e dal suo modo di bilanciarsi sui piedi nudi mentre parlava. Mi sembrava anche di sentire una successione di piccoli echi alla fine di ogni sua parola, e non capivo se era la suggestione del momento o l’acustica particolare della stanza.

“E niente,” ha detto lei. “Mi piace l’odore.” Il profumo aveva già cominciato a diffondersi nella stanza, caldo e dolce con una punta amara nella distanza, come l’eco leggero alle sue parole.

“Anche a me,” ho detto; e continuava a passarmi nel sangue una corrente densa.

Lei ha rimesso il libro a posto, è venuta a sedersi di fronte a me, ha raccolto le gambe.

Sono stato a guardarla, con la stessa attenzione che il mio olfatto aveva per il profumo leggero di olii essenziali. Ho detto “Che strano”.

“Cosa?” ha chiesto lei, ed eravamo seduti uno di fronte all’altra come sul tappeto di una tenda orientale, e c’era un ricciolo di eco a ogni parola che dicevamo.

“Tutto,” ho detto io. “Tu e questa casa e tutte le cose che fai. E questa specie di ricciolo di suono ogni volta che parliamo.”

Lei si è messa a ridere, gli occhi grandi le brillavano. Si è alzata, è andata a fare “Buh” in un microfono vicino a una delle due arpe: la sua voce è uscita moltiplicata in una successione rapida di echi decrescenti. Ha spento un amplificatore su un tavolino contro la parete, rideva ancora.

Ho riso anch’io, ma lo stupore che provavo per lei non si era ridotto. Ho detto “Se mi dicevi che era la stanza ci credevo lo stesso. Se mi dicevi che era l'aria. È tutto molto strano lo stesso".

Lei è tornata a sedersi a gambe incrociate di fronte a me, con una compostezza libera ma ben misurata, come se si muovesse su un piccolo palcoscenico privato, nessun gesto abbandonato a se stesso.

Ho cominciato a tirare fuori le diapositive a colori dalla busta del laboratorio di sviluppo, cercavo anch'io di misurare i gesti. Manuela ha acceso una lampada a stelo, guardava da sopra la mia spalla man mano che le alzavo alla luce. Ero in uno strano stato, parte naturale e parte apprensivo, parte padrone delle foto e parte incerto di com'erano venute. Le avevo scorse in due secondi sul tavolo luminoso del laboratorio, completamente distratto dall'idea di portargliele: non avevo idea se le sarebbero piaciute, come avrebbero influito sull'opinione che aveva di me.

Non ero nemmeno sicuro di avere fatto bene a sedermi per terra invece che al tavolo poco lontano, e allo stesso tempo mi sentivo perfettamente a mio agio com'ero; sorvegliavo i miei gesti e li lasciavo andare, non facevo fatica. Tiravo fuori le diapositive a colori una alla volta dalla busta e le alzavo alla luce e guardavo Manuela Duini come ero riuscito a fissarla sulla gelatina sensibile il giorno prima, e intanto la sentivo respirare pochi centimetri alla mia destra, sentivo il suo odore e la consistenza del suo golf e dei suoi capelli e dei suoi avambracci scoperti anche se ci sfioravamo solo ogni tanto a seconda dei movimenti. Non erano brutte foto, soprattutto quelle in formato piccolo: ero contento della luce e del taglio, di come avevo colto sguardi e movimenti che nel mio studio mi erano sembrati imprendibili. Guardarle con lei di fianco mi comunicava un senso di intimità e di partecipazione, reso ancora più vivo dalla curiosità mobile che la faceva respirare vicino al mio orecchio, allungare una mano per strapparmi le foto di mano.

Dopo che le abbiamo viste tutte ha detto "Belle", a bassa voce. Un paio le ha messe da parte, ha detto "Qui faccio schifo".

Ho detto "Non è vero"; ma era vero che era venuta troppo ferma, non le corrispondevano molto.

Lei continuava a guardare come se le dessero un vero fastidio fisico; ha detto "Se le strappo?".

"Fai," ho detto io. "È a te che devono piacere."

Lei ha cercato di strappare le diapositive 13 x 18, con le sue mani forti e delicate da suonatrice, ma non era facile; le ha solo accartocciate, le ha buttate in un angolo. Le altre le piacevano davvero; si è alzata a riguardarle sotto il lucernario, è tornata a sedersi vicino a me. Ha acceso una sigaretta, detto "Che bravo sei. È la prima volta che mi sembra di riconoscermi. Di solito mi viene da dire chi cavolo è questa? Vedi che avevo ragione a insistere?".

"Sì," le ho detto, con un sorriso quasi fuso sulle labbra e una sensazione calda alla punta delle dita e allo stomaco. Da fuori saliva la vibrazione di un tram, suoni di clacson lontani dalla città che continuava a tremare grattare e stridere nei suoi ingranaggi, molto più lontano e più in basso. Le ho chiesto "Ne avevi già tante, di foto?".

"Qualcuna," ha detto lei. Mi guardava da vicino, sorrideva senza filtri, e i suoi occhi erano ancora più grandi e pieni di colori di come me li ricordavo. Ha detto "Vuoi vederle? Non so se le trovo."

Le ho detto "Dài"; lei si è alzata in un unico movimento fluido, senza appoggiare le mani a terra. È andata ad aprire il vecchio baule verde alla congiunzione del soffitto inclinato, ha frugato dentro. Alla fine ha tirato fuori una vecchia cartellina gialla, è tornata a sedersi di fianco a me.

Dentro c'erano sue foto di epoche e situazioni diverse, me le ha sparse davanti. Una era una pagina a colori di una rivista: lei ben vestita e ben pettinata, con lo sguardo serio. C'era la data di quattro anni prima, scritta a stampatello in un angolo; la didascalia diceva solo *Manuela Duini, 26 anni, artista milanese.* Manuela mi ha indicato due linee sottili agli angoli della bocca, ha detto "Queste mi hanno dato tanto fastidio, quando l'ho viste". Rideva, non cercava di sembrare profonda o intelligente; e mi piaceva questa sua capacità di instupidirsi ogni tanto, staccare la corrente quando ne aveva voglia.

C'era una stampa in bianco e nero di lei adolescente vestita in un frac da uomo, magra e romantica riflessa in uno specchio; Manuela ha detto "Me l'ha fatta mia sorella". C'erano un paio di foto promozionali, con lei seduta all'arpa in posa da musicista classica; lei ha detto "Bahh", me le ha strappate di mano. C'era una serie di provini 6 x 6 in uno studio di fotografo, dove lei era in maglietta e calzoncini da ciclista, seduta a terra appoggiata di schiena all'arpa, con le braccia intorno alla colonna. Ha detto "Guarda com'ero grassa. Era un periodo tremendo, mi annoiavo da morire"; ma era tonda di forme in un modo sensuale, invece: di una sensualità languida e dormiente e appena triste che mi ha suscitato una nuova onda di nostalgia. Ha detto "Me le ha fatte una donna. Mi imbarazzavano, non le ho mai usate".

Ho continuato a scorrere le sue foto, e non erano molte, ma ero colpito da come era venuta diversa in ognuna. Non riuscivo a capire bene la sua evoluzione, avrei voluto ricostruire i passaggi che l'avevano portata a essere quella che era. Le ho detto "È incredibile come cambi".

"Sono sempre stata una specie di camaleonte," ha detto lei. "Vado a periodi. Poi ho gli zigomi alti, e aiuta, credo, no?"

"Sì," ho detto io. Ho allungato una mano e le ho toccato uno zigomo, e la sua consistenza e la sua temperatura mi sono rifluite su per la mano e per il braccio insieme alla vibrazione nel suo sguardo, mi hanno fatto sentire ancora più calda e densa l'aria intorno. E le sono scivolato incontro come scivolare giù per uno stato d'animo inclinato, le ho dato un bacio su una guancia, sul collo, sulla fronte. L'ho sentita deglutire, e ho sentito il suo respiro ancora più vicino, ho sentito il tepore corporeo che le saliva dalla scollatura del golf grigio di lana grossa; l'ho sentita ridere ma non ho capito il senso del suo riso. Mi sono tirato indietro, appoggiato di schiena al divano senza quasi più forze.

Lei mi guardava, con la testa inclinata e i capelli mossi, non sapevo se in attesa di un altro mio slancio o di parole o cosa. Forse ho aspettato troppo per capire; lei si è alzata in piedi, ha detto "Non hai fame?".

Il suo tono di voce e il suo sguardo non sembravano più distanti di un attimo prima, ma c'era un'incertezza che correva in due direzioni sotto la superficie della nostra comunicazione, e minacciava di far tornare terso e vuoto lo spazio tra noi, aumentare mille volte la difficoltà di ogni gesto e parola.

Ho detto "Sì, molta", anche se non ne ero sicuro; l'ho seguita nella cucina che era solo una nicchia nel corridoio a metà strada verso l'ingresso. Lei ha riempito d'acqua una pentola e l'ha messa sul fuoco, ha versato vino rosso in due bicchieri da una bottiglia già aperta. Siamo rimasti in piedi a bere, con le spalle a pareti opposte. Le ho detto "Mi piacerebbe fotografare questa casa, invece di quelle che faccio per lavoro".

"Davvero?" ha detto lei, e non capivo se era incerta o distratta; non ero nemmeno sicuro che registrasse le mie parole. Ha preso un pacchetto di sigarette da una mensola, si è allungata per accenderne una dalla fiamma del fornello, ma l'ho presa per un braccio prima che potesse farlo, l'ho tirata verso di me. Lei ha emesso un sospiro di sorpresa, la sigaretta le è caduta a terra; quando mi è stata contro ho sentito che le batteva il cuore. Ci siamo baciati stretti, le posate sul lavello tintinnavano dietro di noi. Respiravo fondo nel suo respiro, perso nel sapore vinoso dolce e venato di fumo della sua bocca, nelle sensazioni che mi venivano incontro a onde. Le carezzavo i capelli e la schiena e il sedere, le ascelle attraverso la lana del golf, ed erano umide e calde come le sue mani: ho provato uno strano brivido a sentirlo, come una prova delle sue emozioni appena sotto la facilità libera e disinvolta dei suoi gesti.

Poi l'acqua bolliva e ci siamo staccati; Manuela ha buttato la pasta, ha bevuto un sorso dal suo bicchiere. Ho bevuto anch'io, e assorbivo ogni suo movimento, e la forma delle sue gambe nei jeans stinti, del suo sedere mentre si girava, e mi sembrava di ricordarmeli attraverso qualche spessore nel tempo. È tornata contro di me, pancia contro pancia, ci siamo abbracciati e carezzati e baciati ancora. La tenevo stretta; i pensieri mi andavano e venivano, illeggibili e chiari subito dopo. Pensavo alla distanza che c'era stata tra noi e a come si era annullata di colpo, all'africano che aveva risposto al telefono la mattina, a mio cugino, ad Antonella Sartori la notte prima. Erano immagini più che veri pensieri, fotografie mentali che si dilatavano fino a perdere forma e si restringevano fino a correre nel retro del mio cervello come brevi impulsi elettrici.

Manuela si è staccata di nuovo per controllare la pasta; le ho detto "Non ti sembra che io e te ci conoscevamo già da prima di incontrarci?", Parlavo facile, e il vino rosso aveva raddensato ancora l'aria; seguivo il flusso delle mie sensazioni senza cercare minimamente di filtrarle o interpretarle, metterle in bella o in prospettiva.

Lei si è girata a guardarmi, con una luce familiare negli occhi, ha detto "L'ho pensato anch'io, quella sera che ti ho visto con tuo cugino".

Mi sono avvicinato ad appoggiarle la fronte a una tempia, respirarle nei capelli; ho detto "Non è strano?".

"Sì," ha detto lei, ed è sgusciata via, e mi piaceva la curiosità nei suoi occhi e il senso di movimento che comunicava la sua persona, il suo modo di venirmi vicina e allontanarsi.

Poi ha versato la pasta: una nuvola di vapore è salita dal lavello e ha riempito la piccola nicchia della cucina, è salita fino ai listelli di larice del soffitto.

Siamo andati a mangiare nel soggiorno, seduti al tavolo tondo sotto uno dei lucernari da dove entrava ormai poca luce di cielo grigio. E non era tanto facile tenerci nell'atmosfera morbida e calda e confusa di prima. Bastava una variazione di tono o uno sguardo a minare la nostra familiarità; oscillavamo avanti e indietro, lo spazio oscillava tra vuoto e pieno. Manuela mi ha raccontato dell'opera lirica in cui doveva suonare il quindici gennaio a Ferrara. Ha detto che era fuori allenamento, avrebbe dovuto provare giorno e notte ma non ne aveva tempo, aveva troppe altre cose da fare. Ha detto che la musica classica la riempiva d'ansia, faceva concerti da quando aveva sedici anni e non era mai riuscita ad abituarsi alla tensione. Ha detto "È come camminare sul filo, senza rete. Sono tutti lì seduti a seguire ogni tua minima mossa, e sono affascinati a vederti andare avanti ma sperano anche che tu perda l'equilibrio da un momento all'altro e caschi sotto i loro occhi. Mi si paralizza lo stomaco solo a pensarci. Ogni volta giuro che non lo farò mai più, e poi finisce che mi faccio incastrare di nuovo. Ma lo odio, questo lavoro".

"E cosa vorresti fare, invece?" le ho chiesto, mangiando la pasta leggermente scotta che aveva preparato. A tratti mi sembrava di essere troppo consapevole del mio modo di tenere la forchetta, del suono delle mie parole; avrei voluto tornare a sedermi per terra di fianco a lei come prima, farle domande e ascoltarla senza dovere mantenere una posizione.

Lei ha detto "Suonare musiche mie, o musica rock. O andare in Irlanda, o in America, non so. Trovare altri musicisti più liberi dentro. O forse non suonare più del tutto. È da quando sono bambina che devo stare attaccata a quelle corde". Si è girata a guardare le due arpe in fondo alla grande stanza dal tetto inclinato, con la loro forma antica e misteriosa che adesso sembrava venata da un senso di minaccia; ha detto "Certe volte le brucerei".

"Me l'immagino," ho detto io. Invece facevo fatica a immaginarmi il suo lavoro: le prove e riprove, la concentrazione e la memoria e gli esercizi tecnici e lo sforzo e la stanchezza per arrivare alla facilità brillante ed elastica di quando l'avevo sentita suonare nel mio studio. Lei ha detto "Stai lì tutto il giorno ad accanirti sulle sfumature, cercare di raggiungerle e fissarle in modo da poterle riprodurre. E non ci arrivi mai davvero, perché sono nell'aria, un momento ci sono e un momento non ci sono più. Basta che perdi concentrazione per un giorno o ti lasci vivere per un giorno, e perdi tutto. Come fare un quadro che si scolorisce appena l'hai finito, e devi continuare a ripassare ogni singola pennellata tutto il tempo se lo vuoi far vedere a qualcuno".

"Ma come hai cominciato?" le ho chiesto; cercavo di passare attraverso i suoi pensieri e arrivare a riconoscerla come nella nicchia-cucina. "Come ti è venuta in mente l'arpa?"

Lei ha detto "Ne ho vista una un giorno, mi è piaciuto il suono. I miei erano tutti musicisti, mio fratello era già un violinista prodigio. Non ho avuto molta scelta. È una cosa che avevo nel sangue, o nella testa almeno".

La ascoltavo senza più mangiare, affascinato dalla sua voce, da come l'istinto correva veloce nelle sue ragioni; da come ogni sua parola continuava a definirmela davanti agli occhi, fuori dal vago dell'attrazione. Mi sembrava di non sapere niente di lei, e di saperne più che di me stesso: avrei voluto chiederle altro e non chiederle niente, farmi raccontare tutti i dettagli della sua vita prima di incontrarci e dimenticarmi quello che mi aveva già detto, vedere tutte le sue foto e non averne vista nessuna.

Lei mi ha chiesto "E a te come è venuto in mente di fare il fotografo di oggetti?".

"Non mi è venuto in mente," ho detto. "Ci sono arrivato, più o meno. Prima ho fatto moda per cinque anni, ma alla fine non ne potevo più dei direttori delle riviste e degli stilisti e delle redattrici e truccatrici e tutto il resto. E le modelle mi facevano venire la nausea. I sorrisi artificiali che devono fare tutto il tempo, come povere gazzelle ipnotizzate tenute al limite della morte per fame."

Manuela si è messa a ridere; mi ha fatto venire voglia di farla ridere ancora. Ho detto "Mi facevano star male le braccia lunghe e secche che hanno. Quelle scapole ossute, no? Era diventata una specie di ossessione".

Lei ha detto "Succedeva la stessa cosa a me in orchestra, quando ci suonavo spesso. Mi ossessionavano i piccoli gesti maniacali dei violinisti che tiravano fuori i violini dalle custodie, o la saliva che colava dai fiati mentre suonavano, o i segnali che tutti si fanno di nascosto dal direttore. Sai i piccoli particolari insignificanti che ti riempiono di tristezza e di squallore, come quando sei a scuola?". Mi guardava con gli occhi grandi che le brillavano di colori diversi; mi ha chiesto "E poi?".

"Poi mi sono messo a fare ritratti," ho detto io. "All'inizio mi sembrava un ramo molto più libero e creativo della fotografia. Ma è come dicevi tu, ti intrufoli nella vita degli altri e la distorci e te ne porti via dei pezzi. Rubi e deformi tutto il tempo."

"Dipende, però," ha detto lei. "Puoi anche portarti via delle cose interessanti, tirare fuori lati che non si vedono."

"Sì, ma alla fine non mi interessava," ho detto io. "Avere a che fare ogni volta con gli atteggiamenti di quelli che devi fotografare, e assumere atteggiamenti anche tu mentre li fotografi, e altri atteggiamenti quando vai a vendere le foto o anche solo ne parli. Nuotavo negli atteggiamenti, alla fine. Ci stavo annegando dentro."

Lei ha riso di nuovo, con una mano tra i capelli. Ha detto "Così li hai mandati tutti affanculo e ti sei messo a fare oggetti?".

E c'era una vicinanza stupefacente nel suo sguardo e nel suo tono, non mi sembrava di avere mai parlato con qualcuno di così simile a me in vita mia. Ho detto "Sì. Almeno le sedie non assumono atteggiamenti. Neanche i produttori di sedie, di solito. Non è molto eccitante e non è una grande gloria, però nessuno mi rompe le scatole o mi dice come devo essere. Faccio il mio lavoro e lo so fare bene e basta".

"Sei bravo," ha detto lei; mi guardava le labbra.

Mi rendevo conto di parlarle del mio lavoro come di una scelta di vita, ma forse lo era anche, e avrei usato qualunque argomento pur di alimentare la sua simpatia e sentirla vicina com'era adesso. Ho detto "Sei tu brava. A essere come sei. Davvero". Le ho posato una mano sul polso, mi avvicinavo a lei come se nuotassi, sono scivolato via dalla sedia e l'ho stretta in un abbraccio laterale, con un ginocchio a terra.

Ma è suonato il telefono; lei ha fatto un gesto come per dire chi cavolo è, però è andata a rispondere. Ha detto "No", "Sì", "Quando?": a mezza voce all'altro lato della stanza, dura e gentile, paziente ed esasperata, non ci voleva molto a capire che parlava con un uomo.

La guardavo in modo periferico, seduto di nuovo al tavolo tondo, e lo spazio intorno stava tornando limpido e vuoto, ogni mio gesto lasciato a se stesso al punto che facevo fatica a stare sulla sedia senza cadere di lato. Mi sono alzato, sono andato a guardare nella vetrinetta di legno di radica: alcune vecchie penne stilografiche, una polaroid di Manuela che rideva davanti al suo portone, due mostrine militari, quaderni, boccetti d'inchiostro colorato. Sul tavolo c'erano regali di Natale già pronti per il giorno dopo, dischi e libri a giudicare dalla forma dei pacchetti, con i nomi dei destinatari scritti su piccoli fogli adesivi gialli. Mi perdevo nella forma di questi oggetti: nella curvatura delle superfici e nella densità dei colori alla mezza luce della stanza, e ogni dettaglio mi comunicava una strana miscela di tristezza e di sollievo. Pensavo che potevo ancora uscire dalla casa di Manuela Duini con la stessa facilità con cui lei era uscita dal mio abbraccio; che non era certo il momento della mia vita per mettermi a inseguire assonanze ideali come in un romanzo romantico dell'Ottocento. Pensavo che potevo controllare il percorso della mia vita finalmente, guardare le cose con un minimo di distacco e oggettività, compiere scelte senza farmi confondere e trasformare da sentimenti privi di contorni.

Manuela Duini ha messo giù ed è tornata verso di me, ha detto "Scusa tanto". Aveva un'aria perplessa, guardava il telefono sul tavolino come se fosse una presenza viva.

Ho detto "Figurati", e mi rendevo conto di quanto suonava rigida la mia voce.

Lei ha fatto un gesto incerto, ha detto "Era un mio amico del Senegal. Non sta bene, non so, piangeva. Voleva parlarmi."

"L'ho visto, no?" ho detto io, finto sereno e finto distaccato. "Quella sera in discoteca?"

"Sì," ha detto lei, presa tra sentimenti diversi, si muoveva sulle gambe lunghe. Ha detto "Gli ho detto che lo vedo tra mezz'ora".

"Certo," ho detto io. "Tanto devo andare. Ho un sacco di lavoro da fare." Ho alzato il polso per guardare l'orologio; stavo cancellando le assonanze, tagliando i collegamenti, cercavo di non guardarla negli occhi.

Lei mi guardava con un sorriso esile sulle labbra, sembrava sorpresa o dispiaciuta ma non ne ero sicuro; ha detto "Ma scappi via così? Non prendi neanche un caffè?".

"No grazie, devo finire assolutamente delle foto per stasera," ho detto io, in un tono ancora più distante di come avrei voluto. Ho detto "Devo correre, in realtà. Domani è Natale. Non mi ero reso conto del tempo".

Eravamo a solo un metro di distanza, ognuno dei due sospeso in un tentativo di decifrare le espressioni dell'altro. Mi sembrava che ci volesse poco a chiederle almeno come stavano le cose, che bastasse un sorriso o una parola per riaprire una comunicazione e tornare forse vicini ma la miscela di tristezza e sollievo mi invischiava completamente, come miele avvelenato. Sono andato a prendere il giubbotto di pelle dove l'avevo lasciato, ho detto "Ci rivediamo presto, spero".

"Spero," ha detto lei, e adesso sembrava sconcertata e anche offesa, mi seguiva a distanza. Ha detto "Quanto ti devo per le foto?".

"Niente, niente," ho detto io, già a metà corridoio. "Sono un omaggio. È stato un piacere fartele. Davvero." Avevo un tono ridicolo ormai, da commedia teatrale di terz'ordine, mi ascoltavo dal di fuori e mi facevo rabbia. Lei mi ha accompagnato alla porta e ci siamo guardati per un attimo di nuovo da vicino, ci siamo dati un bacio rapido di superficie: ho sentito appena le sue labbra e subito mi sono staccato con il più stupido e imbarazzato dei sorrisi, le ho detto "Ciao". Sono sceso per le scale senza più guardarla, svelto quanto potevo.

Ed ero più sollevato che triste all'idea che la mia attrazione per lei si fosse richiusa, rapida e netta più della sua porta; all'idea di essermi affacciato su un paesaggio difficile ed esserne venuto via senza danni e senza spiegazioni da dare. Andavo giù per i gradini quasi di corsa, ho attraversato il cortile e sono uscito in strada, e la delusione mi si diffondeva dentro dolce e amara, intensa come un vero piacere fisico.

Il giorno di Natale sono andato a Montecarlo

Il giorno di Natale sono andato a Montecarlo, con Antonella Sartori e il suo amico Ghigo e un'aspirante fotomodella tedesca che lui aveva rimorchiato in un bar due sere prima. Antonella Sartori non serbava rancore per come ero scappato via dal suo letto a mezzanotte; è stata lei a telefonarmi la sera della vigilia, dire "Passiamoci un bel colpone di spugna sopra". E non sapevo dove altro andare o cosa fare di me quando mi ha telefonato: ero rovesciato all'indietro su una poltrona, desolato e inerte fino all'autodissoluzione.

Così verso le undici e mezzo del giorno di Natale sono andato a casa sua attraverso la città immobile, e l'ho aspettata in strada per non dover salutare sua madre, e dieci minuti dopo è arrivato Ghigo a prenderci con la sua Porsche e la sua aspirante fotomodella vestita come un albero di Natale biondo, tutta nastri e fiocchetti nei capelli. Siamo andati verso l'autostrada senza dirci niente; pensavo ai miei figli in vacanza, con la mia ex moglie e l'uomo della mia ex moglie, pensavo ai mezzi Natali anticipati che avevamo fatto insieme, ogni gesto e ogni parola concentrati e accelerati e falsati in tentativi di compensazione. Pensavo a Manuela Duini nella sua strana casa, a come ci eravamo abbracciati e baciati prima che tutto si interrompesse; al suo sguardo mentre me ne andavo giù dalle scale. Ma non avevo voglia di pensarci; avevo voglia di farmi portare via da Milano, zitto e assonnato e schiacciato addosso ad Antonella Sartori sul sedile di fortuna della Porsche del suo amico cretino, con un disco di rap italiano demenziale sullo stereo.

Ghigo guidava a strappi, accelerava come un pazzo per impressionare la sua ragazza e poi rallentava di colpo, diceva che il motore aveva bisogno di essere rimesso a posto e non voleva affaticarlo, andava avanti per tratti lunghi a centodieci all'ora. Antonella non mi guardava molto, pressata contro di me com'era; si protendeva in avanti a infilare nuove cassette nello stereo, diffondeva nell'abitacolo basso il profumo francese di cui si era impregnata prima di uscire. Non capivo neanche perché avesse deciso di passare le vacanze con me malgrado tutto: se per inerzia o indifferenza o praticità o generosità, per semplice abitudine all'imbarazzo e ai tradimenti che le veniva da suo padre. Ghigo faceva discorsi a vanvera sulla sua vita passata e i suoi programmi, le chiedeva di fargli da sponda con la ragazza tedesca. La ragazza tedesca si chiamava Astrid; non parlava, diceva solo "Sì?" o "Ah", con l'esse molto dolce e l'acca molto aspirata.

Sulla costa il sole è tornato fuori; siamo scesi per le curve che portano a Montecarlo.

L'appartamento dei genitori di Ghigo era in un condominio alto e moderno; dalle finestre si vedevano costruzioni simili ammassate nella piccola porzione di costa, un angolo di mare grigio più in basso. Le stanze erano ingombre di scatole di cartone e bauli e valigie piene di oggetti, mobili e quadri e porcellane accumulati nel corso degli anni dal padre direttore di cliniche private ed evasore fiscale, trascinati al sicuro in vista di tempi confusi. Ghigo passava il tempo a controllare che tutti i rubinetti e i termosifoni elettrici e le luci e la televisione e la radio restassero accesi in continuazione, per poter dimostrare alle autorità di Montecarlo a fine anno che i suoi genitori risiedevano davvero lì. Ogni volta che io o Astrid chiudevamo per sbaglio l'acqua o spegnevamo una luce Ghigo gridava "Riaccendi!" nello scroscio e nel ronzio generale; gridava "Bisogna far girare i contatori, bisogna!".

Di notte facevo l'amore con Antonella, mentre dall'altra camera attraverso le pareti di cartone costoso si sentivano le voci e i versi di Ghigo e Astrid. Antonella diceva "Oddio, li senti?"; ma invece di darle fastidio la rassicurava, come un'uscita collettiva di liceali il sabato pomeriggio. Anch'io ero contento che ci fosse qualcun altro intorno, che ci fosse una cornice di gesti e presenze ad arginare il mio sgomento latente. In questa cornice Antonella si lasciava andare, la fase delle resistenze e delle mani bloccate appena sotto l'orlo della gonna era così lontana che mi sembrava di essermela sognata. Mi piaceva, quando riuscivo a tenermi basso nelle pure sensazioni. La rivoltavo senza il minimo sforzo, tiravo fuori il mio repertorio di tecniche; giocavo a fare il disincantatore e l'illuminatore sessuale, andavo e venivo da angolature diverse tra le sue cosce bianche e sottili e ginnasticate.

Di mattina dormivamo fino a tardi, andavamo in giro a piedi o in macchina per la brutta città; Astrid si esaltava a vedere le Rolls Royce e le Jaguar che passavano, Antonella e Ghigo facevano finta di niente. Non c'era nessuno dei loro amici, erano tutti in montagna o in posti più esotici di mare, non c'era niente da fare a parte sedersi al tavolino di un bar o leggere giornali e riviste in casa o parlare a vuoto di qualunque cosa. Pensavo che era un'esperienza come un'altra, sempre meglio che starmene solo e triste nel mio studio a Milano a rimpiangere cose che non avevo.

Il primo dell'anno ho controllato la mia segreteria telefonica con il comando a distanza

Il primo dell'anno ho controllato la mia segreteria telefonica con il comando a distanza, come facevo quasi ogni giorno da quando ero partito, e c'era un messaggio di Manuela Duini. Diceva "Sono Manuela, dove sei?" in uno strano tono perplesso e agitato. E ce n'era un secondo, in un tono che mi ha mandato una scossa attraverso il sistema nervoso "Sei un bastardo, lo so che sei da qualche parte a farmi le corna con qualcuna mentre io ho un bisogno disperato di parlarti".

Ero da solo nel soggiorno, mezzo reclinato su un divano, tra brutti mobili e scatole piene di refurtiva legale; sono saltato in piedi con il cuore che mi batteva a doppia velocità e le orecchie che mi ronzavano e le gambe che non riuscivano a stare ferme. Non capivo perché Manuela Duini mi parlava come a un fidanzato traditore, né cosa c'era dietro lo sbalzo quasi violento di umore tra una telefonata e l'altra; che origine aveva il suo bisogno disperato di parlarmi. Ho provato a richiamarla, battuto i tasti del suo numero più rapido che potevo, ma non c'era nessuno. Ho messo giù, quasi travolto dal senso di distanza e intrappolamento e difficoltà meccanica che continuava a salirmi dentro.

Antonella e Ghigo e Astrid erano nelle stanze da letto, a riposarsi dalla notte tirata in lungo e dalla vuotezza del pomeriggio, affondati nel loro universo di sguardi e gesti e parole inutili. Ho avuto l'impulso di andare a parlare con Antonella, ma non sapevo cosa dirle e non mi sembrava che avesse senso; camminavo come un animale in gabbia lungo la vetrata che dava sul terrazzo. Pensavo alla voce di Manuela Duini sul nastro della mia segreteria telefonica, ai sentimenti non filtrati che la animavano; al tempo che mi ci sarebbe voluto per svincolarmi dalla situazione con Antonella e i suoi amici e tornare a Milano in treno.

Ma non avevo tempo di svincolarmi né voglia di farmi rallentare; volevo solo correre a Milano e trovare Manuela Duini, farmi spiegare cosa aveva e che genere di reazione chimica incontrollabile si era creata tra noi. Non ho neanche pensato a fare la valigia: mi sono infilato il giubbotto di pelle, ho preso le chiavi della Porsche di Ghigo sopra un mobile dell'anticamera, sono uscito come un ladro sbilanciato dalla fretta.

Sull'autostrada ho guidato sdraiato nel sedile basso, con l'ago del contachilometri che non scendeva quasi mai sotto i centottanta e il motore da mettere a punto che mi rombava dietro la testa. Mi sono fermato solo una volta a fare benzina; ho provato a chiamare Manuela da una cabina ma non rispondeva. Mi chiedevo dov'era andata, se era sparita in qualche posto lontano o stava male o aveva deciso di chiudere per sempre la comunicazione dopo che non mi aveva trovato. Mi chiedevo cos'era in lei che mi attirava al punto di travolgere tutto il resto, cos'era che mi aveva fatto scappare via da casa sua senza neanche chiederle niente pieno di tristezza e sollievo mescolati. Tenevo l'acceleratore schiacciato fin dove andava, il volante molto stretto tra le mani; speravo solo che non mi fermasse la polizia, il motore non si fondesse.

Alla fine sono arrivato a Milano, e la città era buia e nebbiosa e vuota peggio di quando ero partito, la gente ancora via o chiusa in casa a recuperare dopo il veglione della notte. Mi sono fermato a una cabina del telefono, ho chiamato Manuela Duini: ancora una volta non c'era. Ho lasciato suonare per cinque minuti buoni, mentre le poche macchine che erano in giro passavano piene di rabbia cieca nella nebbia. Il cuore mi batteva molto lento e fondo, avrei potuto gridare dalla disperazione ma faceva troppo freddo.

Sono andato sotto casa sua, ho provato a citofonare nella speranza che fosse tornata nel frattempo, ma il citofono è rimasto muto. Ho aspettato forse un'ora: camminavo avanti e indietro lungo il marciapiede, guardavo il suo portone chiuso, le macchine che arrivavano lungo il viale; speravo di riconoscere la sua. Era notte ormai, la nebbia così densa che riuscivo a distinguere i cofani solo all'ultimo momento, e arrivavano solo fantasmi di macchine sconosciute a intervalli di qualche minuto una dall'altra, quella di Manuela Duini non arrivava mai. Alla fine ho deciso di lasciar perdere, sono risalito sulla brutta Porsche che ormai faceva un rumore intollerabile.

Ho provato a passare dal bar dove ero andato con mio cugino la sera del suo compleanno: era chiuso e spento, tornato la stazione di controllo dei tram stretta e lunga che era stata prima di diventare un bar. Ci ho fatto lo stesso un giro intorno a piedi, in una specie di piccolo pellegrinaggio desolato. Mi sembrava impossibile che un posto così chiuso e così spento avesse potuto contenere una persona come Manuela Duini anche solo per poche ore; che tutti i suoni e le luci e i movimenti e le risate di persone ansiose si fossero dissolte nel nulla. Mi sembrava di essere arrivato a un capolinea del tempo e dello spazio, in modo troppo inerte o distratto o stupido per potere mai tornare in circolo. Sono tornato alla Porsche quasi rubata, ho guidato lento verso il mio studio.

E quando sono arrivato c'era la vecchia giardinetta bianca di Manuela Duini a cavallo del marciapiede proprio di fianco al portone: mi si è fermato il cuore a vederla. Sono sceso senza neanche accostare la macchina, le ho bussato sul vetro e ancora non credevo che fosse proprio lei. Invece era lei, e si è spaventata, ha fatto un salto sul sedile prima di riconoscermi. È scesa, con una faccia stanca, i capelli spettinati; ha detto "Cosa ci fai con quella macchina da magnaccia?".

"L'ho presa a uno," le ho detto, con un brivido fondo mentre la abbracciavo.

Appena l'ho lasciata mi ha guardato con la testa inclinata, e potevo sentire la sua diffidenza; ha detto "Dov'eri?".

"In un posto orrendo," le ho detto. "A pensare a te tutto il tempo." Mi tremava la voce mentre parlavo, per i sensi di colpa e il sollievo mescolati; e pensavo che non ci eravamo mai parlati in questo tono prima, i nostri rapporti non erano mai stati così vicini in realtà.

"Perché sei andato via?" mi ha chiesto lei, e continuava a fissarmi alla luce dei lampioni, con uno sguardo difficile da sostenere.

Le ho detto "Andiamo dentro, per piacere". Ho aperto il

portone, l'ho tirata dentro, via dal freddo umido della notte, via dalle domande.

Nello studio l'aria era calda per fortuna, anche se c'era odore di polvere e una grande confusione di oggetti. Mi faceva uno strano effetto vedere Manuela camminare di nuovo tra le mie cose, dopo le foto e dopo che ci era tornata con mio cugino; ma non ci pensavo molto, la guardavo più che altro. Le ho detto "Non ho niente da mangiare o da bere".

"Non voglio niente," ha detto lei, camminava in giro come se avesse freddo.

Ho messo dell'acqua a bollire sul fornelletto elettrico, ho tirato fuori il barattolo della camomilla e quello quasi vuoto del miele. Avevo voglia di cancellare il gelo ostile della distanza senza misura e la disperazione di quando pensavo che non sarei più riuscito a trovarla, avevo voglia di qualunque piccolo gesto familiare.

Manuela ha detto "Stamattina quando ero fuori sono venuti dei ladri a casa mia, o qualcuno". Aveva una faccia molto pallida, adesso che la vedevo alla luce, era spaventata.

"Come qualcuno?" le ho chiesto, con un'ombra di allarme che mi passava dentro.

"Sì," ha detto lei. "Hanno buttato tutto per aria, ma senza rubare niente. Mi sembra, almeno, non sono stata a controllare tanto. Ho appena guardato in giro e ho riempito una valigia di vestiti e sono scappata giù per le scale. Non sapevo con chi parlare, ho guidato intorno in macchina per delle ore. Ti avrò telefonato dieci volte, ma non c'eri. C'era quella segreteria telefonica schifosa. Continuavo a buttare giù, ti odiavo."

"Non dirlo, per piacere," le ho detto. "Ho sentito i tuoi messaggi oggi pomeriggio, sono tornato a Milano più veloce che potevo." Le sono andato più vicino, come se potessi recuperare il tempo che aveva passato in giro piena di paura e di bisogno di parlarmi.

"Dov'eri?" ha chiesto lei; si teneva indietro.

Le ho detto "A Montecarlo", in un tentativo di tono sereno, ma non ci riuscivo, mi sembrava che lei mi leggesse in trasparenza come se fossi di vetro. L'ho presa per un braccio, e anche questo non serviva, le sentivo i muscoli tesi.

Lei mi ha guardato con mezzo sorriso amaro, ha detto "Eri con una, no?".

Ci ho pensato solo un istante, e mi sono passate attraverso la testa due o tre possibili scuse; ho detto "Sì". Sostenevo il suo sguardo, e provavo un brivido freddo di esaltazione all'idea di dirle almeno la verità, come può provarlo uno che si brucia da solo con la benzina o si butta da un cornicione in nome di un principio.

Manuela si è svincolata dalla mia mano, ha detto "Bastardo porco figlio di puttana, lo sapevo che non dovevo fidarmi. Lo sapevo che eri un bastardo, con quel modo gentile e ipocrita del cazzo che hai".

"Non dirlo, per piacere," ho detto di nuovo. "Continuavo a pensare a te, ogni giorno. E appena ho sentito i tuoi messaggi sono corso qui. Ho lasciato tutti senza spiegare niente, sono corso via come un pazzo. Ho rubato una macchina, per arrivare prima." La voce mi peggiorava man mano che la mia sincerità autolesionista di prima cercava di rivestirsi di spiegazioni; le parole mi si impastavano come se fossi il peggiore dei bugiardi vigliacchi e doppiogiochisti.

Lei teneva le mani nelle tasche della giacca nera, ha detto "Lasciami stare!" quando ho cercato di toccarla di nuovo, nella sua voce acuta.

Ma ho continuato a seguirla da vicino, calamitato dal suo sguardo e dal suo modo di accusarmi come se stessimo insieme, dalle lacrime che le vedevo negli occhi. Ho detto "È che pensavo che stessi con quel tipo del Senegal. Ci sono rimasto da cani quando ero a casa tua con le foto e hai detto che lo vedevi".

"Non potevi chiedermelo?" ha detto lei, sempre fuori portata ma già in un altro tono. Ha detto "Era solo un amico, ormai. Stava male".

"Ma prima stavate insieme, no?" le ho chiesto; sondavo il suo sguardo.

"È stata solo una storia così," ha detto lei. "Sono un gruppo di amici, tutti imparentati tra loro. Li ho conosciuti in una discoteca con una mia amica, e mi sembravano divertenti, rispetto ai cadaveri di milanesi che conosco."

"E ti sei messa con lui?" le ho chiesto. Ci giravamo intorno, ci guardavamo negli occhi e guardavamo altrove.

"Non mi sono messa," ha detto lei, in un tono quasi difensivo. Ha detto "È stata una cosa da bambini".

"Sì, un bambino di due metri," ho detto, e la gelosia mi veniva fuori dagli angoli di ogni parola.

Lei ha sorriso nervosa, continuava a spostarsi in giro. Ha detto "Ho fatto la scema per un po' di tempo. Avevo passato tutta l'estate e tutto settembre a studiare e suonare, non ne potevo più di fare la seria".

"Brava," le ho detto; e mi rendevo conto di essere io adesso a parlarle come se stessimo insieme, ma non potevo farci niente. L'acqua sul fornello era evaporata quasi tutta; ho spento, lasciato perdere la camomilla.

"Dài, smettila," ha detto lei. Era una specie di scherma laser di gelosie, intense e inconsistenti nello stesso modo tutte e due, una prevaleva sull'altra a tratti. Ha detto "Guarda, il sesso era solo una cosa marginale, in questa storia. Ballavamo tantissimo, più che altro. Stavamo su tutta la notte, di giorno dormivamo e fumavamo. Hanno sempre un sacco di roba da fumare. Sono sempre fuori".

"E poi?" le ho chiesto, appoggiato con una mano a un cavalletto, invischiato nel miele amaro di sentimenti peggio che a casa sua.

"Poi mi sono innamorata di te," ha detto lei.

Mi guardava negli occhi a poca distanza, e le sono andato contro senza pensare più a niente e ci siamo baciati sulla bocca: un bacio lungo e aspirato, come tornare in superficie dopo un'immersione interminabile. Ci tenevamo stretti, rimescolati dentro tra il calore corporeo e la distanza che ci aveva separati e il freddo fuori e l'amaro e la fretta e il panico di non trovarsi e l'aria ferma e protetta del mio studio e il morbido e il duro delle nostre persone.

Manuela si è tolta la giacca, l'ha buttata senza nessuna cura su una sedia, l'abbiamo sentita scivolare a terra. Il suo aspetto è cambiato insieme alla sua consistenza: è diventata più femminile e morbida, con il collo lungo chiaro e il seno che palpitava sotto un golf nero di lana leggera. Me la sono stretta di nuovo contro e assorbivo ogni suo respiro, ed era un conforto senza misura rispetto ai respiri brevi di Antonella Sartori solo poche ore prima, mi sembrava di ricongiungermi a me stesso più ancora che a lei.

Poi ho tirato giù il letto a ribalta. Avrei voluto un letto migliore, e una vera stanza invece dello spazio ingombro dello studio; ma era già molto così, ci siamo caduti sopra e sembrava molto più morbido di come me lo ricordavo. E non avevamo nessuna fretta e nemmeno nessun obiettivo definito, ci baciavamo e carezzavamo e ci guardavamo molto da vicino, come se ogni gesto fosse perfettamente giustificato da se stesso, compiuto in un suo percorso circolare. Le ho sfilato i calzoni e il golf, e lei si è tolta il resto, e sono rimasto a guardarla nella luce calda dell'unica lampada che avevo lasciato, incantato dalla sua pancia. Era una pancia come non ne avevo mai viste, se non in qualche dipinto o in qualche statua forse: un vera pancia generosa e tonda, una specie di piazza mediterranea d'amore, lontana anni luce dalla pancetta tesa e sottile di Antonella Sartori. La guardavo e non sapevo cosa dire, soltanto la carezzavo in circoli e le giravo intorno con lo sguardo, pensavo a quanto era sorprendente rispetto all'immagine dura e sbrigativa che Manuela riusciva a dare da vestita. Pensavo a com'era un segreto ben custodito; a quante altre cose non evidenti lei doveva nascondere.

Sono scivolato a baciarle l'ombelico, baciarle le linee dell'inguine e i piccoli peli, le ho aperto le gambe e ho passato uno sguardo radente anche lì. Lei mi guardava mentre la studiavo con attenzione assorta, ha detto "Non sono abituata a farmi guardare tanto", e aveva un sorriso intimidito sulle labbra e teneva gli occhi socchiusi, ma non ha chiuso le gambe.

Ho continuato a sorvolarla con lo sguardo, scorrerle una mano molto leggera sulla pelle. Ero affascinato dalla sua dimensione di donna vera rispetto alle ragazze con cui avevo avuto a che fare negli ultimi tempi, e anche non sapevo bene cosa fare. L'idea dell'africano con cui era stata mi infondeva un senso di allarme; e c'era una diffidenza meno spiegabile che si frapponeva tra me e lei come un filtro colorato, mi impediva di avvicinarmi con la facilità che avrei voluto.

Mi sono avvicinato lo stesso; lei ha detto “No, usiamo qualcosa”, e questo ha mescolato ancora i miei sentimenti già confusi, gelosia e diffidenza e attrazione e preoccupazione di farmi trascinare in un territorio incontrollabile, sensi di responsabilità e sensi di inevitabilità che prevalevano uno sull’altro a seconda dell’istante. Non ero neanche sicuro se parlava di usare un preservativo o cosa, non riuscivo neanche a pensare ai gesti necessari; le sono entrato dentro con la stessa cautela assorta di quando le guardavo la pancia. Anche lei era quieta, non ritrovavo molto dell’esuberanza di quando parlava e rideva e cambiava espressione e diceva cose in tono di provocazione e di sfida. Stava quasi abbandonata, in attesa e in osservazione, aperta a me e anche richiusa su una parte di se stessa. Ma eravamo vicini, molto più di come avrei potuto aspettarmi; il suo calore e il suo respiro mi si riverberavano a onde attraverso il sangue e mi rallentavano il circolo delle percezioni e dei pensieri, li impastavano insieme. Mi sembrava di essermi avventurato solo di un passo per un sentiero che portava in un territorio caldo e delicato già danneggiato in passato, e sapevo già prima di saperlo che non mi sarebbe stato facile venirne fuori, eppure andavo avanti sempre più fondo, sempre meno consapevole.

Abbiamo fatto l’amore in questo spirito: senza affrettamenti nè slanci furiosi nè tentativi di creare impressioni favorevoli o sostenere ruoli. Ci fermavamo e riprendevamo, acceleravamo e rallentavamo, stavamo minuti interi solo a guardarci, sospesi in una vibrazione quasi immobile; scivolavamo uno nell’altra, con gli occhi così vicini da non vedere più niente in modo definito, trascinati verso un punto difficile da raggiungere e difficile da lasciare.

Alla fine ci siamo addormentati tra le lenzuola strapazzate, sfiniti e confusi come avevo desiderato senza crederci mentre correvo lungo l’autostrada. Le ho detto “Buonanotte”, le stringevo un polso e anche se non sapevo quasi niente di lei mi sembrava davvero di conoscerla da sempre, di essere cresciuto con lei fin da quando eravamo bambini, avere una memoria precisa di ogni minima sfumatura dietro i suoi movimenti e i suoi respiri.

Abbiamo dormito fino a tardi

Abbiamo dormito fino a tardi, quando ho aperto gli occhi Manuela era già in piedi con solo il golf addosso, stava trafficando tra il fornello elettrico e gli armadi. Le ho detto "Ciao", e cercavo di venir fuori dal tepore confuso del sonno, adattarmi all'idea di rivederla a pochi passi da me nel mio studio.

Lei ha detto "Ehi", mi guardava appena. Si muoveva incurante e meticolosa sulle gambe lunghe e chiare, ha detto "Non trovo il caffè".

Le ho detto "Non ce n'è"; sono saltato su ancora mezzo addormentato, mi sono infilato i calzoni e la camicia e sono andato a darle un bacio, premerle una mano su un fianco.

Ma era tesa, ha detto "È quasi mezzogiorno. Tra poco devo partire".

"Per dove?" le ho chiesto, con un senso di abbandono che mi saliva rapido dentro.

"Ferrara," ha detto lei. "Comincio le prove stasera, e non so ancora niente."

Le ho chiesto "E quanto ci resti?". Cercavo di tenere un tono fermo, non farmi travolgere alla prima idea di distacco. Mi sembrava di riuscirci, e lei mi conosceva troppo poco per sapere se ci riuscivo o no, ma questo invece di rassicurarmi mi spaventava.

"Due settimane," ha detto lei. Ha raccolto i calzoni da terra e se li è infilati, si è tolta il golf e le ho guardato il seno come me lo ricordavo dalla notte, si è rimessa la camicetta.

Eravamo in piedi nel disordine del mio studio, e mi sembrava che lo spazio tra noi potesse riaprirsi da un momento all'altro come una voragine. Le ho chiesto "E la tua casa buttata per aria?".

"Cosa dovrei fare?" ha detto lei. "Ho già firmato il contratto, con Ferrara. E sono più sicura in albergo che qui, credo." Si è infilata gli stivaletti bassi senza chinarsi, li ha forzati al tallone.

"Perché sicura?" le ho chiesto, percorso da una corrente di allarme. "Cos'è che cercavano? Cos'è questa storia?"

"Ma niente," ha detto lei. Sorrideva, ma non era un sorriso convincente. Ha detto "Non ti preoccupare. Si vede che cercavano ori o gioielli preziosi e non ne hanno trovati"; si è infilata la giacca.

Mi sono infilato le scarpe anch'io e la giacca, ho detto "Almeno ti aiuto a caricare l'arpa in macchina". Avevo lo stomaco contratto, i muscoli delle braccia contratti, non volevo lasciarla andare.

"È già in macchina," ha detto lei; e con la giacca di pelle nera le era tornata almeno in parte un'aria dura, non sembrava che avesse molto bisogno di assistenza o di protezione. Ha detto "Se vuoi possiamo prendere un caffè insieme".

Così siamo scesi in strada, e la città aveva ripreso a muoversi e grattare dopo la paralisi delle feste, la luce era forte anche se veniva da un cielo perfettamente grigio. Un carro attrezzi dei vigili stava agganciando la Porsche di Ghigo che avevo abbandonato in seconda fila vicino al portone; Manuela ha fatto un gesto ma le ho detto "Fai finta di niente", l'ho presa sottobraccio e siamo passati oltre. Non avevamo mai camminato sottobraccio prima, né in altri modi: non sapevo neanche se le faceva piacere. Cercavo di adattarmi al suo passo, e anche questo non era facile, la guardavo di tre quarti per controllare le sue espressioni.

Siamo andati a un bar all'angolo, abbiamo preso due cappuccini e due brioches e ci siamo seduti a un tavolino. Lei sembrava abituata a fare colazione al bar più che in casa, c'era un'autonomia collaudata nei suoi gesti che mi faceva sgomento. Dopo tutta la confidenza istintiva della notte eravamo due quasi sconosciuti, non avevamo nessun automatismo di comunicazione. Le ho chiesto dell'opera a Ferrara; lei ha detto che Rossini era divertente, e il direttore e i cantanti tra i migliori che c'erano, ma l'idea di lavorare in un'opera la riempiva di agitazione. Ha detto "È questa specie di recita di manichini, fuori dal tempo e fuori dal mondo. E il pubblico dell'opera è un pubblico di maniaci, sono ossessionati dalla ripetizione e dai raffronti. Ascoltano ogni passaggio decine di volte sui dischi e poi vengono a sentirlo per cercare di beccarti dove sbagli. I cantanti sono terrorizzati a ogni prima, non hai idea".

"Non ho sentito molte opere in vita mia," ho detto io. "Forse una in teatro e una al cinema, e dei pezzi alla radio. Dopo qualche minuto mi annoio da morire, e non capisco niente delle parole. Mi sembra una forma così caricaturale, ormai." Il suo modo di essere sincera era contagioso: non facevo finta di essere un melomane, non cercavo di filtrarmi.

Lei sorrideva, ha detto "Ma ce n'è di belle. Quando ero bambina e mio padre dirigeva un'opera andavo a sentirmela anche cinque o sei volte di seguito. Stavo lì da sola in un palco a seguire tutta la storia, la *Bohème* o quello che c'era, avrò avuto otto o nove anni, e piangevo come una fontana ogni volta che qualcuno moriva o qualche innamorato veniva separato a forza".

"Non si direbbe, a vederti adesso," ho detto. "Uno non se lo immaginerebbe mai." E sapevo di non avere abbastanza elementi per dirlo, quando l'avevo fotografata avevo visto di quanti modi diversi era fatta.

"È stata una grossa influenza, invece," ha detto lei. "Mi è venuto un carattere abbastanza melodrammatico, con tutte le opere che ho sentito."

"Sembri tutto tranne che melodrammatica," le ho detto; e cercavo di capire in che senso lo era, cos'altro non sapevo di lei.

Lei ha detto "Una volta mio padre mi ha fatto vedere *La cavalleria rusticana* e *I pagliacci* dalla buca del suggeritore. Stavo seduta su una panchetta di legno di fianco al suggeritore con la sua partitura, nel mezzo del palcoscenico, e vedevo tutto dal basso, era una sensazione pazzesca. C'era l'orchestra dietro, le onde sonore ti arrivavano addosso attraverso le tavole di legno come onde di terremoto, e avevi i cantanti e le comparse davanti, ti venivano quasi sulla testa e ti guardavano per avere gli attacchi, cantavano così forte e così vicini da farti vibrare il diaframma come se fossi tu a cantare".

"Ed è lì che ti è venuta voglia di fare la musicista?" le ho chiesto, cercavo di immaginarmela.

"Non lo so," ha detto lei. "Allora volevo fare l'attrice, anche se studiavo musica." Ha finito di mangiare la sua brioche a grandi morsi, ha finito il suo cappuccino. I suoi pensieri si erano già spostati, lo vedevo dagli occhi. Ha detto "Mi viene la nausea se penso agli orchestrali tutti lì pronti già stasera. È un incubo, madonna. Avevo giurato di non farlo più, ma sono scema. Devo vivere, anche, sono mesi che non faccio concerti".

"Ma cos'è che ti angoscia?" le ho chiesto, incantato anche dal suo nervosismo, dalla fragilità ipersensibile che le veniva fuori.

"L'idea di essere lì in mezzo," ha detto lei. "Di nuovo dentro il gioco sadomaso del cazzo. Devi vederli, gli orchestrali. La categoria più fisicamente malridotta che ci sia, senza nessun contatto con il mondo reale, chiusi fin da bambini nella stessa scatola stagna. E odiano i solisti, quando vengono da fuori, soprattutto se pensano che siano diversi da loro e più liberi. So già come mi guarderanno, come una specie di bestia anomala."

Le ho detto "Ma *sei* una bestia anomala"; e a vederla adesso con la giacca di pelle nera e i jeans neri e gli stivaletti neri da rocker e i capelli castani a ciocche biondastre mi sembrava strano che potesse suonare l'arpa in un'opera lirica di Rossini.

Lei si è girata a guardarmi negli occhi, ha detto "Sì?". Ci siamo baciati, al tavolo d'angolo nel bar quasi vuoto, e c'era un senso strano di attesa in ogni gesto e sguardo che ci scambiavamo, un senso di non spiegato e di non richiesto, familiare ed estraneo, divertito e faticoso e sicuro e incerto.

Poi lei si è alzata, ha detto "Io devo partire".

Siamo tornati davanti al mio portone. La Porsche di Ghigo non c'era più, il carro attrezzi dei vigili se l'era già trascinata via. Mi sono chiesto se lui mi aveva denunciato come ladro o cosa; che reazioni aveva avuto Antonella Sartori alla mia sparizione.

Manuela ha aperto il portellone della sua giardinetta, frugato in una borsa piena di partiture per controllare se aveva preso tutto. L'arpa era allungata tra il fondo e i sedili davanti, nella sua gualdrappa di panno rosso, appoggiata su alcuni cuscini per attutire i possibili colpi.

Ci siamo guardati sul marciapiede, nella luce grigia che ci esponeva fin troppo uno agli occhi dell'altra, stanchi e sbattuti dalla notte come eravamo, e di colpo mi è sembrato di restare a riva mentre l'unica barca al mondo se ne andava via. Ero preoccupato per lei, anche, e non capivo bene perché, mi sembrava di vederle una luce di spavento negli occhi e nel modo che aveva di muoversi. Le ho detto "Non è che ti posso raggiungere? E mi fai ascoltare le prove? Magari mangiamo insieme o facciamo qualcosa quando non devi lavorare?".

"Sarebbe bello," ha detto lei. Non faceva il gioco dove uno dei due scappa per farsi rincorrere dall'altro, non cercava di tenermi sulla corda; ha detto "Ti telefono da lì."

Ci siamo abbracciati, lei si è messa al volante. Ha tirato giù il vetro grigio di polvere di smog, ha detto "Non è che potresti andare a casa mia a cambiarmi la serratura della porta?".

"Perché, l'hai lasciata così?" le ho chiesto. Mi sembrava assurdo non averci pensato di più, preso com'ero in scie di attrazione e osservazioni e considerazioni su di lei; avevo lo stomaco contratto all'idea di aver lasciato passare ore e ore senza occuparmene.

"Cosa dovevo fare?" ha detto lei. "Non era rotta, hanno aperto e richiuso, senza forzare niente."

"Ma porca miseria," ho detto io, con ancora più allarme che mi correva dentro, senza direzione. "Dovevi dirmelo. Non sono dei ladri normali, allora. Dovevamo chiamare la polizia."

"Tanto sai cosa facevano," ha detto Manuela. Sorrideva appena, guardava di lato nella strada. Mi ha porto un mazzo di chiavi, con una chiave lunga in fuori, ha detto "Me la puoi cambiare?".

"Sì," ho detto; e lei aveva già messo in moto, mi ha fatto un cenno con la mano e il finestrino era già richiuso, la sua giardinetta già in mezzo alla strada e già in fondo, già sparita dietro l'angolo.

Non sono neanche risalito in studio, ho preso la macchina e sono andato a casa di Manuela, lungo lo stesso identico percorso che avevo fatto la mattina quando ero andato a portarle le foto.

Il portinaio non mi ha neanche fermato quando sono passato davanti ai suoi vetri; sono tornato indietro io, gli ho chiesto se per caso aveva visto o sentito qualcosa di strano da casa di Manuela il mattino prima. Lui ha detto "Niente. Me l'ha già chiesto la signorina". Gli ho chiesto se aveva notato qualcuno di strano magari nei giorni prima; lui ha detto "No, ma fino a venti giorni fa era tutto un anda e rianda di gente strana, negri e non negri, i vicini si sono lamentati cento volte per la musica".

Gli ho detto "Grazie tante", non avevo nessuna voglia di sentire il suo punto di vista sulla vita privata di Manuela.

Sono andato su per le scale, ed era così diverso dalla prima volta quando c'era lei sopra che mi aspettava e ancora non avevo idea di come mi avrebbe accolto o di cosa sarebbe successo tra noi e salivo verso la sua presenza non ancora decifrata che mi attirava su due gradini alla volta come una calamita. Adesso invece salivo un gradino alla volta verso la mia mancanza di lei, con lo stomaco contratto e un senso più generale di indolenzimento interiore, e a ogni gradino avrei voluto correre giù alla mia macchina e inseguirla a Ferrara.

In cima all'ultima rampa la porta di Manuela era chiusa; come aveva detto lei non c'era nessun segno di forzatura. Sono entrato con la chiave che mi aveva dato: gli armadi nel corridoio erano aperti, giacche e cappotti e attrezzi da casa sparsi sul pavimento. Facevo fatica a riconoscere il luogo perfettamente equilibrato dov'ero venuto a trovarla per la prima volta, ma non era il disordine a renderlo diverso, era la sua assenza quasi tangibile, che faceva sembrare vuota e silenziosa l'aria nel modo più innaturale.

Nel soggiorno dal tetto inclinato c'era una confusione incredibile di carte e fotografie e oggetti, sparsi sul pavimento e sui tavoli e sulle sedie. Tutti i cassetti erano aperti, alcuni rovesciati per terra, la vetrinetta spalancata e i ripiani interni scaravoltati, un vetro rotto; lo spazio riverberava ancora della rabbia e della fretta con cui era stato messo sottosopra. Mi sono immaginato lo spavento di Manuela quando era rientrata da sola: il senso di violazione che doveva averla presa. Mi è sembrato ancora più brutto essere stato lontano da lei, ancora più irrimediabile.

Anche la camera da letto era tutta buttata per aria: l'armadio e i cassetti sotto il letto aperti, i vestiti e le cinture e le scarpe scaraventati fuori con furia, i libri tolti dagli scaffali e buttati in giro, i raccoglitori aperti, tutte le carte che contenevano sparse tra i vestiti e gli oggetti personali. Gli armadietti del bagno erano stati frugati con la stessa furia, c'erano boccetti di profumo e scatole di medicine e piccoli aggeggi da trucco sparsi sul pavimento. Dappertutto nella casa vedevo i segni di un accanimento bestiale; mi sembrava di sentire ancora l'ansimare di chi era entrato, il rumore dei suoi passi pesanti, gli schiocchi e scricchiolii e laceramenti che aveva prodotto mentre si avventava da un punto all'altro per rintracciare qualcosa o anche solo distruggere l'equilibrio che aveva trovato.

Mi aggiravo nella confusione da un punto all'altro della casa di Manuela così vuota di lei, tra i frammenti e dettagli sparsi della sua vita che non conoscevo, e facevo quasi fatica a respirare. Era una sensazione strana e inquietante, che mi rallentava i battiti del cuore e li accelerava a ogni passo.

Ho preso le misure della serratura con un metro da falegname raccolto da terra, le ho segnate su uno dei blocchetti per appunti sparsi in giro con una delle molte penne sparse in giro, sono uscito a cercare un negozio di ferramenta. In strada ero teso, e ancora più mentre tornavo con la nuova serratura: attento a persone o segni sospetti mentre riattraversavo il cortile e risalivo le scale, mentre riaprivo la porta. Ma non c'era nessuno, il disordine e il senso acuto di assenza erano gli stessi di prima. Ho tolto la vecchia serratura, e pensavo a quante volte e insieme a chi l'aveva aperta Manuela: pensavo alle uscite di fretta per incontrare qualcuno, ai rientri con qualcuno la notte tardi, ai gesti e gli sguardi sul pianerottolo, i gesti appena dentro. Ho montato la serratura nuova con la più grande cura, stretto le viti come se cercassi di fissare una barriera tra me e il passato.

Poi non sapevo se rimettere in ordine o no; Manuela non me l'aveva chiesto e non avevo idea di qual era l'ordine originale. Ho solo tirato su le sedie rovesciate, rimesso nell'armadio l'aspirapolvere e l'asse da stiro che ingombravano il passaggio nel corridoio, raccolto in un sacchetto i frammenti di vetro della vetrinetta. Ma continuavo a camminare tra le carte e fotografie sparse in giro, e più ci stavo in mezzo più sentivo una forza di attrazione difficile da contrastare. Le guardavo dall'alto e le guardavo da inginocchiato, ci passavo sopra la mano. Mi sembrava ignobile mettermi a leggere o guardare, ma sapevo così poco di Manuela; e avrei voluto capire cosa cercavano quelli che avevano devastato la casa, quale motivo avevano avuto. Sono andato verso la porta, deciso a uscire e richiudere la porta dietro di me; invece sono tornato indietro nella camera da letto, mi sono accovacciato a guardare con il cuore che mi batteva.

C'erano i volumi dell'enciclopedia della musica sparsi in giro; un paio di annuari dei musicisti italiani; raccoglitori aperti con etichette che dicevano *casa*, *macchina*, *commercialista*, *articoli*, i fogli che contenevano mescolati a partiture scosse fuori da cartellette etichettate *musica da camera*, *concerti solistici*, *orchestra*. Guardavo tutto da molto vicino, registravo ogni dettaglio con attenzione dilatata: le tracce del lavoro e della vita quotidiana di Manuela, le tracce del suo passato con altri e da sola prima che ci incontrassimo. Ai piedi dell'armadio dei vestiti erano sparsi libri dai dorsi e dalle copertine consumate: l'*I-King* e i *Tarocchi* e raccolte di poesie di Baudelaire e Verlaine, un libro sul Tantra, il *Dizionario Filosofico* di Voltaire, un dizionario italiano, alcuni romanzi, un vecchio libro americano sul sesso. Venivano così chiaramente dalla sua adolescenza, quando era una ragazzina alla ricerca di spiegazioni su di sé e sul mondo: mi sembrava di vedere il suo modo di sfogliare le pagine, e lo sguardo che aveva, la sua faccia e il suo corpo mentre leggeva.

Sulla copertina del libro sul Tantra c'era il sottotitolo *Lo yoga del sesso*, coperto con un pennarello blu che si era schiarito nel tempo: pensavo a quando lei l'aveva cancellato, forse per non farlo sembrare un libro sospetto ai suoi. Dentro c'erano sottolineature e segni di lato a interi paragrafi che parlavano delle tecniche di respirazione e della polarità positiva e negativa, dei gradi contrastanti di maschilità e femminilità che ci sono nell'equilibrio di tutte le cose al mondo. Di fianco ad alcune frasi o paragrafi che le erano sembrati oscuri c'erano dei punti interrogativi, altrove altri punti esclamativi. C'era un foglio strappato da un quaderno a quadretti con scritto

Diciannove anni?!

Poi c'erano ritagli sparsi fuori da un classificatore etichettato *Stampa*, tutti con il suo nome o la parola "arpa" nel titolo, molti con fotografie di lei sul palcoscenico, da sola o insieme ad altri musicisti, in anni diversi e in città diverse. Leggevo le date e gli aggettivi, cercavo di rintracciare attraverso il tempo le impressioni che altri avevano potuto raccogliere di lei. C'era un articolo della "Voce di Bergamo" fatto quasi solo di considerazioni su come la gestualità dell'arpista e il suo strumento fossero pieni di suggestioni sensuali. Potevo vedermi Manuela che suonava sul palcoscenico del teatro di Bergamo, e il giornalista seduto nelle prime file come un guardone di mezza età; potevo sentire le emozioni di Manuela mentre suonava, e i suoi umori la notte mentre se ne guidava via con l'arpa dietro come chissà quante volte da quando aveva cominciato a suonare.

E non mi faceva bene decifrare i frammenti della sua vita nella sua casa vuota: non mi faceva bene risalire a scatti nel suo passato e frugare tra le tracce che ne erano rimaste, lungo percorsi che forse avevano intersecato i miei senza che io ne sapessi niente. Mi comunicava un senso di perdita, invece che di arricchimento; più elementi raccoglievo su di lei e più mi sentivo povero, tagliato fuori da un fiume di giorni e mesi e anni scorsi via.

Sono uscito dalla sua stanza, ero deciso a non leggere più niente; ma ho messo il piede su un quaderno rilegato a spirale dalla copertina blu, l'ho raccolto ed era un diario, non ho resistito a sfogliarlo. La prima pagina che ho aperto diceva:

Lavorato al primo movimento del concerto di Mozart (ancora). Quasi soddisfatta. Poi il filo della dipendenza amorosa.

Lui non mi telefona. Oggi ore 12 tono insicuro. Puzza di corna con senso di colpa. Fare domande? Incazzarmi? Attaccare? Farlo ingelosire? Negarmi? Troncare? Che razza di amore è questo, se gioca solo e sempre? Forse no però. Mi basta sentire la sua voce per perdonarlo. Un ennesimo bambino? Ma dove sono gli uomini maturi??? Ma chi mi ama veramente?

I punti interrogativi erano grandi, si prendevano la pagina con forza. Nella pagina dopo era scritto *Che atteggiamento avere?* Più sotto c'erano le linee dell'*I-King*.

42 = l'accrescimento	2 = il ricettivo!
9 ø	--
9 ø	--
8 --	--
8 --	--
8 --	--
9 ø	--

"*Se in verità tu hai un buon cuore, non interrogare. Sublime salute! In verità la bontà sarà riconosciuta come tua virtù.*"

In altre pagine c'erano altri segni e numeri e frasi dall'*I-King*, altre domande di Manuela e sue interpretazioni. Scorrevo lo sguardo veloce lungo le curve della sua calligrafia, saltavo di pagina in pagina con il cuore che mi batteva e i palmi delle mani sudati, il senso di farmi un danno ancora peggiore di prima. Non c'erano date complete in alto a destra nelle pagine, né nomi completi, non riuscivo a capire di chi parlava o di quando ma era terribile in ogni caso, e lo stesso non riuscivo a fermarmi.

C'erano altri quaderni sparsi sul pavimento, tutti riempiti della sua calligrafia. Alcuni contenevano solo descrizioni di sogni, ed erano gli unici datati con precisione, alcuni erano veri diari come il primo. Ho sfogliato anche quelli, e mi sentivo un intrufolatore e un ladro eppure ero attratto in modo irresistibile dal tepore dolce e palpitante e pericoloso dei cunicoli della sua vita. La sua calligrafia continuava a risucchiarmi di pagina in pagina, frase dopo frase e segno dopo segno; continuavo a leggere anche se il cuore mi faceva sempre più male.

Una pagina diceva:

Concerto nel parco. Grande emozione. Fusione tra la musica e la natura intorno, mi sembrava che l'arpa suonasse da sola. Sono ancora sotto shock. Le note mi passano ancora dentro.

Una pagina diceva:

Non dormo, non fumo. Mangio. Scrivo. Penso. Ci siamo detti così poco, è successo così poco. Eppure la naturalezza, la curiosità. Ma non sono io che mi sogno le cose e trasformo la realtà in base a quello che vorrei? Mi sono sempre buttata così tanto nelle cose in passato, ora ho una sorta di distacco, probabilmente di incredulità... Che per la prima volta si avveri un sogno? Un grande desiderio finalmente appagato? Dopo tutta questa sofferenza? E come soffocare il mare di sospetti, diffidenze, paure? Come percorrere serena questo sentiero, senza più guardarmi alle spalle? Cancellare tutto il passato, liberarmi dai pesi. E poi i dubbi... sarà proprio quello giusto? Non è l'ennesimo abbaglio? Però che momenti intensi, sensazioni. Mi sembra sciocco scriverle, ora. È lui l'uomo che mi completa? Io credo di sì. L'ho sentito chiaramente. Me lo sono detto: "È lui". Ma è così serio, e anche troppo gentile e attento. Anche triste, c'è qualcosa nel suo sguardo. Manuela, cosa stai facendo?

Poi c'era la domanda *È lui?*, seguita da tutte le linee dell'*I-King*.

L'interpretazione diceva: *Il possesso grande è determinato dal destino il quale corrisponde al tempo. "Sublime riuscita!"*

9 al 4° posto: Egli fa una distinzione tra sé e il prossimo. È chiaro, distingue, ed è ragionevole.

9 sopra: dal cielo in alto è benedetto, salute! Nulla che non sia propizio.

Leggevo queste frasi e avrei voluto che parlasse di me, e avevo paura che invece fosse qualcun altro anni o mesi prima ma non volevo esserne sicuro, non avevo il coraggio di cercare date o riscontri nelle pagine prima o dopo. E mi colpiva quanto erano semplici le sue domande, e com'era ingenuo il suo linguaggio più privato, quanto lavorio interiore e quanti sbilanciamenti c'erano sotto la sua apparente disinvoltura. Mi sembrava per contrasto di avere sempre avuto ben pochi slanci; di avere passato la vita entro un perimetro sorvegliato, con qualche sortita rapida giusto per non morire di rimpianto, ritirate pronte al minimo pericolo. Mi sembrava di avere sempre usato filtri di giudizi e distacco al punto di non riuscire a vedere i veri colori di niente; di non avere mai saputo amare nessuna con slancio e senza riserve e nemmeno averci mai provato davvero, essermi solo posto il problema di come fronteggiare gli slanci e la mancanza di riserve altrui.

Passavo da un foglio all'altro e da un diario all'altro come correre attraverso un campo minato, con l'idea di poter saltare su una mina in qualunque momento. Seguivo la pendenza di una frase pericolosa e mi salvavo con un tuffo in una pagina di riflessioni e assaporavo la sicurezza per qualche secondo e subito dopo tornavo fuori e correvo oltre e mi si conficcava una scheggia lacerante di parole nel fianco, rimanevo a dissanguarmi su un aggettivo e poi riprendevo a correre e saltare sempre più sconvolto, senza riuscire a fermarmi malgrado il rischio terribile, senza riuscire a tenermi al riparo.

In una pagina Manuela aveva scritto:

Ore 1.39. Perché è andato via così? Per gelosia? Per ricatto? È proprio superficiale? Non è una persona seria?

Sotto c'erano le linee dell'*I-King*, poi:

L'amore che ho per te mi si sta seccando dentro. È un vero peccato.

In un'altra pagina aveva scritto:

Sto bene. Grande equilibrio. Il tai-chi aiuta. Non voglio più chiedere niente a nessuno, non ho bisogno di nessuno. Ho il mio lavoro, e mi piace e mi realizza. I miei amici mi vogliono bene. Posso fare a meno di un uomo, se non è come lo voglio io.

In un altro quaderno la sua grafia era gonfiata e tremolata dalla rabbia e dalla disperazione:

Stronzo bastardo figlio di puttana, dove sei? Con chi cazzo sei in questo momento? Perché mi faccio sempre fregare? Perché ci casco sempre? BASTARDO! E continuo a telefonarti come una cretina. Avevo pensato che tutto fosse così facile e naturale con te, anche se non ci siamo neanche mai detti niente. Invece ero solo io, come sempre.

L'ho letta e riletta, perché avrebbe potuto benissimo rivolgersi a me due mattine prima, o a chiunque altro in qualunque giorno che non avevamo passato insieme nelle nostre vite, non c'era verso di saperlo e non volevo saperlo in ogni caso. Percorrevo con lo sguardo le sue frasi agitate da sentimenti vivi, e mi sgomentava l'oscillare delle sue emozioni in base al minimo vento delle circostanze; e la sua percettività acuta e vibratile, il suo modo di raccogliere indizi dai gesti e dalle sfumature più insignificanti. Leggere il suo diario mi faceva lo stesso effetto di osservare una superficie d'acqua in continuo movimento: vedevo la sfaccettatura delle onde, il modo diverso in cui riflettevano la luce, i milioni di piccoli cambiamenti continui che alteravano il colore ogni pochi secondi.

Un'altra pagina in un altro quaderno diceva:

Amore violento con C., come sempre. Non riesce a farlo in un altro modo, per lui è sempre un gioco di potere mentale e sopraffazione fisica. Gli piace l'idea di trattare un'artista come una serva, è la sua rivalsa sulle donne. Gli fanno paura e allora cerca di schiacciarle. Ma io perché ci sto?

E forse venti pagine oltre:

C. mi ricatta. Dice che se non faccio un figlio con lui ha altre quattrocento donne a disposizione. Gioca sulla mia dipendenza nel modo più vile. Mi ha sradicato dalla mia vita e dal mio lavoro e adesso cerca di usarmi come vuole. A volte lo odio e lo disprezzo e mi fa schifo anche fisicamente ma non ho la forza di andarmene, come i suoi poveri ex peromani della comunità terapeutica.

Poi mi è sembrato troppo da masochisti andare avanti, e troppo brutto verso Manuela; ho deciso di smettere. Ho chiuso l'ultimo quaderno, l'ho posato a terra, ho detto "Basta basta basta", con il sangue che mi bruciava nelle vene.

Ma c'erano anche decine di sue fotografie sparse sul pavimento, piccole stampe a colori sfuse e altre in piccoli raccoglitori di plastica da laboratorio di sviluppo istantaneo. Cercavo di non guardarle, ma era difficile dopo avere scorso i suoi diari: c'era lei magra e con occhiali da giovane intellettuale insieme a un ragazzo simile a lei, lei su una spiaggia con un altro ragazzo molto in posa, lei con un gruppo probabilmente di musicisti nella via di una città medioevale. C'era lei con vestiti diversi e capelli di lunghezze diverse, attraverso i tempi e i luoghi e le mode diverse degli ultimi quindici anni, con gli sguardi e i gesti che le conoscevo dal vero.

Scorrevo le sue foto sul pavimento senza soffermarmi e senza neanche tirarle su, mescolate com'erano fuori dall'ordine in cui lei aveva provato a tenerle. Cercavo di collegarle ai pensieri che avevo letto qua e là nei suoi diari: agli slanci e alle delusioni e alle sottili curve di sentimenti registrate con tanta attenzione e sincerità, e mi sembrava che tutte le presenze e tutti gli stati d'animo della sua vita fossero lì intorno ancora perfettamente vivi e simultanei, ad assediarmi e confondermi con i loro suoni troppo acuti per essere ascoltati.

È suonato il telefono; sono saltato su, ho preso al volo la cornetta, detto "Sì?". Dall'altra parte non parlava nessuno. Ho gridato "Chi cavolo è?" assediato e confuso com'ero. Non hanno risposto; ho sentito il *clic* di chi metteva giù, il ronzio della linea interrotta.

Ho lasciato perdere le foto e i diari e tutto il resto; ho chiuso a quattro mandate la nuova serratura e sono sceso per le scale, me ne sono tornato al mio studio.

Più tardi mi è venuta in mente un'altra pagina dei diari di Manuela, dove aveva scritto:

Vorrei sapere dove sei questa notte, mentre qui sono le quattro e non riesco ad addormentarmi. Vorrei sapere cosa stai facendo e con chi sei, e che faccia hai, se ti ho già incontrato o ci siamo solo sfiorati qualche volta, se siamo sempre stati distanti senza il minimo punto di contatto. Vorrei sapere se ci incontreremo, e quando. Se ci incontreremo troppo tardi o appena in tempo, o ci incontreremo ma non riusciremo neanche a capire che eravamo noi e quanto eravamo importanti uno per l'altra. Io credo che ti riconoscerei subito, anzi sono sicura. Mi basterebbe guardarti negli occhi un attimo per capire che sei tu, o solo guardarti entrare in una stanza. Mi basterebbe un secondo, o meno. Però adesso dove sei? Adesso che sono così sola e triste e senza speranza, dopo tutti questi uomini vili e freddi e mammoni e indifferenti e sadici e semplicemente sbagliati? Dove sei? E ci sei poi?

Manuela ha telefonato tardi la notte

Manuela ha telefonato tardi la notte, ha detto "Scusa l'ora, ma sono stata fuori a mangiare con quelli dell'orchestra".

"Mangiate presto," ho detto io, perché erano quasi le due; non riuscivo a mantenere nessuna simulazione di serenità o distacco dopo essere stato a casa sua. Le ho chiesto "Com'è andata la prova?".

Lei ha detto "Siamo rimasti in teatro fino a mezzanotte e mezzo, c'è un casino incredibile", e nella sua voce si intrecciavano dieci fili diversi, stanchezza e affetto e distrazione e divertimento e noia, eccitazione per il suo lavoro. Mi ha chiesto "E tu cos'hai fatto?".

"Sono stato a casa tua," ho detto. "Ti ho cambiato la serratura. È bestiale come hanno buttato tutto per aria. Davvero non hai la minima idea di chi può essere stato? O di cosa cercava?" Mezzo addormentato com'ero avevo in mente perfettamente nitide le sue fotografie sparse in terra, le frasi su C. nei suoi diari; mi chiedevo se lei riusciva a capirlo.

"No," ha detto lei. "Come faccio a saperlo?" Non aveva voglia di parlarne, c'era un fondo elusivo nella sua voce.

Le ho chiesto "E com'è la situazione lì?".

"Così," ha detto lei. "Mancano sei giorni alla prima ed è ancora tutto per aria."

Le ho detto "Quand'è che ci vediamo? Ho voglia di venire lì."

"Quando vuoi," ha detto lei, ma non ha detto quando; facevamo fatica a ritrovare una comunicazione sulla linea lunga del telefono. Non ci conoscevamo ancora abbastanza, e fin dall'inizio non ci eravamo mai basati più di tanto sulle pure parole.

Le ho detto "Ti richiamo nei prossimi giorni"; ci siamo salutati.

Poi ho provato a riaddormentarmi, ma non ci riuscivo. Continuavo a rivoltarmi nel letto dov'ero stato abbracciato a Manuela solo ventiquattr'ore prima, e mi sembrava il letto più scomodo del mondo, rigido e cedevole e pieno di cigolii, non capivo come avevo potuto sopportarlo fino allora. Mi sentivo solo, e preoccupato, e geloso. Questo era strano, perché non mi era quasi mai capitato di esserlo, anche quando ce n'erano state buone ragioni. Spesso anzi ero stato accusato di indifferenza per la mia mancanza di gelosia: alcune donne mi avevano messo alla prova per vedere fino a che punto potevo arrivare, ed ero arrivato molto in là, avevo finito per provocare nuove delusioni e nuove accuse. Invece adesso pensavo a Manuela Duini e al modo che aveva di inarcare leggermente la schiena mentre passava davanti a uno specchio, con uno sguardo lungo come per raccogliere l'impressione che aveva lasciato in quell'istante, e mi riempivo di amarezza e di rabbia all'idea che qualcuno avesse potuto vederglielo fare prima di me, o potesse vederlo in quel momento. Cercavo di immaginarmi i suoi colleghi orchestrali, e il direttore d'orchestra, e lo scenografo, il regista e i cantanti e tutta l'altra gente che doveva girare intorno alla messa in scena di un'opera; cercavo di immaginarmi chi era entrato con la chiave in casa sua a buttarla per aria. Non mi sembrava che lei mi avesse dato molte garanzie, né io gliene avevo chieste; non avevo nessuna fiducia nella distanza o nella notte o negli allestimenti teatrali o nelle camere d'albergo delle città di provincia.

Ero lì che mi rigiravo nel letto pieno di questi pensieri, e ho sentito trafficare alla porta. Mi sono immobilizzato su un fianco, ho smesso di respirare: dall'ingresso veniva un rumore grattato di metallo su metallo, qualcuno che infilava qualcosa nella serratura e cercava di farla girare.

Sono scivolato fuori dal letto, andato verso la porta più silenzioso che potevo, con tutti i muscoli tesi, le orecchie concentrate a registrare il minimo suono. La gelosia che mi aveva occupato fino a quel momento si era girata in una specie di istinto omicida freddo e nitido, che mi faceva attraversare la stanza perfettamente buia invece di accendere la luce, andare verso la porta con le mani serrate a taglio invece di gridare qualcosa.

Ma non vedevo niente, e la stanza era piena di strumenti da lavoro: sono inciampato nel sostegno di una lampada, e la lampada è caduta con un rumore forte come un'esplosione, mi ha fatto volare a terra.

Mi sono rialzato subito, ho acceso una luce e ho preso in mano un treppiede, sono corso alla porta. Ho aperto, pronto a tirare giù il treppiede con tutta la forza che avevo nel braccio, ma sul pianerottolo non c'era più nessuno: ho sentito uno scalpiccio sui gradini più sotto, la porta a vetri sul cortile che sbatteva. Ho fatto per correre fuori nudo com'ero, poi sono tornato dentro a infilarmi calzoni e scarpe e giacca, e già mentre lo facevo sapevo che era troppo tardi ma l'ho fatto lo stesso, con il cuore che mi batteva molto veloce e le mani frenetiche; sono corso fuori, andato giù per le scale e attraverso il cortile come un pazzo.

In strada ho guardato a destra e a sinistra, e non c'era più nessuno lungo i marciapiedi, nessuna macchina in movimento. Sono corso a caso in una direzione, arrivato all'angolo e tornato indietro di corsa, andato fino all'angolo opposto. Era inutile; ho dato un calcio al muro per la rabbia, un calcio a un sacco della spazzatura, tra i cumuli di sacchi della spazzatura abbandonati sui marciapiedi da quando il sindaco aveva dovuto dimettersi e metà del consiglio comunale era stato incriminato per corruzione, e la città era stata lasciata a se stessa come un vecchio motore malridotto che va avanti per conto suo.

Sono andato al laboratorio con le foto di una sedia

Sono andato al laboratorio con le foto di una sedia, poi sono rimasto incastrato nel traffico. Quasi tutti i milanesi ormai erano tornati dalle vacanze, si erano buttati nelle loro attività private come per compensare all'incertezza pubblica. Pensavo alla casa di Manuela buttata per aria, alla porta del mio studio trafficata di notte. Mi chiedevo se c'era un collegamento tra le due cose; se Manuela era in qualche genere di pericolo, quanti lati preoccupanti c'erano nella sua vita. Mi chiedevo anche dov'erano i miei figli in quel momento, cosa facevano in Marocco con la nuova famiglia della mia ex moglie; se crescere senza di me gran parte del tempo li avrebbe fatti diventare persone diverse da come avrei voluto, o invece gli avrebbe fatto bene.

Il traffico era quasi immobile, i semafori erano rotti e i vigili peggioravano soltanto la situazione, si andava avanti di pochi metri al minuto. Ero bloccato in macchina e i miei pensieri erano bloccati quanto me, giravano a vuoto come tutti i motori che avevo intorno. Mi tornavano in mente i quaderni di Manuela sparsi sul pavimento di casa sua, le frasi palpitanti che ci avevo letto dentro; la violenza accanita con cui era stato devastato l'equilibrio che mi aveva tanto colpito quando ero andato da lei la prima volta. Avrei voluto conoscerne la ragione, ma non avevo nessun elemento per farlo, neanche un indizio o un punto di partenza.

Lavoravo di freno e di frizione e di acceleratore come un maniaco, con un'onda crescente di preoccupazione per Manuela: me la vedevo inseguita da qualcuno, spinta dentro una macchina o minacciata con una pistola, la sua stanza d'albergo buttata per aria, il suo telefono staccato dalla spina. Me la vedevo ricattata e perseguitata e assediata, spaventata senza difesa mentre io ero a duecento chilometri da lei, e l'idea diventava più insopportabile con ogni minuto che passava, mi faceva venire voglia di lasciare la macchina dov'era e correre fuori.

Appena sono riuscito a tornare allo studio ho provato a chiamarla al numero dell'albergo di Ferrara che mi aveva lasciato, ma una voce stolida della reception ha risposto "Non è in stanza". Ho lasciato un messaggio, e appena messo giù il cuore ha preso a battermi ancora più veloce, mille frammenti di vetro di gelosia retrospettiva e preoccupazione sono tornati in circolo come un caleidoscopio intollerabilmente mobile e colorato di paure e diffidenze e insicurezze.

Non riuscivo a fare niente per distrarmi: ho rimesso in ordine un paio di armadi, letto due o tre poesie di Shelley tradotte in italiano da un imbecille, scorso un catalogo di attrezzature fotografiche; mi sono lavato i denti e ho camminato avanti e indietro, e riuscivo solo a vedere gesti e sguardi sparsi di Manuela Duini, come fotografie che non le avevo fatto quando era lì nel mio studio. Mi sembrava di rendermi conto solo in quel momento dello spavento nei suoi occhi quando ci eravamo salutati; mi sembrava di non aver fatto niente di quello che avrei potuto, aver preso per buona la recita di autonomia e sicurezza che lei sosteneva di fronte al mondo.

Ho tirato pugni e calci come un pazzo al sacco da allenamento appeso al soffitto, e mi immaginavo di tirarli a quello che era entrato in casa di Manuela, ma non bastava. Ho preso le forbici e mi sono tagliato i capelli davanti allo specchio a colpi selvaggi, senza la minima pretesa di regolarità o di simmetria. Li ho lasciati a ciocche dritte e dispari come se fossi appena uscito da una rissa, poi mi sono scattato due o tre polaroid, le ho buttate sul tavolo una di fianco all'altra per vedere che faccia aveva il mio stato d'animo.

Sono uscito, andato a piedi nel frastuono di traffico verso casa di Manuela.

Dentro la confusione di carte e oggetti personali era ancora peggio di come me la ricordavo, mi comunicava un senso di perdita e di pericolo ancora più intensi. E non sapevo da dove cominciare a raccogliere elementi, non avevo nessuna voglia di rimettermi a leggere diari o guardare foto, non avevo nessuna pratica di investigazione privata. Guardavo intorno per capire almeno se c'era stato un metodo nella devastazione, se era una devastazione di ricerca o una devastazione intimidatoria, e quante mani aveva richiesto. Il cielo fuori era color piombo, pesante e fermo, lasciava filtrare ben poco dai lucernari; ma non ho acceso nessuna lampada, camminavo da un punto all'altro della casa nella tenue luce grigia da notte artificiale, cercavo di farmi un'idea.

Poi ho sentito un rumore dal corridoio, e mi è venuto in mente che non avevo neanche chiuso la porta.

Sono scivolato verso una parete, il senso di perdita e di pericolo raffreddati in puro istinto di aggressione peggio che nel mio studio la notte prima; ho raccolto da terra una tovaglia di panno pesante, sono andato verso la porta.

Dal corridoio arrivava uno scricchiolio di piedi; una voce di uomo ha detto "Ohi?" ormai molto vicina.

Ho fatto un salto da dietro l'angolo e buttato la tovaglia addosso alla figura massiccia che mi veniva incontro, tirato un calcio all'inguine con tutta la forza della gamba, un colpo alla testa con la base della mano.

La figura massiccia è andata giù con un grido sordo attutito dal panno, è finita per terra distesa. Gli ho dato altri calci come se tirassi al sacco da allenamento nel mio studio, ma non ha avuto altre reazioni che raccogliere le braccia per proteggersi e rotolare di lato, e la tovaglia gli è caduta dalla faccia e la rabbia mi si è smorzata di colpo, ho visto che era mio cugino.

Gli ho detto "Cosa ci fai qui?" troppo scosso per dirgli altro o chinarmi a chiedergli come stava.

"Cazzo ci fai tu?" ha detto lui in una specie di rantolo. Si è appoggiato su un gomito, bianco in faccia come un foglio di carta, con un filo di sangue che gli colava dal naso, si premeva una mano tra le gambe. Ha rantolato "Cazzo ti viene in mente, porca puttana, mi hai ammazzato".

Mi sono chinato a guardarlo da vicino, e non l'avevo ammazzato per fortuna, il suo cappottone nero e la tovaglia di panno avevano attutito i colpi. Gli ho detto "Ero venuto a guardare questo casino. Sei stato tu?".

"Sei scemo?" ha detto mio cugino con la voce impastata. Si è tirato su a sedere, si è portato una mano al naso senza togliere quella tra le gambe.

Gli ho detto "Neanche ieri notte alla porta del mio studio sei stato tu?". Mi tremavano le mani, per il contraccolpo così inaspettato alla mia violenza difensiva.

"Ma cazzo dici?" ha detto mio cugino. "Sei fuori di testa di brutto, porca di una puttana?" Si è alzato in piedi, e mi sembrava che facesse smorfie esagerate di dolore, si puntellava al muro del corridoio. Ha detto "Con 'sto cazzo di karate di merda, maniaco criminale".

Ho detto "Mi spiace". Ho preso da terra un tovagliolo e sono andato a bagnarlo al lavandino nella nicchia-cucina, gliel'ho porto per pulirsi il naso. Ho detto "Ero sicuro che fossi il bastardo che ha fatto questo casino, quando ti ho sentito entrare".

"Ma tu cazzo c'entri?" ha detto mio cugino, mentre mi prendeva malvolentieri di mano il tovagliolo. "Com'è la faccenda? Grande idillio improvviso con l'arpista? Alla mia bella faccia?" Mi guardava negli occhi solo a tratti, per il resto guardava la confusione di oggetti, si premeva sul naso il tovagliolo bagnato.

"Stiamo insieme," ho detto io; e mentre lo dicevo mi chiedevo se era proprio così, se non stavo accelerando i tempi e semplificando le cose.

"Che meraviglia," ha detto mio cugino, con la voce smorzata dal tovagliolo. "Parenti serpenti nella migliore tradizione, eh? Senza esitare un attimo."

"Doveva succedere," gli ho detto. "È una di quelle storie inevitabili, che sono lì dormienti magari per anni e aspettano solo di prender vita. Non ci posso fare niente. Mi spiace. Tra voi non funzionava, comunque."

"Grazie tante," ha detto lui. Mi è passato oltre, mezzo piegato e trascinando una gamba, ha guardato il soggiorno buttato per aria, ha detto "Madonna che roba. Hanno fregato molto?".

"Niente, pare," ho detto io. "È questa la cosa strana."

Lui si è seduto su una delle sedie che avevo raddrizzato intorno al tavolo tondo, guardava la stanza e si teneva il fazzoletto premuto sul naso, ogni tanto controllava quanto sangue aveva perso. Ha detto "E te la sei scopata?".

"Stiamo insieme," gli ho detto una seconda volta, ancora meno sicuro della prima. Gli ho detto "Perché devi essere così volgare e rozzo?".

"Ah, sei fine e delicato tu," ha detto mio cugino. Si è tolto il fazzoletto dal naso per effetto drammatico, ma già non perdeva più sangue, era solo un po' livido e arrossato.

Sono andato a sedermi sul bracciolo di una poltrona, a tre o quattro metri da lui. Ci guardavamo a intervalli di qualche secondo, attraverso lo spazio confuso e rivoltato dove prima c'era stato un ordine così spirituale; non parlavamo, riprendevamo fiato. Alla fine gli ho chiesto "Com'è andato il Natale in montagna?".

Mio cugino ha detto "Da cani. Mi sembrava di fare una recita per i bambini e i vicini di casa e gli amici. La colazione e sciare tutto il giorno e la cena, che bella famiglia. Poi la sera in camera da letto rigidi e pieni di scatti come due epilettici".

Gli ho detto "Lo so" ed era l'unico terreno su cui riuscivamo a comunicare, non ce n'erano altri.

"Ma è finita, eh?" ha detto mio cugino. "Separati. Tre giorni fa. Fine. Eravamo già in pigiama tutti e due. Le ho detto è inutile che continuiamo la recita perché qui le battute sono scadute e non ci crede più nessuno."

"E lei?" gli ho chiesto; mi chiedevo se Manuela esercitava un'influenza su di noi anche solo attraverso le tracce della sua vita sparse in giro per la sua casa.

Mio cugino ha posato il fazzoletto sul tavolo tondo, si è tastato il naso con la mano. Ha detto "All'inizio mi guardava come se le avessi dato una bastonata, ma poi ha gridato che è d'accordo ed è un pezzo che non ne può più neanche lei, che sono l'uomo più vigliacco e ipocrita del mondo e che le ho rovinato la vita e mi odia, di togliermi dalle palle se no mi buttava fuori lei. Da un momento all'altro. Così".

"Accidenti," ho detto io, colpito da come lo sgomento gli attraversava la voce a onde. "E tu cos'hai fatto?" gli ho chiesto.

"Mi sono trovato un residence," ha detto lui. Si è massaggiato l'inguine, ha fatto ancora una smorfia di dolore almeno in parte esagerato; ha detto “Poi volevo passare a salutare la Duini, visto che è stata l’origine di tutto e al telefono non risponde mai”.

“È fuori Milano,” gli ho detto. Non volevo neanche dirgli dov’era; mi dava fastidio che la chiamasse “la Duini,” mi dava fastidio che avesse pensato di passare a salutarla. Il riscaldamento autonomo era spento, faceva freddo ma cominciavo a rendermene conto solo allora.

“Ah sì, l’opera a Ferrara, no?” ha detto mio cugino; e già doveva sembrargli qualcosa saperlo per conto suo, conoscere Manuela da un mese prima di me.

“Sì,” ho detto io. Avrei voluto farlo uscire dalla casa di Manuela; non mi dispiaceva più tanto averlo riempito di botte per sbaglio.

Lui ha continuato a tastarsi il naso con la punta dei polpastrelli, si guardava tutto intorno; ha detto “E questo casino?”.

“Non lo so,” ho detto. Ero combattuto, perché avrei voluto chiedergli se aveva qualche idea, e avrei voluto tenerlo fuori: oscillavo tra due istinti, credo che si capisse dal mio sguardo.

Mio cugino sniffava, inclinava la testa all’indietro. Ha detto “Forse sono stati i negri. Tamba e i suoi amici. Avevano un’aria abbastanza fuori, non so se li hai visti. Magari si sono incazzati per la vostra love story”.

“Può darsi,” ho detto io, ma quella che avevamo intorno non mi sembrava una devastazione da gelosia, era troppo sorda e sistematica.

“Oppure sarà stato Cerino,” ha detto mio cugino. “È il tipo che fa questo genere di cose.”

E di colpo mi sono tornate in mente le cose che Manuela aveva scritto su “C.” nei suoi diari; i pensieri mi hanno preso velocità quasi subito, le immagini mentali mi slittavano una sull’altra. Ho detto “Mimmo Cerino?”.

“Eh,” ha detto mio cugino. “Avrà mandato qualche ex eroinomane della comunità di recupero, non gli mancano certo gli scagnozzi.”

“Figlio di puttana,” ho detto io. “E cosa voleva?”

“Cazzo ne so,” ha detto mio cugino. Si è alzato, e non aveva più molte difficoltà di movimento, si è chinato tra le lettere e i diari e le calze e i pennarelli colorati e i ritagli di giornale e le fotografie sparse.

Mi sono alzato anch'io, combattuto tra istinti di difesa e voglia di sapere; ho detto "Sono cose di Manuela, non mi piace che guardi".

"Telo lì," ha detto mio cugino. Frugava tra le fotografie a colori sul pavimento, me ne ha passate tre o quattro.

Nelle prime due stampe 10 x 15 c'era un uomo di forse quarantacinque anni, seduto a leggere un libro sul ponte di un piccolo cabinato a vela. Era tozzo e pesante di corporatura, con una pancia gonfia quasi ostentata, capelli grigi, occhiali dalla montatura di osso; le sue braccia e il collo largo trasmettevano un senso sordo di vigore animalesco che sembrava riflettersi nel suo sguardo. Stava semisdraiato a prua, appoggiato su un gomito e con un libro in mano; guardava verso l'obiettivo con arroganza incurante, senza preoccuparsi affatto di come sarebbe venuto nella fotografia. Il libro che leggeva era un saggio di cinquecento o più pagine, con un titolo a caratteri così piccoli e sobri che la piccola macchina istantanea di Manuela non era riuscita a leggerli; lo teneva tra le mani come un cacciatore può tenere un piede sulla testa di un cervo ammazzato.

Nelle altre foto c'era Manuela sdraiata sul ponte della stessa barca, con il seno scoperto e la pancia magnifica abbronzata, presumibilmente fotografata da Cerino. Ma non avevo voglia di guardarle, e ancora meno che le guardasse mio cugino: ho detto "Non mi interessa, sono cose di Manuela", le ho messe giù tra gli altri oggetti sparsi sul pavimento.

"Comunque l'hai visto," ha detto mio cugino. "Il pregiato dottor Domenico Cerino. Magari la vuole ricattare, magari lei sa qualcosa che non dovrebbe sapere."

"Non mi interessa," gli ho detto di nuovo. E non era vero, le fotografie che avevo visto mi passavano nella testa insieme ad altre che mi potevo solo immaginare: Manuela che fotografava Cerino sulla piccola barca a vela, Cerino che fotografava lei, loro due soli in mezzo al mare, Cerino che faceva gesti di aggressione e di convincimento. E dettagli: le mani tozze e i polsi spessi di Cerino, la sua pancia che strabordava sopra i bermuda a fiori, le pieghe intorno ai suoi occhi di rettile stagionato, le mani sensibili di Manuela, i suoi avambracci flessibili, i suoi occhi caldi. Non avevo più nessun dubbio che fosse stato lui a farle devastare la casa, dopo averla ricattata come lei aveva scritto nei suoi diari; mi sentivo tremare dentro per la rabbia che mi circolava allo stato puro nelle vene.

Mio cugino ha detto "Dopo due anni con uno così, per forza che è un po' strana. È il minimo".

Continuava a camminare tra le cose di Manuela, con lo sguardo basso, e non riuscivo più a sopportare il suo tono e le immagini che mi passavano attraverso la testa. Ho detto "Va be', adesso devo andare. Devo chiudere"; l'ho quasi spinto verso l'ingresso. Lui si è guardato la faccia mentre passava davanti allo specchio nel corridoio, ha sniffiato. Gli ho detto "Andiamo?": con le chiavi in mano, i piedi impazienti di correre giù per le scale.

Ho guidato fino a Ferrara più veloce che potevo

Ho guidato fino a Ferrara più veloce che potevo, con un vecchio disco di rock-blues inglese sullo stereo e lo sguardo fisso avanti, tra le due barriere di cemento che formavano un tunnel a cielo aperto attraverso la pianura padana ingrigita e bruciacchiata dall'inverno. Avrei voluto la macchina di Ghigo per andare ancora più forte, tenere il passo con le immagini mentali che continuavano a scavalcarmi i pensieri.

Ci ho messo solo due ore lo stesso, anche se nell'ultimo tratto la nebbia era così densa che non vedevo quasi niente; mi sono fermato davanti all'albergo di Manuela nel piazzale della stazione. La ragazza della reception mi ha detto che non c'era: mi guardava con piccoli occhi indifferenti, riparata dietro il suo bancone nella hall anonima del brutto edificio moderno. Mi sono fatto dare l'indirizzo del teatro e sono risalito in macchina, ho attraversato nella foschia gli strati di tessuto urbano incontrollato che avvolgono il centro delle città come bucce di cipolle andate a male salvo proprio nel cuore.

Il teatro era proprio nel cuore di Ferrara, dove le macchine erano tenute fuori e si vedeva solo gente a piedi tra i vecchi edifici uniti tra loro da arcate. Faceva ancora più freddo che a Milano, l'aria era meno avvelenata ma ancora più umida e densa. La gente camminava sotto i portici con una lentezza compiaciuta da città padana di provincia, confortevole e racchiusa, illuminata dalle vetrine di pasticcerie e caffè e negozi di vestiti e di scarpe e di argenterie e di mobili pregiati.

Sono entrato dall'ingresso degli artisti, salito per una scala. Al piano di sopra c'era un traffico di attrezzisti che andavano e venivano con lampade e cavi e tavole di legno, assistenti costumisti e guardarobiere e coristi che parlottavano dentro e fuori stanze e su pianerottoli e per altre scale. C'era un caldo da palestra, dopo il freddo umido di fuori, odore di polvere e di sudore e di profumi invadenti dalla coda larga. Quasi tutti si giravano a guardarmi mentre passavo, ma con una curiosità automatica e distante, senza smettere di parlare, protetti e rassicurati nei loro ruoli.

Ho chiesto a una ragazza se c'era Manuela Duini. Doveva essere un'aiuto regista o aiuto coreografa, aveva un quaderno in mano e occhi ansiosi di controllo, mi ha chiesto "Lei è?". Le ho detto "Leo Cernitori". È andata senza fretta verso il punto in cui il corridoio di muratura si congiungeva al legno del retropalcoscenico, da dove venivano colpi di martello e stridii di carrucola. Sono rimasto ad aspettare, e facevo qualche passo nervoso intorno, ascoltavo i rumori degli attrezzi, gorgheggi di tenori e soprani da qualche stanza, note di tromba ripetute, soffi di flauto, frammenti di conversazioni. Ogni tanto passavano un cantante o una cantante in abiti di scena ancora incompleti, come galli e galline dai polpacci ipersviluppati e le penne fruscianti; guardavano davanti a sé o intorno a sé, continuavano a recitare una parte anche tra la gente del loro mestiere. I coristi e le comparse li seguivano con occhiate lunghe di attrazione e di odio, i tecnici a brevi colpi d'occhio insofferenti o ironici. C'era un clima da mondo parallelo, separato e stagno rispetto alla vita normale; non sembrava che entrassero aria né luce né odori o suoni da fuori.

Manuela è arrivata dopo qualche minuto: l'ho vista che passava tra le quinte, mi sorrideva da lontano. Avevo pensato che si potesse seccare a vedermi entrare nel suo lavoro così senza preavviso, e invece sembrava sorpresa nel modo più vivo e allegro; ha detto "Ehi, cosa fai qua?", mi ha abbracciato e baciato sulle labbra senza preoccuparsi degli sguardi di tutta la gente intorno. Mi ha passato una mano tra i capelli tagliati in modo selvaggio, ha detto "Come ti sei rapato?".

Anche lì dentro era così fuori norma e fuori taglia e fuori stile, non aveva niente in comune con le facce e i vestiti e i modi di muoversi e parlare di quelli che vedevo in giro. Ha detto "Che bello che sei qua", e gli occhi le brillavano di allegria; ha detto "Che bella sorpresa".

"Non resistevo più a non vederti," le ho detto. Me la stringevo contro, sentivo il calore e il conforto e la pura contentezza rifluirmi dentro.

Lei ha detto "Vuoi vedere dove provo?". Era piena di energia, divertita dagli sguardi che seguivano i nostri movimenti. Mi ha preso per la mano, mi ha portato giù per il corridoio e attraverso un passaggio stretto sulle assi inclinate del retropalco, dove gli attrezzisti martellavano e tiravano funi tra le tende aperte del teatro. La seguivo come in un sogno terreno, così lontano dal vuoto che avevo sentito a Milano e dal tunnel senza forma della corsa per raggiungerla, e non mi sembrava che ci fosse niente al mondo di più bello che arrivare in un posto sconosciuto e trovarci quella che cercavi piena degli stessi sentimenti che hai tu. Lei mi ha indicato dal palcoscenico il grande spazio racchiuso dalla curvatura dorata dei palchi decorati a stucco, la platea di poltrone di velluto rosso cremisi che si allontanavano a file convergenti verso il fondo, il lampadario a gocce di cristallo che pendeva dal soffitto; i riflessi di eccitazione e di attesa nei suoi occhi mi arrivavano dentro attraverso lo sguardo e la pelle e il respiro.

L'ho seguita oltre, in una stanzetta dietro le quinte dove la sua arpa occupava metà dello spazio disponibile. C'era un leggio con gli spartiti, la sua giacca di pelle nera su una sedia. Ha detto "Visto che sala prove?"; ha indicato l'arpa, come una persona molto familiare di cui era un po' stufa ormai.

Le ho chiesto "E il lavoro va bene?". Mi sentivo un intruso nel teatro, tra i movimenti e i rumori e le voci che si intessevano appena fuori dallo stanzino, e l'idea mi divertiva e mi causava insicurezza nella stessa misura.

"Boh," ha detto Manuela. "Non ho ancora imparato la parte a memoria. Ho provato solo due volte con la cantante, e una volta con l'orchestra, ma non è mica facile." Si è seduta all'arpa, ha scorso le dita sulle corde per accennarmi la sua parte; guardava ogni tanto lo spartito sul leggio, sorrideva, faceva una faccia ironica. Ma era in movimento, il suo spirito sensibile attraversato dalla tensione che animava ogni angolo e struttura del teatro, dall'energia che molte persone rovesciavano simultaneamente nello stesso spazio.

La ascoltavo appoggiato al muro; mi chiedevo se sarei mai riuscito a farmi prendere quanto lei dal mio lavoro, lasciarmi trascinare su una frequenza altrettanto rapida e intensa invece di tenermi al riparo di ritmi del tutto prevedibili.

Lei ha rallentato il ritmo dell'arpeggio, le note che produceva avevano un colore morbido e ambrato di Ottocento. Ha detto "Poi i cantanti sono un po' come dei cavalli da corsa, no? Scartano alla minima ombra, dovresti vederli. Anche questa cicciottella che devo accompagnare. Vuole che io rallenti e acceleri come serve a lei, e il direttore non vuole, sono presa di mezzo".

Sorridevo, non capivo in che modo una donna moderna e irrequieta come lei riuscisse a comunicare con le galline e i gallinacci impennacchiati che avevo visto passare per i corridoi.

Lei si è alzata e ha preso la giacca di pelle, ha detto "Usciamo di qua? Io sono stufa per stasera". Abbiamo rifatto il percorso attraverso il retro del palcoscenico e il corridoio inclinato e il pianerottolo ancora pieno di gente. Manuela salutava gli altri e gli altri la salutavano, e non c'entrava niente con loro, con la sua giacca di pelle nera da teppista tra le ballerinette vestite di bianco e i cantanti nei loro costumi ancora incompleti. Mi ha detto a mezza voce "Li hai visti?". Ridevamo insieme: era una meraviglia sentirla così vicina anche se lei faceva parte della messa in scena e io no.

E non poteva andarsene così dal teatro; è entrata in un ufficio ad avvertire qualcuno, come una scolara insofferente che deve pur sempre rendere conto di quello che fa. C'era questo conflitto di dipendenza e indipendenza nei suoi movimenti, una ricerca dei limiti fatta di impulsi e ragionevolezze, disciplina d'artista e scatti di temperamento; mi affascinava guardarla.

Siamo usciti sotto i portici, e lei aveva già un altro umore, sembrava involuta e pensierosa. Ha detto "Ieri mi ero messa a suonare e sono andata avanti mezz'ora buona a darci dentro, poi quando sono uscita c'era il direttore fuori che ascoltava. Non mi ero resa conto che sentiva tutto, mi è venuto una specie di mancamento, mi sarei seppellita".

"Ma perché?" le ho chiesto: colpito da quant'era torbida e

venata di dolce e amaro la sua sensibilità, da quanto erano fatti a curve e salite e discese improvvise i suoi percorsi interiori.

"Perché non sapevo che era lì," ha detto lei. "Mi sentivo come se mi avesse vista nuda, non so."

Il suo tono mi incantava e anche mi preoccupava, aveva un margine vulnerabile e un margine esposto, timidezza e voglia di essere vista nuda mescolate insieme come onde sottomarine molto ravvicinate. Le ho chiesto "E cosa ti ha detto il direttore?". Facevo ancora fatica a trovare un passo ben accordato con il suo, avevamo camminato insieme solo la mattina che era partita; la guardavo di profilo ogni tanto, la sentivo fianco contro fianco mentre attraversavano la piazza velata di nebbia.

"Niente," ha detto Manuela. "Sorrideva e basta." Camminava veloce, sembrava portata via dai suoi pensieri.

Le ho chiesto "Hai fame? Vuoi che andiamo a mangiare qualcosa?".

"Sì," ha detto lei. "C'è un ristorante qui vicino dove vanno quelli dell'orchestra." Ha puntato in un'altra direzione attraverso la grande piazza, abbiamo camminato per un tratto senza parlare. Poi lei ha detto "Anche mio padre quando ero ragazzina stava ad ascoltarmi mentre suonavo nella stanza accanto, e non c'è una volta che mi abbia detto niente. Non mi ha mai incoraggiata né niente. Forse perché aveva cominciato come pianista ma aveva troppa paura a suonare in pubblico ed era passato alla direzione d'orchestra per quello, e lo sgomentava avere due figli come me e mio fratello. Non so".

La sua voce musicale prendeva un tono quasi affannato quando parlava di queste cose, come se ci avesse pensato e ripensato molte volte e ancora le costasse fatica e sofferenza. E mi sembrava strano che avesse avuto mai un padre e una famiglia: la vedevo talmente figlia di se stessa, diventata com'era senza dovere niente a nessuno.

Lei ha detto "Certo ha una bella responsabilità in tutti i casini che ho avuto con il mio maschile. Tra lui e mio fratello. È venuto fuori chiaro con l'analisi".

"Perché, tuo fratello com'era?" le ho chiesto.

"Per anni mi ha trattata come il suo giocattolo," ha detto lei. "Era sempre lì a stuzzicarmi e torturarmi in tutti i modi.

Mi stortava le mani all'indietro e diceva 'In ginocchio davanti al re', aveva questo vero sadismo. Ma era talmente il mio idolo. Aveva sette anni più di me, ed era un ragazzo prodigio, suonava il violino da dio quando io andavo all'asilo. C'erano i giornalisti a casa tutto il tempo, a fargli interviste e fotografarlo, qualche volta si faceva fotografare con me. Andavo ai suoi concerti in prima fila, ero così orgogliosa di lui. Poi di colpo a diciott'anni si è sposato e se n'è andato via, è sparito dalla mia vita. Non ne poteva più dei miei, ha rotto tutti i rapporti con loro." Mi bastava ascoltarla per capire i problemi che le aveva creato; le ho chiesto "Che genere di analisi fai?".

Lei ha detto "Sono andata da un'analista junghiana per tre anni. Ho smesso un paio di mesi fa, mi sembrava di non avere più niente da dirle. Giravamo in tondo, nelle ultime sedute. È che finisce anche quello, come una storia d'amore, no?".

"Mi immagino," ho detto, e pensavo al suo modo di dire "il mio maschile," mi chiedevo quanto la sua capacità di parlare di sé senza filtri era dovuta all'analisi e quanto alla sua natura; quanto le due cose si erano mescolate. Ho detto "Io non ci ho mai creduto molto. Non mi piacciono le formule più che altro. L'idea di avere tutte le spiegazioni già pronte in qualche libro, scritto magari cent'anni fa".

"A me non interessavano i libri di formule," ha detto lei. "Mi interessava sapere cosa ho dentro. Anche a te dovrebbe interessare. Qualsiasi persona intelligente che cerca delle cose dentro di sé dovrebbe avere il coraggio di mettersi in discussione."

"Sì, ma c'è bisogno di farlo con un analista?" le ho chiesto. "Con un talpone professionista che ti ascolta per denaro e ficca tutto quello che gli racconti nei suoi classificatori mentali e alla fine ti spiega cos'hai dentro?"

"Come sei rozzo," ha detto lei, pronta all'attacco se le serviva a difendersi. Ha detto "Per me è stata una cosa importante. Stavo diventando pazza, prima di farlo. Suonavo tutto il tempo ed ero intrappolata in una storia mezza morta e stavo andando fuori di testa".

"E con l'analisi?" le ho chiesto. "Sei cambiata da così a così?" Mi veniva un tono di provocazione, anche più duro di una semplice provocazione, e non sapevo perché ma avevo in mente la brutta faccia di Mimmo Cerino con i suoi occhiali cerchiati d'osso e la sua arroganza incurante, sapevo che c'era un collegamento.

"Sì," ha detto lei. "È stato come fare un viaggio. È una specie di viaggio avventuroso senza ritorno. Del resto anche la vita lo è."

"Io non ho niente contro i viaggi," le ho detto. "È solo che non mi piace l'idea di farmeli organizzare da un'agenzia. Da uno che ti dice di sapere tutto dei posti e dei modi per arrivarci. Uno che vuole spiegarti tutto e guidarti." Di nuovo avevo in mente la faccia di Cerino: mi immaginavo come aveva potuto proporsi a lei come guru e guida turistica, quanto doveva averla ricattata e intimorita con i libri che aveva letto e con il peso degli anni e con le sue teorie da recuperatore violento di drogati.

"Sei rozzo," ha detto Manuela di nuovo. "Parli senza sapere niente delle cose."

La guardavo di profilo, e continuavo a tenerle un braccio intorno alla vita, sentivo il ritmo delle sue anche a ogni passo; e non avevo voglia di litigare con lei; ho detto "Non stare sempre con lo scudo alzato così. Guarda che non sono un nemico".

"Cosa ne so, ancora?" ha detto lei, con appena un accenno di sorriso. Eravamo in una piccola strada selciata tra vecchi muri vicini, lei si guardava intorno per ricordarsi dov'era il ristorante che cercavamo; ha detto "Spero che sia giusto di qua". Non conosceva bene Ferrara, ma sapeva muoversi, era abituata a girare e arrangiarsi da sola; non sembrava una che si affida molto ad agenzie di viaggio.

Le ho chiesto "Hai girato sempre molto?".

"Abbastanza," ha detto lei. "Da quando ho sedici anni, più o meno. Da quando ho cominciato a suonare in pubblico. Fino a tre anni fa ero sempre in giro, facevo anche due o tre concerti alla settimana in città diverse. Ero in macchina tutto il tempo che non suonavo. Partivo la mattina con l'arpa e arrivavo in teatro e suonavo e poi la notte me ne tornavo a Milano. Ma è la vita del concertista. Fai un sacco di strada e raccogli gli applausi e i soldi che ti devono e ti ingozzi qualcosa da mangiare e poi dormi in qualche brutto albergo o te ne torni subito a casa."

"Poverina," le ho detto; e riuscivo a vedermela così bene, che guidava nella notte la sua vecchia giardinetta.

"È così," ha detto lei. "L'ho fatto per anni senza pensarci molto, a volte mi divertivo anche. Ho girato mezza Europa, sono stata in Cina e in Sudamerica a fare delle tournée da sola. Poi mi sono stufata da morire."

Siamo usciti in una piazza con un piccolo giardino al centro, c'era l'insegna illuminata del ristorante. Siamo entrati al caldo e alla luce e al rumore di voci, in una grande sala in stile rustico piena di gente e di fumo. C'era una tavolata di tedeschi che bevevano e ridevano di gola, hanno salutato Manuela mentre passavamo verso un tavolo d'angolo. Lei mi ha detto "Sono quelli dell'orchestra": parte disinvolta e parte cauta sotto i loro sguardi da lontano mentre ci sedevamo.

Abbiamo ordinato da mangiare, bevuto il vino rosso appena ce l'hanno portato. Ci guardavamo in faccia a breve distanza nella luce calda, ed era una comunicazione diversa da quando camminavamo al buio e ci guardavamo di profilo. Le ho stretto un polso, cercavo di non pensare alle voci e alle risa tedesche della tavolata di orchestrali; mi sembrava di oscillare tra semplicità e complicazione e contentezza e preoccupazione come sul ponte di una barca.

Manuela ha detto "Stai bene così rapato. Sembri una specie di mercenario". E non era totalmente concentrata su di me, sapevo che si stava chiedendo se non avremmo dovuto sederci con gli altri musicisti invece.

Ho detto "Mi è venuto così. Ero troppo nervoso. Continuavo a pensare a chi può essere stato a devastarti la casa. Ero troppo pieno di rabbia".

Lei mi guardava, e mi sembrava di riuscire a leggere nel suo sguardo sentimenti che le si muovevano subito dietro. Lei riusciva probabilmente a fare lo stesso, perché ha detto "Tu pensi che io sappia chi è stato, no?".

"Non lo so," ho detto io. "Aveva la chiave. Non ha dovuto forzare la serratura per entrare."

Lei ha continuato a guardarmi dritto negli occhi, sembrava combattuta tra sentimenti diversi. Poi d'improvviso si è messa a piangere: le si sono riempiti gli occhi di lacrime da un momento all'altro, come la volta che l'avevo incontrata in discoteca prima di Natale.

Ma ero dieci volte più colpito di quella volta, perché adesso mi sembrava di essere dentro i suoi sentimenti e dentro i suoi passaggi d'amore, non sopportavo l'idea che mi tagliasse fuori quando stava male. L'ho presa per una spalla, ho detto "Cosa c'è? Manuela? Me lo vuoi dire? Per piacere?".

Lei ha detto "Niente", ma piangeva, appoggiata a una mano, teneva la testa bassa.

Ho detto "Come niente? Dimmi cosa c'è". Non mi importava degli sguardi dagli altri tavoli, cercavo solo di comunicare con lei, farla parlare.

"Niente," ha detto di nuovo Manuela, in un tono aspirato da bambina. "È che ho ricevuto delle telefonate, anche."

"Che genere di telefonate?" le ho chiesto; e il senso di protezione mi saliva violento per i muscoli e al cuore e al cervello.

Una cameriera è arrivata con i tortellini che avevamo ordinato, ci ha posato davanti i piatti con uno sguardo lungo di curiosità.

Ho scosso Manuela per il braccio, le ho detto "Chi ti ha telefonato? Dimmi chi? È stato Cerino, per caso?".

Lei ha alzato lo sguardo, sorpresa e forse anche sollevata che ci fossi arrivato da solo; ha detto "Cosa ne sai, tu?".

"Ne so," ho detto. Le risa e le voci gutturali degli orchestrali tedeschi mi disturbavano le orecchie in modo insopportabile, avrei potuto alzarmi a urlargli di stare zitti.

"Sei andato a leggere e frugare in casa mia?" ha detto Manuela: senza più molte lacrime negli occhi, di nuovo in un tono di autoprotezione che metteva una barriera sottile tra me e lei.

"Me l'ha detto mio cugino," ho detto, senza risponderle. Continuavo a rivedere le fotografie di Cerino che mio cugino aveva raccolto da terra: il suo mezzo sorriso da ricattatore, Manuela mezza nuda fotografata da lui. Ho detto "E cosa voleva il bastardo schifoso?".

Lei guardava il suo piatto di tortellini, li smuoveva con la forchetta. Ha detto "Ma niente. Ha detto che voleva vedermi per parlare".

Le ho detto "Parlare di cosa? Di cosa cavolo ti vuole parlare?".

Manuela ha alzato lo sguardo, sembrava ancora incerta se considerarmi un nemico o no; alla fine ha detto "Forse di un conto in Svizzera che aveva aperto a mio nome. O di chissà cosa, non ho idea".

"Un conto cifrato?" le ho chiesto, in un tono più freddo adesso che eravamo entrati nel brutto territorio.

Lei ha fatto di sì con la testa, guardava verso gli altri tavoli per paura che ci sentissero. Ha detto "Non so neanche quanto ci sia, mi ha solo fatto firmare. Ha fatto tutto lui. Forse gli servono i soldi, adesso che le inchieste stanno bloccando tutti i canali di finanziamento, non so".

"E tu perché ti sei prestata alla storia del conto?" le ho chiesto; e in realtà avrei voluto chiederle perché era stata con Cerino, come aveva potuto avere a che fare con un uomo del genere.

Lei ha detto "Era due anni fa. Stavamo insieme, mi ha chiesto di fargli un favore. Diceva che voleva mettere su una specie di conto pensione, ma non voleva rischiare che venisse fuori il suo nome. E non erano mica soldi rubati".

"Ah no," ho detto io. Mi faceva quasi paura che ci fosse un fondo così ingenuo nella sua autosufficienza; che si fosse affidata a un personaggio così ignobile e gli avesse dato tutto il credito e la lealtà e l'energia che lui le chiedeva.

Lei ha detto "Senti, non lo so e non lo voglio neanche sapere. Ho chiuso per sempre con lui. Al telefono gli ho detto di non sognarsi mai più di chiamarmi. Ho buttato giù, tutte e due le volte".

"Sì, ma intanto è venuto a devastarti la casa," ho detto io. "Il porco bastardo."

Avevamo cominciato a mangiare tutti e due, senza accorgercene: eravamo affamati e pieni di tensioni diverse, parlavamo e mangiavamo a colpi rapidi di forchetta, mandavamo giù gollate di vino rosso e alzavamo la voce e i nostri gesti prendevano enfasi, i nostri sentimenti si dilatavano ancora.

Manuela ha detto "Magari non è stato lui. Magari sono stati dei ladri scassinatori abili che non hanno trovato niente di valore e se ne sono andati". Non mi sembrava che credesse molto neanche lei a questa possibilità; guardava nel piatto, mi guardava solo ogni tanto.

Le ho chiesto "Ma cosa cercava, il porco? Delle ricevute? E come mai non ti ha chiesto niente prima?".

"È un anno che non ci parliamo," ha detto Manuela, e cercava ancora di fare la dura e l'autonoma ma c'erano riflessi di paura nei suoi occhi, la sua voce non era così ferma. Ha detto "Ci siamo lasciati talmente male, e lui è un tale vigliacco, non aveva il coraggio di rifarsi vivo. Mi ha sempre spiato a distanza, ogni volta che incontro qualche amico comune viene fuori che Cerino gli ha fatto un interrogatorio per sapere cosa faccio e con chi sono eccetera. Ma è sempre stato schiscio, fino adesso".

E il fatto che lei lo chiamasse per cognome dava un taglio ancora più crudele e irrimediabile all'idea che lei fosse stata al suo gioco per due anni, e si fosse lasciata quasi distruggere come diceva mio cugino e come avevo letto nei suoi diari. Ho detto ancora "Bastardo vigliacco figlio di puttana".

Poi un ragazzone biondo con i capelli a caschetto è arrivato dalla tavolata dei tedeschi, ha chiesto a Manuela in inglese se aveva voglia di provare una parte dell'opera con lui il giorno dopo, una volta finita la prova con l'orchestra.

Lei gli ha detto di sì, ci ha presentati, ha scambiato cenni con gli altri musicisti alla tavolata: il suo umore era già cambiato di nuovo, era tornata comunicativa e piena di energia positiva, la paura quasi dimenticata.

Abbiamo mangiato e bevuto ancora, lasciato scivolare sullo sfondo Mimmo Cerino e le sue telefonate e la casa buttata per aria; c'erano troppi altri pensieri che venivano in primo piano per conto loro, eravamo troppo vicini e presi dalla nostra vicinanza. Abbiamo parlato del suo lavoro e del mio, del karate e del thai-chi e dello zen e della musica indiana e del viaggiare e dello star fermi e del ballo e dei sentimenti e delle storie d'amore e dei milanesi e delle coppie e delle famiglie e dell'Italia e del mondo e degli accenti e degli alberghi e delle regole dell'attrazione e della noia e del divertimento e della lentezza e della rapidità del tempo. Non mi sembrava di avere mai parlato così volentieri con qualcuno in vita mia: di avere mai trovato una donna con una testa così spiritosa e libera e intelligente, con un corpo che corrispondeva così bene alla testa e la teneva così in movimento. Più mi raccontava di sé e più la scoprivo vicina a me più provavo stupore per le sue ricerche fuori dai limiti del prevedibile e del sicuro, per le cose che aveva fatto per conto suo mentre i suoi coetanei se ne stavano ancora a casa imbozzolati nelle cure della mamma. E il suo modo di raccontare era sfaccettato tutto il tempo sotto luci di umori e ragioni diversi, limpido e torbido a fasi alterne, divertente o preoccupante a seconda delle parti di lei che venivano fuori.

Cercavo di starle alla pari, tirare fuori i lati intensi o divertenti della mia vita, concentrare il meglio dell'attenzione e dello spirito critico di cui ero capace, girare più lontano che potevo dai luoghi comuni e dai riflessi automatici. Non era difficile, nessuno di noi due si sforzava di fare un esercizio di intelligenza o di non convenzionalità: eravamo naturali e concentrati come non capita quasi mai, attenti a quello che dicevamo e a quello che sentivamo e ai nostri sguardi e al suono delle nostre voci, ai minimi gesti e cambiamenti di espressione.

Poi Manuela ha detto "Non ce ne andiamo?"; e di colpo sembrava tutta istinto e pensieri pensati, anch'io non avevo più nessuna voglia di stare seduto lì dentro. Ho pagato alla cassa per non perdere altro tempo, abbiamo salutato gli orchestrali tedeschi tutti intenti ancora a bere e discutere alla loro tavolata, siamo usciti.

Fuori il centro della città era deserto, la nebbia ancora più fredda e densa di quando eravamo entrati. Abbiamo camminato veloci sul selciato antico, stretti sottobraccio, senza dire niente. Soffiavamo dalla bocca per vedere come i nostri fiati si condensavano, e mi sembrava di stringere una persona ancora più complessa di quella che avevo stretto a Milano, ancora più vicina e lontana.

"Dormiamo in un bell'albergo, stanotte," le ho detto; e

stavamo passando sotto le insegne illuminate di un vecchio palazzo elegante trasformato in albergo.

"Ma è troppo caro," ha detto Manuela. "E c'è già il mio."

"Dormiamo qui," ho detto io. L'ho tirata verso la porta a vetri con le insegne adesive delle carte di credito, siamo entrati nella hall tutta antichi archi mattonati.

Avevano una camera matrimoniale libera; ho detto che la prendevamo, porto la mia carta di credito e la carta d'identità. Non mi sembrava vero poter esaudire con tanta facilità il desiderio di stare vicini al riparo, ottenere uno spazio semplice e complesso come una camera da letto in cambio della vista di un pezzo di carta plastificata. L'impiegato della reception non si è neanche stupito che non avessimo bagagli, ci ha porto la chiave e ha indicato la scala per il piano di sopra con un gesto che sembrava prolungarsi all'infinito.

Siamo saliti a piedi alla nostra camera, come due ladri o come due bambini eccitati in un sogno, sul tappeto spesso steso sopra i gradini. La camera era grande e scenografica, ricavata su due livelli dai volumi originali del vecchio palazzo senza molti scrupoli di stile, con due grandi finestre che davano su un cortile illuminato. Ci siamo tolti le scarpe, e subito dopo la nostra comunicazione si è dispersa nello spazio: ci muovevamo a metri di distanza. Manuela dopo le prove a teatro e le tensioni con il direttore e i discorsi su Cerino e la cena e la strada a piedi era ancora sospinta da un'irrequietezza che la faceva camminare intorno e guardare fuori dalle finestre, muoversi bilanciata sulle caviglie, accendere la televisione e spegnerla, entrare e uscire dal bagno, aprire e chiudere gli armadi pur di tenersi lontana da me. Io avevo freddo, anche se la stanza era riscaldata; ho fatto qualche mossa di scioglimento, senza effetti.

Mi sono avvicinato a Manuela con un vero sforzo di volontà, come se dovessi lottare contro un campo magnetico rovesciato; ci siamo guardati da mezzo metro con le labbra socchiuse, attrazione e diffidenza e gelosia e incertezze e dolce e amaro che ci si mescolavano negli occhi. Poi l'ho presa intorno ai polsi e l'ho premuta contro il muro, le ho infilato una mano sotto la gonna, sono salito tra le sue cosce con dita furiose. Avevo dentro una strana violenza di possesso, e il suo sguardo e il suo respiro me la attizzavano come ossigeno il fuoco. Le premevo contro, e mi sembrava che la forza del contatto potesse risolvere tutte le tensioni diverse che avevamo dentro; siamo scivolati sul pavimento, le sbottonavo i vestiti e la baciavo e le leccavo le orecchie e il collo con un genere inarrestabile di ansia predatoria. Lei respirava e si abbandonava all'indietro, non faceva niente per resistere. Le tenevo le mani bloccate a terra, la tenevo schiacciata sotto il mio peso con tutti i muscoli in gioco, la percorrevo avanti e indietro e in ogni angolo con le mani e con lo sguardo nel modo più convulso. Le guardavo gli occhi, a fuoco su un punto indefinito come quando suonava, e le labbra dischiuse dalla bella forma, il seno piccolo e le ascelle e gli avambracci e la pancia d'amore e l'ombelico e le ginocchia, le cosce lunghe e lisce e piene che mi si aprivano. Sentivo la consistenza della sua persona con il vero senso di possederla, sentivo la sua intima natura femminile umida e calda; la sentivo da dentro e da fuori, e più la sentivo e più il sangue mi si ingolfava per le vene carico di sentimenti vischiosi e torbidi, i pensieri mi si confondevano con le pure sensazioni sovreccitate.

L'ho girata, e lei si è lasciata rovesciare a pancia in giù con una specie di arrendevolezza languida e soffiata, e la sua pelle era ancora più bianca di come mi era sembrata fino allora, e le ho passato le mani da dietro tra le cosce fino a stringergliele sul sedere, ho cominciato a leccarla tra le gambe sempre più a fondo. La spingevo avanti e indietro con una vibrazione continua delle braccia, e con il naso le andavo su e giù nella vagina e con la punta della lingua le titillavo la punta tenera del clitoride alla congiunzione delle piccole labbra che si aprivano a ogni spinta sempre più fonda e veloce e concitata. La sentivo respirare da dentro sullo stesso ritmo dei miei movimenti, sentivo il suo calore interno e il suo sapore lievemente salato e dolce, e mi sembrava di nuotare con forza morbida nella densità del suo corpo e delle sue emozioni, mi sembrava di essere spinto e risucchiato dalla stessa sua identica onda che saliva e scendeva e mi trasportava con lei. La sentivo come uno strumento musicale, anche: come uno strumento che riuscivo a suonare con padronanza crescente, ed era uno strumento attivo e passivo come può esserlo uno strumento musicale, assecondava i miei movimenti e rispondeva mentre mi trascinava in alto con il ritmo del suo respiro e i piccoli versi indistinti della sua voce acuta.

Poi ho sentito l'onda che saliva ancora e si rompeva in un verso più alto e lungo e frammentato degli altri, una specie di modulazione di respiro vibrato che attraversava il corpo di Manuela e i suoi pensieri e la sua voce; e l'ho sentita scivolare in avanti e le sono scivolato sopra e ho preso a scoparla nello stesso identico ritmo di prima, sempre più confuso e travolto e attirato finché anch'io sono venuto e siamo rotolati di lato sudati fradici tutti e due e con il fiato corto.

Poi abbiamo riso e ripreso respiro, e guardavamo il soffitto dal pavimento e ci guardavamo negli occhi e ci passavamo le mani lungo le braccia e sui fianchi e tra i capelli, sorpresi e traumatizzati e contenti come dopo la scalata di una montagna o la caduta da una motocicletta finita bene.

Siamo rimasti a parlare nel mezzo della notte, sdraiati di schiena o su un fianco faccia a faccia, tra le lenzuola di cotone leggermente ruvido, alla luce gialla di una abat-jour e poi nel buio più denso.

Non c'era un solo suono da dentro l'albergo o da fuori, eravamo immersi nel puro piacere delle nostre voci molto vicine, nella vicinanza dei nostri corpi e nel tepore che si trasmettevano, nei brividi di comunicazione e di attrazione suscitati da ogni parola.

Non avevamo neanche chiuso gli scuri delle finestre

Non avevamo neanche chiuso gli scuri delle finestre, quando ci siamo svegliati la stanza era già piena di luce opalina. Mi sembrava di non avere dormito per niente, o di essere ancora addormentato; la notte aveva tutta la stessa consistenza di sensazioni trascinate e mescolate senza contorni. Manuela si è allungata sopra di me nel grande letto d'albergo per guardare il mio orologio sul comodino, ha detto "Io devo andare. Ho la prova tra un'ora": e potevo vedere la vita di fuori che filtrava nei suoi pensieri e si mescolava all'attenzione senza tempo in cui eravamo rimasti racchiusi fino a quel momento. Mi ha baciato; è scivolata fuori dal mio abbraccio e fuori dal letto, è andata nuda verso la porta del bagno.

Sono rimasto fermo su un fianco, nella scia della sua camminata lunga e ben equilibrata; poi la vita di fuori ha finito per invadere anche i miei pensieri, mi ha fatto saltare in piedi, vestirmi in pochi minuti. Ho controllato con il comando a distanza la mia segreteria telefonica a Milano, e c'era un messaggio della mia ex moglie che voleva sapere a che ora andavo a ritirare i bambini per il weekend; un messaggio di Ghigo che diceva "Ti mando il conto dei danni alla macchina appena me la ridanno, ringrazia se non ti denuncio solo per non mettere in imbarazzo Antonella"; un messaggio dell'art director di una ditta di accessori per televisori che voleva sapere quando potevano portarmi il materiale in studio. E mi è tornata in mente la casa di Manuela buttata per aria, la brutta faccia di Mimmo Cerino sul ponte della barca a vela, la sua possibile voce minatoria al telefono con Manuela. Mi sono infilato le scarpe, mi sembrava di essere assediato dal mondo.

Siamo scesi a fare colazione in una sala dal soffitto a volta, solo noi due tra i tavoli vuoti, con la poca luce dalle vetrate che già bastava a farci socchiudere gli occhi, ed eravamo ancora dentro lo spirito della notte e già trascinati via, in ogni nostro gesto e sguardo c'erano echi e riverberi di altri gesti e sguardi.

Manuela ha detto "Non è bello quando non sai quasi niente di un altro? E quando anche l'altro non sa quasi niente di te?".

"Sì," ho detto io, la guardavo con una fetta biscottata in mano.

"Quando l'altro ti sembra pieno di lati oscuri?" ha detto lei. "E di possibili sorprese? E ti sembra di esserlo anche tu ai suoi occhi?".

Ho fatto di sì con la testa, e davvero ci conoscevamo così poco. Ho detto "Quando ti senti libero di essere diverso da com'eri prima. Senza che nessuno stia lì a guardarti e aspettarsi tutto il tempo che tu sia come sei sempre stato". Le ho toccato un braccio, toccato i capelli, preso dal brivido di non conoscerla e dalla paura che ne veniva, dalla quasi totale mancanza di controllo. Ho detto "Ho visto i frammenti sparsi della tua vita a casa tua, e mi facevano anche paura. L'idea di tutto quello che hai fatto senza di me. Tutti i pensieri e le sensazioni che ti sono passati dentro".

"Non sei mica andato a leggere i miei diari?" ha detto Manuela, con un'improvvisa tensione difensiva nella voce.

"Erano lì," ho detto. "Mi sono capitati sotto gli occhi, non potevo farci niente. Erano sparsi dappertutto sul pavimento."

"Ma sono cose private," ha detto lei, e sembrava dispiaciuta più che arrabbiata. "Le scrivo per me, non sono da leggere."

"Lo so," ho detto io. "Volevo solo capire qualcosa di te. Li ho guardati con la più grande amicizia." Sorridevo, tenevo la voce più calda che potevo, speravo di vederle ridiventare morbido lo sguardo.

"Non dovevi," ha detto lei; e non riuscivo bene a distinguere i sentimenti nella sua voce. "Anche mia madre andava a leggermi i diari di nascosto, quando ero ragazzina. Una volta ha scoperto che non ero più vergine da una cosa che avevo scritto, mi ha fatto una scena tremenda. Da allora ha messo su un muro, in pratica mi ha spinto fuori di casa nel giro di un paio di anni." Aveva un rapporto così vivo con il suo passato, sembrava che parlasse di cose appena successe. Poi mi ha guardato l'orologio al polso, ha detto "Devo andare in teatro". Ci siamo alzati e le ho stretto un braccio e lei mi ha sorriso, ma non ero sicuro dello spazio tra noi, non ero sicuro del significato o del valore dei nostri gesti.

L'ho accompagnata al teatro attraverso il centro della città di nuovo pieno di suoni e movimenti. Manuela camminava a passi ancora più lunghi del solito, guardava avanti; non provavo neanche a tenerla sottobraccio.

Le ho detto "Non è che quel bastardo di Cerino ti viene a perseguitare anche qui?". Mi sembrava di avere così poco potere sulle cose, vederla scivolare via quando avrei voluto tenerla molto vicina.

"Ma no," ha detto lei.

"Certo non si dimentica del conto in Svizzera," ho detto io. "Certo non lascia perdere, dopo il casino che ha fatto a casa tua." Sentivo il sangue che mi passava dal cuore ai muscoli delle braccia e tornava indietro; ogni ferrarese che ci veniva incontro per la strada mi sembrava un possibile nemico.

"Non sa neanche dove sono," ha detto Manuela. "Finché sono qui posso stare tranquilla." Però non aveva affatto un'aria tranquilla, passava tra la gente come se si tagliasse un percorso in territorio nemico.

"Allora perché sei così tesa?" le ho chiesto.

"Per il lavoro," ha detto lei. "Li hai visti i secchioni dell'orchestra ieri sera? Con quelle facce pallide e ottuse e sistematiche? Sono chiusi dentro la musica come in una prigione o in un ospedale. E sono orgogliosi di esserci chiusi, non pensano neanche che valga la pena uscire. È come se avessero qualche genere di virus fin da piccoli, e non fanno niente per guarire."

"Ma non ce l'hai anche tu, questo virus?" le ho chiesto. "E più forte degli altri?"

"Sì, ma io voglio vivere," ha detto lei con uno sguardo da quasi sconosciuta, attraversata da pensieri che avevano pochissimo a che fare con me. "E non ne posso più di questo lavoro. L'ho fatto per troppo tempo, e ho cominciato troppo presto, e comunque non c'entra niente con me. Ho passato tutta la vita a studiare e suonare e l'ho fatto meglio che potevo e tutti dicevano brava brava e non ci ho guadagnato niente, a parte stress e delusioni multiple. Non sono arrivata da nessuna parte."

"Ma sei incredibilmente brava davvero," le ho detto. "Non credo che ce ne siano molte che suonano come te. Prima o poi verrai fuori, vedrai."

"Quando?" ha detto lei. "Cosa dovrei aspettare, ancora? Di avere novant'anni?"; e aveva questo modo di tirare avanti dritta, piena di sentimenti feriti e di delusione e anche di bisogno di essere al centro dell'attenzione di qualcuno, inseguita dai fatti e convinta del contrario di quello che diceva. Ha detto "È che se sei una donna e non fai la mignotta e non hai coperture politiche e non rientri in qualche stereotipo rassicurante non arrivi da nessuna parte, nella musica. Se non stai ai ricatti dei direttori d'orchestra e degli organizzatori e dei direttori artistici e dei solisti. È un mondo di uomini bastardi, non c'è scampo".

"Ma le cose stanno cambiando," le ho detto. "Cambieranno anche nella musica. I porci cominciano ad andare in galera, cominciano ad aver paura dappertutto. Gli spazi si dovranno pure liberare. Ci dovrà pure essere qualcuno di meglio, al posto dei vecchi bastardi marci." Non ne ero sicuro nemmeno io, mentre lo dicevo; non sapevo che fondamenti aveva il mio tono.

Manuela mi ha guardato appena: ha detto "Tu non hai idea di cos'è la musica classica. È un mondo fuori dal mondo, una specie di sfera del tempo dove non entra niente di quello che succede nella vita. Vanno avanti a fare riesumazioni, come dei becchini vestiti con cura, si basano solo su riferimenti del passato e ostentano la loro ignoranza e il loro disprezzo per tutti gli altri generi musicali. Tutto al chiuso stagno, senza un filo di vento o di luce naturale. E anche quando suoni i contemporanei sono ancora più morti di quelli morti da secoli. Mi sai dire cosa c'entro io? Cosa ci faccio lì dentro, con quel cavolo di strumento senza scampo?".

Però camminava veloce, e non ci voleva molto a vedere quanto tutti i suoi sensi erano sempre più in allerta man mano che ci avvicinavamo al teatro; non ci voleva molto a leggerle nello sguardo e nel corpo l'eccitazione da cavalla da corsa che si avvicina alla pista.

Ma pensavo alle sue parole sui ricatti dei direttori d'orchestra, e mi saliva dentro una rabbia che diventava più intensa a ogni passo, mescolata alla rabbia per Mimmo Cerino e per suo fratello e per tutti gli uomini che l'avevano delusa o abbandonata o sfruttata e ricattata nel corso della sua vita. Le ho chiesto "Anche questo direttore è così? Anche lui viscido e ricattoso con le donne musiciste?".

"No," ha detto lei, ma non era un modo netto di dire no.

"Ma un po' lo fa?" le ho chiesto. "Un po' ci prova anche lui?"

"Non è che ci prova," ha detto Manuela. "Ma certo sa di avere il potere e ci gioca, come tutti. Sta sempre un po' lì a guatarti, no? Magari fa una battuta, o ti fa rifare la parte con una scusa, non so. È sempre stato così, da quando ho cominciato a suonare. È talmente un mondo di uomini, e sono tutti talmente brutti, di media. Quando ho iniziato cercavo sempre di apparire più racchia che potevo, dovevo fare uno sforzo continuo per farmi vedere come una brava musicista invece che come una ragazza attraente. Mi mettevo i vestiti meno sexy che riuscivo a trovare, golfoni e pantalonacci e gonne fino ai piedi, occhiali con la montatura pesante."

"E non ci riuscivi lo stesso," ho detto io, con in mente le fotografie da molto giovane che avevo visto sul pavimento di casa sua.

"Non tanto," ha detto lei. "Hanno sempre quest'aria morbosa del cavolo, i direttori e anche gli orchestrali. Mi ricordo che una volta me ne sono andata via nel mezzo di una prova di un concerto, perché c'era il vecchio direttore bavoso che continuava a starmi addosso, continuava a dirmi 'Mi rifaccia questa parte', come in una specie di tortura erotica. Alla fine l'ho mandato affanculo, me ne sono andata via. Ma non è che puoi farlo ogni volta, se non vuoi bruciarti la carriera."

Eravamo già nella grande piazza del teatro, e non riuscivo neanche più ad ascoltarla dalla rabbia, e la rabbia mi peggiorava all'idea che lei dovesse almeno in piccola parte stare al gioco, a volte ne fosse almeno in piccola parte gratificata.

Le ho detto "Se solo questo direttore prova a fare ancora l'ambiguo con te gli spezzo le braccia, così voglio vedere come fa a dirigere".

"Piantala," ha detto lei, anche se con un accenno sottile di sorriso. "Non aver paura che so difendermi da sola, non ho bisogno di paladini."

"Io non ho nessuna voglia che tu ti difenda da sola," le ho detto.

"Tanto ho dovuto sempre farlo," ha detto Manuela. "Non ho mai potuto contare su nessuno, guarda. Neanche da ragazzina. Mio padre è sempre stato fuori dal mondo così. Non è mai riuscito a proteggere nemmeno se stesso. Tanti suoi colleghi molto meno bravi di lui hanno fatto molta più strada solo perché si erano cacciati sul carro della politica, e lui è sempre stato lì a tormentarsi e stupirsi di come andavano le cose. È sempre stato tagliato fuori dalla mafia dei critici e degli amministratori, e neanche se ne rendeva conto, fino a poco fa."

"Ma questo meno male, no?" ho detto io. "Cosa avresti preferito, un furbastro opportunista di padre?"

"Sì, però non era rassicurante," ha detto Manuela. "Non è rassicurante, un padre onesto e remissivo, in questo mondo di merda. Mio fratello è diventato spietato, per reazione. Ha un grande talento, ma è anche un gran bastardo, non ha mai guardato in faccia nessuno."

Eravamo sotto i portici del teatro ormai, abbiamo girato intorno all'edificio fino all'ingresso degli artisti. Pensavo che forse Mimmo Cerino era stato anche una compensazione per lei, un altro gran bastardo che poteva fare da opposto a suo padre onesto e remissivo.

Siamo entrati nel cortile, ci siamo fermati davanti alla porta di ferro. Manuela mi ha detto "Non ti innervosire così, adesso. Cosa fai quella faccia? Chi se ne frega ormai". Altri musicisti arrivavano dal cortile, la salutavano con un cenno prima di entrare.

Lei stava tornando allegra, adesso che era sul punto di rimettersi a suonare, nel mondo fuori dal mondo dell'opera di Rossini; la guardavo e mi sembrava di essere già solo nel centro di Ferrara e già sull'autostrada, già a duecento chilometri da lei e dalle tensioni contrastanti che attraversavano il suo animo sensibile. E non ne avevo voglia: volevo fermare la deriva del tempo e dello spazio, restare con lei.

Invece l'ho abbracciata e le ho detto "Ti telefono. Se il direttore fa l'ambiguo o quel verme di Cerino si rifà vivo dimmelo, che in due ore sono qui".

"Ma sì, non ti preoccupare," ha detto lei. L'ho guardata sparire dentro, insieme agli orchestrali e ai coristi e ai cantanti che continuavano ad arrivare; poi sono stato davvero solo nel centro di Ferrara, non mi ricordavo neanche dove avevo lasciato la macchina la sera prima.

Sono tornato a Milano appena in tempo per ritirare i bambini

Sono arrivato a Milano appena in tempo per ritirare i bambini, attraverso il traffico congestionato del venerdì pomeriggio senza smettere di guardare l'orologio sul cruscotto un secondo sì e uno no; ho lasciato la macchina in sosta vietata su un marciapiede a pochi isolati dalla scuola di mia figlia, sono corso a piedi per l'ultimo tratto. C'erano decine di bambini con le loro mamme e padri che se ne venivano via lungo i marciapiedi, tutti euforici e bene accuditi, mi hanno fatto crescere ancora l'ansia di essere in ritardo per i miei. Quando sono arrivato al cancello della scuola erano gli ultimi ad aspettare, in piedi vicino alla babysitter già con facce da bambini abbandonati. Gli ho detto "Mi dispiace. Vengo da un'altra città". Ho preso la valigia e il cane dalla babysitter, e mi guardava male, ha detto "Devo correre se no perdo il treno".

Siamo tornati verso la macchina in un piccolo gruppo faticoso, il bambino per mano e il cane al guinzaglio, la bambina che si trascinava dietro la cartella a zaino riempita in modo assurdo di libri e quaderni. Le ho detto "Perché cavolo ti fanno portare tutti questi chili di roba?". Lei si è offesa, ha detto "Ma sono le mie cose". Pensavo a Manuela, anche: a cosa stava facendo in quel momento, chiusa nel teatro dell'opera a Ferrara, attraversata dalle ansie e le paure e l'eccitazione con cui l'avevo lasciata poche ore prima.

Un vigile aveva appena finito di darmi una multa: si è girato a guardarmi in un movimento lungo, con il blocchetto in mano. Ho fatto salire i bambini è il cane, ho detto "Grazie tante"; guidato giù dal marciapiede pieno di rabbia, urtato con il sotto della macchina ma non me ne importava niente, volevo solo togliermi dal traffico e dai rumori meccanici e dalla fatica degli spostamenti e degli orari da mantenere.

In un supermarket vicino allo studio ho comprato quello che poteva servire per un weekend in tre; i bambini per conto loro buttavano nel carrello qualsiasi porcata gli capitasse sottomano, purché l'avessero vista alla televisione. Cercavo di controllarli almeno in parte, registravo gli sguardi di compatimento delle signore con gli altri carrelli, gli abbaiamenti del cane legato fuori dalle vetrine; mi giravo a destra e a sinistra per fronteggiare voci e gesti, ogni suono mi provocava un piccolo scatto interiore.

Poi finalmente siamo arrivati al mio studio, saliti per le scale come una banda sovraccarica di beduini, e la porta era socchiusa, il battente forzato e scheggiato. Mio figlio piccolo è corso dentro con il cane, la bambina è entrata più lenta con me; ci siamo fermati tutti e quattro a poca distanza dall'ingresso, nello spazio ingombro di oggetti scaravoltati peggio ancora che da Manuela.

Siamo rimasti a guardare forse un minuto, increduli allo stesso modo, con i nostri sacchetti di plastica strapieni e la cartella di scuola e la valigia in mano: guardavamo la macchina 13 x 18 e i cavalletti e i treppiedi e le lampade buttati a terra, le migliaia di diapositive e lastre e stampe a colori e in bianco e nero rovesciate fuori dai cassetti e sparse sul pavimento insieme ai raccoglitori svuotati e alle schede e le copie delle fatture e le calze e mutande e camicie e scarpe e i cartoncini delle rubriche telefoniche e le garanzie delle macchine e i cuscini del letto e i certificati di separazione e tutto il resto che avevo cercato a fatica di tenere in ordine nel corso degli ultimi anni.

Mia figlia ha chiesto "Chi è stato?" ancora più sconcertata di me dall'alterazione selvaggia del posto che conosceva bene.

Le ho detto "Non lo so, non ti preoccupare. Non è niente di grave".

Non sembrava rassicurata, ha continuato a starmi vicina; il piccolo invece era divertito, ha cominciato a trafficare con gli attrezzi da lavoro che avevo sempre cercato di tenere fuori dalla sua portata; il cane gli girava intorno. Ho provato a controllare nello sfacelo, e sembrava che anche da me non avessero portato via niente, a parte una vecchia Leica fuori uso che tenevo in un cassetto. Ma certo chi era venuto a buttare tutto per aria lo aveva fatto con una furia straordinaria, non capivo se per ragioni dimostrative o per pura bestialità che l'aveva spinto a strappare stampe e fogli scritti e scardinare sportelli e fracassare contenitori di plastica e di vetro.

Ero congelato; con i miei figli lì dentro mi sembrava un'aggressione ancora più intollerabile, mi riempiva di un desiderio sordo e lento di rivalsa.

Ho sentito dei rumori dal pianerottolo e sono volato verso la porta pronto ad ammazzare qualcuno: erano i fattorini della ditta di accessori per televisori con il materiale da fotografare. Hanno posato i loro scatoloni, guardavano lo studio scaravoltato da cima a fondo e guardavano i miei figli seduti tra la confusione, con l'aria di chiedersi se erano stati loro a devastare tutto con qualche genere di gioco incontrollato. Gli ho detto di lasciare lì, che non c'era problema; cercavo di fare il disinvolto.

Poi sono sceso con i miei figli a parlare alla portinaia, chiederle se aveva visto salire qualcuno. La portinaia ha scosso la testa, si è affacciata a guardare i bambini, guardare nel cortile con una curiosità distaccata. Ho portato i miei figli da un falegname e dal ferramenta, a comprare listelli di legno e rinforzi di metallo per la porta. Ho provato almeno a presentargliela come una situazione divertente: ho detto "Ogni tanto va bene buttare tutto per aria. Magari scopri che un sacco di cose non ti servivano, altre ti eri dimenticato di averle". I miei figli mi guardavano, la grande aveva comunicato la sua perplessità al piccolo.

Ho sistemato la porta mentre loro guardavano alla televisione una nuova serie di *Tarzan* dove Tarzan aveva le scarpe e una radio ricetrasmittente e lo stesso parlava con i verbi all'infinito. Battevo e inchiodavo e avvitavo, e mi chiedevo se era stato Mimmo Cerino in persona a provocare il disastro che avevo intorno, o aveva mandato qualcuno dei suoi scagnozzi. Mi chiedevo se lui o qualcuno dei suoi scagnozzi avevano seguito Manuela per arrivare al mio studio; se la stavano seguendo anche in quel momento a Ferrara; se lei conosceva segreti peggiori di quello del conto in Svizzera.

Le ho telefonato all'albergo, ma non c'era; ho telefonato al teatro, il centralino ha detto che stavano provando e non poteva raggiungere nessuno. Mi sentivo in trappola, con la cena da preparare per i bambini e nessuna possibilità di muovermi o reagire, nessuna valvola di sfogo alla tensione senza forma che mi cresceva dentro, innescata dalla violenza senza forma che aveva devastato il mio studio.

Ho cotto tre cotolette e una scatola di fagiolini surgelati, lasciato mangiare i bambini davanti al televisore. Poi ho cercato di rimettere a posto, ma non avevo la pazienza per ricombinare ogni contenitore con il suo contenuto originale: ficcavo roba nei cassetti e negli armadi quasi alla rinfusa, mi bastava toglierla di mezzo. Buttavo in un sacco della spazzatura tutto quello che non mi serviva o non mi piaceva, già che c'ero: tutte le scorie inutili accumulate nel tempo. Quando sono riuscito a sgombrare almeno una parte dello studio ho mangiato la mia cotoletta fredda, con il cane che mi girava intorno per avere qualche ritaglio e i bambini che litigavano sul programma da vedere. Ho spento il televisore, e si sono messi a strillare tutti e due, mi hanno fatto sentire ancora peggio.

Alla fine sono riuscito a metterli a dormire, la grande sulla poltrona-letto e il piccolo nel mio letto a ribalta. Ero contento di averli con me, mi piacevano le loro guance e le loro palpebre chiuse e i loro respiri, i gesti per rimboccargli le coperte. Mi sembrava assurdo avere solo quello da offrirgli, con tutti i villaggi di campagna e le case sugli alberi e le isole tropicali che mi ero immaginato per loro. Non mi sembrava di essere in una situazione divertente, non avevo nessuna sensazione di libertà o di leggerezza. Mi sentivo minacciato e immobilizzato, pieno di preoccupazione e di rabbia che non sapevo come esprimere, pieno di voglia di rivedere Manuela Duini che non sapevo come raggiungere.

Ho acceso la televisione, a volume quasi azzerato per non svegliare i bambini, e c'era Mimmo Cerino che parlava con il conduttore di un talk-show. Era seduto su una poltroncina di fianco alle poltroncine degli altri ospiti, vestito in giacca e cravatta e meno abbronzato ma con lo stesso identico sguardo delle fotografie che mi aveva fatto vedere mio cugino. Muoveva le mani tozze, girava la grossa testa sul collo corto e largo, si abbandonava all'indietro sullo schienale e si toccava i calzoni e tornava in avanti con il busto. Mi sono avvicinato allo schermo, ho alzato di poco il volume, attratto verso i suoi gesti e la sua voce da una specie molto concentrata e molto fredda di odio.

Dietro di lui scorrevano le immagini della sua comunità terapeutica vicino a Cuneo: il conduttore illustrava con retorica sobria i capannoni e i laboratori e i vialetti e le camerate e i piccoli bungalow prefabbricati, i ragazzi ex drogati che lavoravano e camminavano e giocavano per le telecamere. Cerino interveniva ogni tanto per precisare un numero o un nome, faceva di sì con la testa ogni volta che la telecamera tornava su di lui in primo piano.

Poi la telecamera ha stretto ancora più sulla sua faccia, e la retorica del conduttore è diventata ancora più sobria, sullo schermo è apparsa la fotografia di un ragazzo con i capelli lunghi e la barba vestito in stile anni settanta. Il conduttore ha detto "Paolo Milesi, che vent'anni fa fondò la comunità Nuova Via con Mimmo Cerino, assassinato nel millenovecentoottantasei dai trafficanti di droga che non potevano tollerare che qualcuno cercasse di salvare tanti ragazzi dalle loro grinfie". La platea è scattata in un applauso generale, la telecamera ha zoomato dritta sugli occhi di Cerino che batteva le mani anche lui e girava la testa di lato e alzava una mano a spatola ad asciugarsi le lacrime.

Subito dopo c'è stata un'interruzione di pubblicità, ma sono rimasto attaccato al televisore, seduto scomodo per terra e stanco e allucinato com'ero. La pubblicità è finita, il conduttore è tornato a parlare con Cerino. Ed è venuto fuori che stava mettendo in piedi un gruppo politico con lo stesso nome della sua comunità terapeutica, aveva in programma di estendersi e confederarsi con altri gruppi in tutta Italia fino a creare un movimento nazionale. Parlava pacato con il conduttore, sceglieva con cura le parole, teneva bassa la voce aspra e senza colore; e continuava a fare gesti autoriduttivi, muoveva le mani come per formare delle parentesi. Diceva "Noi nel nostro piccolo"; diceva "Senza voler insegnare niente a nessuno"; diceva "Con i quattro mezzi che abbiamo"; diceva "Certo siamo solo una pulce rispetto alle grandi forze della politica". Parlava sempre al plurale, aveva un modo quasi servile di rispondere alle osservazioni del conduttore: rideva quando doveva, faceva nuovi gesti autoriduttivi.

Ma era una copertura, come la camicia bianca e la cravatta a righe gialle e il golf verdino e la giacca blu che si era cacciato sul corpaccio senza la minima considerazione di gusto e con assoluta indifferenza al calore delle lampade che facevano sudare il conduttore e gli altri ospiti. È bastato che uno degli altri ospiti esprimesse dei dubbi sui suoi metodi di rieducazione, e la copertura è caduta: la voce gli si è sfibrata in frasi violente, la faccia gli è diventata rossa di congestione, i denti corti e decalcificati sono apparsi improvvisamente aguzzi come quelli di un pesce feroce.

Spingeva avanti le benemerenze delle sue comunità di recupero come carri d'assalto dietro cui far correre i fanti: gridava "Noi abbiamo salvato migliaia di ragazzi dalla strada, ecco la nostra carta di presentazione!". Gridava "Noi avevamo un uomo come Paolo Milesi, che è morto per un'Italia migliore'"; gridava "Nessuno può mettere in discussione le nostre credenziali!". Poi si è ricordato del pubblico ed è tornato a un tono più contenuto: ha detto "Abbiamo sulla pelle i segni della nostra lotta", ha detto "Abbiamo pagato caro quello che cercavamo di fare". Parlava del suo socio ammazzato, parlava del suo processo per stupro e lesioni anni prima come di un episodio di martirio politico; diceva "Non si sono fermati di fronte a niente per metterci fuori gioco". Ma quando il fratello di un suo ex recuperato finito suicida gli ha gridato accuse dalla platea si è fatto travolgere dalla violenza di nuovo: gesticolava senza più controllo apparente, apriva la bocca e mostrava i piccoli denti, gridava "Stai zitto tu, che gente come te non ha diritto di parola!".

Il conduttore faceva mostra di trattenerlo, ma gli stava dietro ed era dalla sua; si specchiava nel pubblico in sala, e il pubblico in sala si specchiava nel conduttore e applaudiva Cerino, vociava in suo favore ogni volta che vi si scagliava contro un avversario. Cerino prendeva slancio, man mano che si sentiva rassicurato dalle reazioni generali: gridava "Noi siamo pronti a guidare il rinnovamento di questo paese!", andava indietro sullo schienale della poltroncina e tornava in avanti, allargava le grosse gambe e gesticolava, sfrenava l'arroganza che Manuela aveva fotografato allo stato dormiente sul ponte della barca a vela qualche anno prima.

Lo guardavo a pochi centimetri dallo schermo, e mi sembrava il concentrato in una sola persona della volgarità e della vigliaccheria e della violenza e dell'ipocrisia e della prevaricazione e i falsi principi e tutto quello che avevo sempre detestato in vita mia. Mi sembrava impossibile che una donna come Manuela avesse potuto stare con un uomo come lui per due anni, e avesse creduto a quello che diceva e tollerato i suoi gesti e la sua voce e le cose orrende che aveva dentro. Ma più lo guardavo e più capivo che era stato proprio l'orrore ad attrarla: il disgusto e il senso di pena e l'esasperazione e l'oltraggio che lui doveva averle smosso dentro dalla prima volta che si erano visti. Me ne rendevo conto in modo quasi fisico, seduto per terra davanti alla televisione nel mio studio che lui aveva devastato o fatto devastare; mi rendevo conto di come i suoi gesti e i suoi sguardi e i suoi toni di voce avevano potuto superare la barriera difensiva di Manuela e raggiungere il cuore della generosità e dell'attenzione e della curiosità senza barriere che la animavano. E mi è venuta ancora più rabbia, ancora più desiderio di rivalsa e senso di impotenza; ho spento la televisione, cercato ancora di mettere a posto nella confusione assurda.

Poi ho tirato pugni e calci al sacco da allenamento, ma i colpi facevano troppo rumore per i bambini; mi sono spogliato, infilato con molta cautela nel letto a ribalta di fianco a mio figlio piccolo. Cercavo di stare immobile per non svegliarlo, ripercorrevo tutte le cose che avevo fatto durante il giorno. Ma avevo le gambe elettriche per la tensione, i muscoli irrigiditi; continuava a venirmi in mente la brutta faccia di Mimmo Cerino con i suoi piccoli denti aguzzi, e la faccia di Manuela, alcuni possibili gesti tra loro.

Sabato ho portato i bambini in montagna

Sabato ho portato i bambini in montagna, anche se avrei voluto stare a Milano invece, tenere più corti che potevo i collegamenti con Manuela. Ma erano pallidi nel tono grigio-alabastrino che viene ai bambini milanesi, e la porta sfondata e lo studio devastato non mi facevano stare molto sereno; avevo voglia di fargli cambiare aria, tenerli fuori dalle mie storie.

Così ho trovato un albergo in Val d'Aosta che accettava i cani, e ho guidato due ore fino a milleseicento metri di altezza, ho affittato sci per me e per la bambina e una slitta per il piccolo, siamo scesi e risaliti tutto il giorno su una pista a bassa inclinazione. Cercavo di non pensare a Manuela e alla distanza e a Cerino e alle minacce; gridavo frasi di incoraggiamento a mia figlia, trascinavo mio figlio piccolo su per la salita e poi lo seguivo giù a spazzaneve, con il cane che ci correva dietro in una nuvola di neve sfarinata. Mi divertivo, quando non ero distratto e pieno di angoscia.

La sera siamo andati a letto tutti e tre alla stessa ora, ero così stanco da non avere più nessuna immagine mentale in testa. Ho telefonato all'albergo di Manuela a Ferrara, le ho lasciato un messaggio; lei non ha richiamato, o non ho sentito la suoneria perché dormivo troppo fondo.

Domenica siamo tornati a Milano dopo un'altra giornata quasi intera di montagna, ho riportato i bambini a casa dalla loro mamma. Lei era con il suo uomo nel soggiorno, appena rientrati da qualche parte; ci siamo salutati, e mia figlia le ha detto subito "Lo sai che sono andati a distruggere lo studio di papà?".

La mia ex moglie e il suo uomo mi hanno guardato con sfumature diverse di stupore e allarme. Ho detto "Ma no, hanno solo un po' buttato per aria. Non è niente". Ho stretto la mano a tutti e due, abbracciato i bambini, dato una strapazzata al cane, sono andato via veloce. Era uno strano modo di avere una famiglia: ogni volta facevo appena in tempo ad abituarmi alle presenze e alle voci e al calore del contatto e già il weekend era consumato e finito, la mia vita vuota prima di riempirsi di pensieri e sensazioni di tutt'altra natura.

Sono tornato al mio studio, nella devastazione ricomposta solo in piccola parte, e c'era un messaggio di Manuela nella segreteria telefonica, diceva "Io sono a Milano".

L'ho richiamata subito, ma era occupato, così sono corso di nuovo fuori senza aspettare neanche un secondo, saltato in macchina.

Quando le ho citofonato ha detto solo "Sali", non sembrava sorpresa né particolarmente calorosa.

Sono salito due gradini alla volta, senza sapere bene cosa aspettarmi. Sopra la porta era aperta, Manuela seduta per terra nel corridoio in disordine, con le gambe raccolte e le braccia intorno alle ginocchia; e aveva gli occhiali, un paio di occhiali con la montatura trasparente che le davano una strana aria bruttina e seria da studentessa o da giovane insegnante, così lontana dalla donna sensuale con cui avevo passato la notte a Ferrara, o dalla musicista nervosa e sofisticata che avevo salutato davanti al teatro.

Le ho chiesto "Come stai?" in tono incerto.

"Bene," ha detto lei, mi guardava dal basso.

Le ho chiesto "Cosa fai con quegli occhiali?".

"Non ci vedo," ha detto lei. "Di solito ho le lenti a contatto, ma ogni tanto mi stufano." Finalmente si è alzata e mi ha dato un bacio; non capivo se era più lei che si aspettava un gesto da me o io da lei.

Le ho detto "Sono contento di rivederti", le sfioravo appena un fianco.

"Anch'io," ha detto Manuela senza guardarmi molto, è andata verso il soggiorno.

L'ho seguita nella grande stanza dal tetto inclinato, dove tutto era ancora sparso sul pavimento come l'ultima volta che c'ero andato da solo e avevo picchiato mio cugino per sbaglio. Ho detto “Non hai idea di quanto era desolante questo posto senza di te. Pieno di tue tracce com’è”.

“Sì?” ha detto lei. Camminava intorno, occhialuta e quasi bruttina.

Ho detto “Sono venuti anche nel mio studio. Hanno buttato tutto per aria peggio che qui”.

Lei si è girata a guardarmi: l’ho vista diventare molto pallida, le pupille dilatate fino a farle sembrare scuri gli occhi dietro le lenti. Ha detto “Quando?”.

“L’altro ieri,” ho detto. “Più o meno come qui, tranne che non avevano le chiavi e hanno forzato la porta. Tutto scaravoltato fuori da tutti i cassetti e dagli armadi eccetera ma non hanno preso niente, a parte una vecchia macchina fotografica che non funzionava neanche.”

Lei si mordicchiava le labbra, ha detto “E cos’hai fatto?”.

“Niente,” ho detto io. “Ho aggiustato la porta.” Però lei sembrava così spaventata che l’ho presa per un braccio, ho detto “Non ti preoccupare, adesso. Basta solo decidere cosa fare con quel bastardo”.

Ma non ero affatto sereno neanch’io, con i piedi tra i suoi diari e le foto del suo passato, le foto di Mimmo Cerino e le pagine dove aveva scritto di lui come di tutte le altre persone nella sua vita.

Lei ha detto “Come fai a essere così sicuro che sia stato lui?” mi guardava con le mani in tasca.

“Sono sicuro,” ho detto io. “L’ho anche visto alla televisione due notti fa. Sono sicuro.” Mi tornava in mente la sua brutta faccia falsa e il corpo tozzo di violento travestito da intellettuale; il suo modo di fare la vittima e ripararsi dietro il socio ammazzato e dietro i ragazzi drogati delle comunità.

Manuela ha avuto un piccolo scatto, come se l’avessi toccata con una punta; ha detto “Figurati se si espone così, con tutte le ambizioni politiche e tutti i progetti per fare soldi che ha”.

“Ma è proprio per quello,” ho detto io. “È per la politica che cerca di spaventarti. Forse ha paura che tu tiri fuori le schifezze che ha fatto. Chissà quante cose sai che non dovresti sapere, a parte la storia del conto in Svizzera.”

Lei ha alzato le spalle, si è chinata a raccogliere i frammenti di un vasetto di coccio andato in pezzi. Già solo parlare di Cerino aveva portato un'ombra tra noi, sentivo la difficoltà di comunicazione che cresceva nello spazio disordinato. Manuela ha detto "Io adesso rimetto a posto la casa. Domani devo tornare a Ferrara, non ho voglia di lasciare tutto così".

Le ho detto "Ti aiuto" e lei ha detto "Lascia stare", ma ho cominciato lo stesso a infilare i cassetti vuoti nelle cassettiere, le mensole negli armadi da cui erano state sfilate. Non capivo neanche se lo facevo per aiutarla o per riprendere contatto con lei; se lei ne era contenta o avrebbe preferito che la lasciassi sola.

Raccoglieva lettere e ritagli di giornale e spartiti e fotografie e quaderni da terra, li divideva in pile separate. Si muoveva lenta, ogni tanto sospirava, come se avesse a che fare con un danno difficile da riparare. Ha detto "Mi verrebbe voglia di buttare via tutto, che schifo".

"Lo so," ho detto io. "Ho avuto la stessa reazione, con il mio studio. Ma da me hanno buttato per aria quasi solo roba di lavoro. Non avevo niente di così personale."

Lei mi ha guardato, inginocchiata a terra, e mi sembrava di non conoscerla affatto, mi sembrava strano essere lì dentro. Mi ha chiesto "Cosa hai letto nei miei diari?".

C'era una luce così diretta nel suo sguardo; ho detto "Le cose che pensavi. Erano talmente belle, e vive. Non dovrebbe seccarti". La gelosia retrospettiva e il rimpianto e il senso di perdita mi erano già tornati a circolare nel sangue, sentivo come mi si riversavano nella voce.

Anche Manuela l'ha sentito; ha detto "Ma erano solo pensieri così. Erano cose che mi venivano in mente, le scrivevo come venivano. Molte le ho scritte durante il periodo dell'analisi. Tenevo anche un quaderno dei sogni, scrivevo i miei sogni ogni mattina appena sveglia".

Le ho detto "È come entrare nei tuoi pensieri nel momento preciso in cui li pensavi. È terribile. Come prendere delle verdure liofilizzate e metterle in acqua e vederle riprendere forma e colore di verdure fresche sotto i tuoi occhi".

Lei ha riso, ma era un riso a metà; ha detto "È da quando avevo dodici anni, che scrivo diari. Ho sempre scritto dove capitava, sui quaderni di scuola o le agende o quello che avevo sotto mano."

"Io invece non ho mai scritto niente," ho detto io. "È anche per questo che mi fa così impressione leggere le tue cose."

Lei mi guardava con la testa inclinata, guardava le carte che aveva tra le mani. Ha detto "Ma cosa c'è di così terribile nei miei diari?".

"Che tu abbia un passato," le ho detto, e guardavo i quaderni per terra. "E che ne abbia così tanto, poi."

"Mi fai sentire come una specie di tardona," ha detto lei. "O di mignotta."

"Ma hai avuto così tanti sentimenti," ho detto. "E li hai registrati con tanta fedeltà e tanta partecipazione." Potevo vedermela tardi di notte in qualche notte lontana nella sua capanna mistica, o nelle altre case dov'era stata; la vedevo correre lungo un marciapiede lontano, piena di ansia di incontrare qualcuno.

Lei ha detto "Guarda che per anni ho lavorato, più che altro. Non avevo quasi tempo per pensare ai sentimenti. Ero sempre lì attaccata all'arpa a preparare concerti, o in giro a suonare. Ero sempre sull'orlo dello stress e dello sfinimento, non è che mi restasse molto spazio per il resto".

"Lo sai che non è vero," le ho detto; e mi rendevo conto di quanto era assurdo essere geloso del suo passato, ma sapevo che lei era sempre stata come adesso, con lo stesso genere di intensità e consapevolezza e inconsapevolezza e ricerca e ansia e sincerità che aveva negli occhi adesso.

"Cosa dovrei dire di te, allora?" ha detto lei. "Che hai vissuto dieci anni più di me? Hai fatto due figli, chissà quante altre migliaia di cose hai fatto prima di incontrarmi."

"Ma non me le ricordo," ho detto, e in parte era vero e in parte no: oscillavo tra verità variabili, in movimento continuo. Ho detto "Mi sembra di non avere mai vissuto niente, se ci penso. Mi sembra di essere sempre stato a una distanza, con la stessa impossibilità di contatto di uno che guarda un film. Non sono mai riuscito a registrare le cose come fai tu, mentre succedono. Mi sono sempre tornate in mente dopo, e mi sembrava strano che fossero successe. Questa è la prima volta che vivo qualcosa e ci sono. Sei la mia prima e unica donna simultanea".

Lei mi ascoltava come se cercasse di capire chi ero; ha detto "Che strano sei", ferma su un ginocchio a guardarmi.

Mi sono avvicinato e le ho dato un bacio sulle labbra, spinto fino in fondo con una specie di disperazione di sentirle la lingua e il palato e la gola e arrivarle fino all'anima. Lei si lasciava baciare, ed era fatta così, non metteva mai un argine ai miei gesti. Lasciava che fluissero fino a travolgere i suoi, metteva a disposizione il suo respiro e la sua sostanza palpitante sotto i vestiti, l'emozione viva e venata di ombre nel suo sguardo. Abbiamo fatto l'amore tra i frammenti della sua vita passata; i fogli e le fotografie e i quaderni sotto i gomiti e tra i suoi capelli e sotto la sua schiena, sguardi e gesti congelati nel tempo ma perduti per me. Cercavo di compensare con un puro slancio di reni e una pura bramosia tattile, con le emozioni calde e rapide e lente che lei mi comunicava con ogni suo respiro.

E non avevo voglia che finisse, ero così intriso di nostalgia che avrei voluto restare sospeso con lei nello stesso stato per sempre, senza lasciare che nessuna delle nostre sensazioni venisse trascinata a far parte del passato. Volevo restare sospeso con lei fuori dalla pressione dei dati di fatto e fuori dallo scorrere del tempo e fuori dal modificarsi delle cose, fuori dagli archi che i sentimenti formano da quando prendono vita a quando si esauriscono. Mi sono sciolto dalle sue braccia e gambe, le ho detto "Beviamo qualcosa, o mangiamo qualcosa?".

Lei non si è stupita, sembrava che riuscissimo a comunicare al di là delle parole e delle spiegazioni, quando ci riuscivamo. Siamo andati nudi nella piccola nicchia-cucina, e ci siamo baciati lungo il percorso, strusciati uno contro l'altra raso ai muri, e ogni movimento aveva la stessa densità opaca e tiepida e semicircolare di quando eravamo a letto. Manuela ha messo dei mandarini su un vassoio di legno blu, e dei biscotti e due barattoli di yogurt presi dal frigorifero, e le carezzavo le spalle e i capelli mentre lo faceva, e lei si girava ogni momento verso di me che le guardavo il sedere e le guardavo la schiena e le guardavo le braccia e gli avambracci e le mani e il profilo della bella fronte a breve distanza.

Poi siamo tornati nella sua camera da letto, e mi sono infilato per primo sotto le coperte per vederla venire verso di me alla luce della luna che entrava dal lucernario. L'ho guardata mentre si sedeva sul letto con un movimento morbido dei fianchi; l'ho tirata verso di me, i mandarini e i biscotti e gli yogurt si sono rovesciati sulla coperta e sul pavimento. Abbiamo ripreso a fare l'amore, ma davvero non c'era molta differenza tra le sensazioni che producevano questi movimenti e quelle di poco prima: era come se fossimo riusciti a rompere un involucro sottile, il suo contenuto dilagato fino nel più insignificante dei nostri gesti. Eravamo sospesi nel tempo, senza pensieri e pieni di pensieri, colpiti da frammenti e schegge e scaglie minute di preoccupazioni e immagini e riflessioni che ci pungevano i fianchi e ci passavano nel sangue e nella testa e si dissolvevano subito dopo.

Poi abbiamo mangiato i mandarini tra le lenzuola confuse e abbiamo recuperato le coperte ai piedi del letto e ce le siamo tirate sopra, stravolti e senza contorni e ancora sospesi nel tempo anche se il tempo aveva ricominciato a trascinarci via con sé nel cuore della notte. Attraverso la parete si sentivano le voci di un uomo e una donna forse filippini che discutevano concitati, ma ero troppo stanco per farmene disturbare. Manuela ha chiuso la tendina del lucernario ed è ricaduta verso di me; siamo affondati nel sonno come in uno spessore senza fine di sentimenti lunghi ed elastici.

Mi sono svegliato nella stanza di Manuela

Mi sono svegliato nella stanza di Manuela, la luce entrava dai margini della tendina del lucernario. Lei dormiva ancora, non era poi sempre mattiniera come mi era sembrato; quando ha sentito che mi muovevo è rotolata verso di me e ha aperto gli occhi, ha detto "Chi sei nel mio letto?".

Ho riso con lei, ho detto "Chi sei tu?". Eravamo davvero abbastanza stupiti di trovarci vicini, non c'era molta dimestichezza tra noi.

Lei si è alzata, si è infilata una maglietta e un paio di pantacollant neri che le aderivano alle gambe e al sedere come una seconda pelle. È andata in bagno a mettersi le lenti a contatto, tornata fuori tutta diversa dalla sera prima. Il tempo correva rapido ormai; cercavamo di fare resistenza solo a tratti, a tratti lo scavalcavamo con le nostre immagini mentali.

Abbiamo bevuto caffelatte e mangiato biscotti sul tavolo tondo del soggiorno senza parlare, confusi tra le sensazioni della notte e quelle della nuova giornata. È suonato il telefono, Manuela è andata a rispondere: ha detto "Pronto? Pronto? Vaffanculo", ha sbattuto giù.

Abbiamo mangiato ancora, ma senza più fame; avevamo un modo diffidente di guardarci, defilati dietro i nostri gesti.

Le ho chiesto "Non era quel verme di Cerino?", il cuore mi batteva sordo.

"Che ne so," ha detto Manuela, nascosta dalla sua tazza di caffelatte.

Il telefono è suonato di nuovo, e questa volta sono saltato in piedi io per primo: ho preso la cornetta, gridato "Chi è?" con una voce roca e distorta da cane a guardia della sua casa.

Dall'altra parte non hanno risposto; ho gridato "Figlio di

puttana, ti vengo a prendere e ti stacco le dita una a una". Ma la linea era morta, non c'era più nessuno.

Manuela mi guardava con un'aria preoccupata, ha detto "Non essere così truculento, adesso".

"Perché, ti sembra poco truculento quello che fa questo porco?" le ho detto. Mi sentivo troppo sbilanciato di fronte al suo sguardo, troppo dentro al suo gioco complicato di sentimenti e troppo chiuso fuori. Le ho detto "Cosa fai adesso, lo difendi?".

"Non sappiamo neanche se è lui," ha detto Manuela. "E smettila di mescolare la gelosia con il resto."

"Cosa c'entra la gelosia?" le ho detto.

"C'entra. Sei talmente ossessionato," ha detto lei. "Ti viene una faccia da assassino ogni volta che parli di Cerino, come se fosse il concentrato di tutte le cose più orrende del mondo."

"Ma lo è," ho detto. "Non ti basta quello che ha fatto? Non ti basta che ti abbia distrutto la casa, dopo averti quasi distrutto la vita?".

"Cosa ne sai della mia vita," ha detto lei. Si è messa a sparecchiare il tavolo tondo, non mi guardava. L'ho seguita nel corridoio con le tazze, pieno di impulsi di difesa e di aggressione, senso di perdita e rabbia che mi rifluiva verso di lei.

Le ho detto "Spiegamelo tu, allora. Spiegami come hai potuto metterti con uno come Cerino, e starci due anni".

"Intanto non sono stati due anni," ha detto lei, mentre passava le tazze sotto l'acqua. "Sarà stato uno in tutto. Abbiamo continuato a lasciarci e rimetterci insieme un mese sì e uno no."

"Ma è tantissimo tempo lo stesso," ho detto io, come il proprietario di un oggetto prezioso che se lo gira sotto la luce per vedere i graffi e le incrinature, scoprire come il tempo e gli altri glielo hanno intaccato.

"Va be'," ha detto Manuela, ancora più sulla difensiva. "È la vita."

"E cosa ci trovavi di tanto interessante?" le ho chiesto, quasi violento ormai nel mio modo di incalzarla.

"Ma niente," ha detto lei. "Ero così annoiata e così in crisi, quando l'ho conosciuto. Stavo da cinque anni con un marchese ex attore che diceva di occuparsi di investimenti e non faceva niente dalla mattina alla sera. Dezza di Montramito, si chiamava. Era così pieno di atteggiamenti, l'unica cosa che gli aveva passato la sua famiglia. E suonavo e studiavo tutto il tempo, la mia vita non arrivava da nessuna parte."

"E avevi bisogno di un porco certificato, per venirne fuori?" le ho chiesto. "Di uno che stuprava le ragazze da recuperare e bastonava a sangue i ragazzi? Li incatenava nell'essiccatoio, no? Ti sei letta bene i giornali, prima?"

"L'hanno assolto," ha detto lei. "Sei tu che non hai letto i giornali."

"Lo sai perché l'hanno assolto," ho detto. "Lo sai lo schifo di coperture politiche che ha sempre avuto. I ricatti schifosi che è riuscito a fare." Era diventato un vero scontro furioso ormai, dove Cerino forse era solo un simbolo di tutto quello che non potevo riavere della sua vita passata, di quello che non controllavo della sua vita di adesso.

Lei mi guardava, con le spalle al lavandino, e mi sembrava che non guardasse proprio me ma uno specchio interno delle sue convinzioni. Ha detto "Senti, se non riesci a capire il mio percorso lasciami perdere. È già stata abbastanza dura, non mi servono certo le tue scene adesso".

"Sto solo cercando di capire," ho detto io, già meno aggressivo, con la preoccupazione improvvisa di trattare con un congegno troppo delicato.

"Allora capiscimi, cazzo," ha detto lei. "Ero nel pieno dell'analisi, c'era tutto questo discorso di seguire l'inconscio e andare a fondo delle ragioni oscure e tutto il resto. L'ho fatto come una specie di ricerca o di espiazione o non so cosa, forse ha avuto tutto a che fare con il rapporto con mio padre o con mio fratello, non lo so. Avevo vissuto chiusa nella musica così a lungo, filtrata e schermata da tutto. Sono precipitata nel mondo da un momento all'altro, con tutta la violenza possibile. Poi non riuscivo più a tirarmene fuori. È stata la storia più brutta della mia vita. Era una persona schifosa, e abbiamo avuto un rapporto schifoso. Ma avevo bisogno di conoscere un aspetto così squallido della vita per tenermene poi fuori. Fa parte del mio percorso."

E sentivo quanto era sincera, e quanta fatica e quante sofferenze le era costato il suo modo di essere così aperta: quanto ci era arrivata per gradi e da sola, dentro e fuori le trappole e gli attacchi e i tentativi di distruzione del mondo. Ma questo non attenuava il mio senso di perdita, se mai lo rendeva più insopportabile; le ho detto "Allora bisognerebbe provare almeno una volta anche l'omicidio e l'incesto, per conoscerli e tenersene fuori. Bisognerebbe lasciarsi divorare dai sentimenti più ignobili e fare le cose più orrende".

"Io non ho mai fatto nessuna cosa orrenda," ha detto Manuela. "Ho solo cercato di vivere, invece di stare lì imbalsamata." Aveva un tono da battaglia adesso, non aveva nessuna intenzione di rinunciare a difendere se stessa e il suo passato.

E non sapevo quasi niente di cosa aveva fatto con lui, ma mi riempiva di una rabbia senza limiti l'idea che Mimmo Cerino fosse sempre riuscito a rovesciare ogni situazione a suo vantaggio, giocando sulla mollezza e l'ambiguità del nostro paese, sulla mancanza di regole certe e di chi faccia rispettare le regole, sugli alibi e i ricatti e gli equivoci e la compiacenza e la mollezza dietro cui nascondere i crimini peggiori. Avrei solo voluto poter tornare all'indietro nel tempo, risalire controcorrente i mesi e gli anni e i giorni fino a beccarlo un istante prima che incontrasse Manuela e spezzargli le gambe.

"Come cavolo l'hai trovato?" le ho chiesto, anche se me l'aveva già detto mio cugino e non avevo voglia di nessun nuovo dettaglio. "Sulle pagine gialle sotto la voce porci?"

"Ho fatto un concerto nella sua comunità vicino a Cuneo," ha detto Manuela. "Alla fine è venuto a portarmi i fiori e farmi un sacco di complimenti, mi ha invitato a stare lì qualche giorno."

"E sei rimasta conquistata a prima vista?" le ho chiesto. Me la vedevo mentre suonava per il pubblico di tossici in via di recupero, con lo sguardo lontano e vicino che le veniva quando suonava; vedevo Cerino seduto in prima fila tutto gonfio nel suo ruolo di capo comunità, con lo sguardo da predatore fisso su di lei.

Lei ha detto "No, ma dopo tutta la mollezza e l'ipocrisia e il senso di vuoto che avevo respirato per cinque anni con il

Dezza mi sembrava almeno uno che faceva delle cose. Dopo cinque anni con il marchesino che si alzava alle undici e mezza e faceva colazione per un'ora e andava fuori a comprarsi il giornale e si faceva una passeggiata e poi mangiava e leggeva il giornale e si faceva un riposino e poi magari nel pomeriggio telefonava a qualche suo amico o conoscente per proporgli qualche investimento sballato".

"E come avevi potuto restare cinque anni con uno come quello?" le ho chiesto. "Una irrequieta e spiritosa come te?".

"Perché sono leale. Perché cambio," ha detto lei. "Perché prima ero stata cinque anni con un cafone di giovane compositore che mi trattava come un accessorio, e il Dezza all'inizio mi sembrava il suo opposto. Era tutto attenzioni e istruzioni di comportamento. Mi spiegava come stare a tavola, mi dava consigli sui vestiti e sul trucco, non avevo mai avuto un uomo così attento. Parlava sempre del senso della famiglia e di come era importante per lui, ma appena sono rimasta incinta non ha esitato un attimo a portarmi in una clinica a fare fuori il bambino. Perché non avevamo una stanza in più in casa, no? È lì che ho cominciato a stare male. Mi sono sentita costretta a un omicidio, e per debolezza non ho avuto il coraggio di reagire. E tutti i nostri amici mi guardavano con l'aria di dire ma qual è il problema? Era tutto così normale e accettato, mi trattavano come una specie di pazza ipersensibile."

"Che verme," ho detto io; e avrei voluto tornarle vicino e farle cambiare tono e sguardo, ma il senso di perdita mi andava in troppe direzioni ormai. Ho detto "Che lurido vigliacco".

"Ma ognuno fa quello che può, alla fine," ha detto lei. "Era debole, più che altro. Non sapeva neanche cos'è la vita, al di là di tutti i discorsi e gli atteggiamenti. Avevo sbagliato io a proiettargli addosso quello che non era."

E l'idea che lei difendesse così il suo passato mi commuoveva e mi sembrava insopportabile allo stesso tempo; le ho detto "Ma dopo una storia così brutta non ti potevi trovare qualcuno meglio di Cerino, accidenti?".

"Cerino mi sembrava l'opposto del Dezza," ha detto lei. "Era uno che teneva in movimento una comunità di mille persone e si sbatteva per ottenere i finanziamenti e per far lavorare i tossici e tenerli lontani dalla droga. Aveva questa energia rozza, non stava mai fermo un attimo, alle sei di mattina era in piedi e non si fermava fino a notte, mandava giù il caffè quando la tazzina era ancora troppo calda per toccarla."

"E ti sembrava un idealista, no?" ho detto io. "Una specie di santo un po' brutale?". La tensione stava di nuovo crescendo tra noi a ogni frase, in una specie di lotta di posizioni dove ognuno dei due diventava più rigido per difendere se stesso; e non riuscivo a tenere la minima distanza di riserva, non riuscivo a fermare le ricostruzioni mentali sempre più dettagliate che mi passavano per la testa.

"Be', riusciva a imbrogliare chiunque molto bene," ha detto Manuela. "Faceva la vittima. Usava la storia di Paolo Milesi ammazzato dai trafficanti e usava la comunità per coprire tutte le schifezze che faceva con i suoi amici socialisti e con i fondi del ministero. È abile, e io ero ingenua o forse avevo bisogno di cascarci perché era il mio percorso, comunque ci sono cascata."

Stavo a sentirla in piedi nel corridoio, contratto a ogni nuova parola che diceva, a ogni nuova immagine che andava ad aggiungersi alle altre nella mia testa. Vedevo fotografie che non avevo visto: lei appoggiata a un albero sulle colline, lei che sorrideva a Cerino melanconica e anche fiduciosa; vedevo Cerino che trangugiava il caffè dalla tazzina fumante; Cerino che correva in giro per i capannoni della comunità a dare ordini e schiaffi rieducativi, rozzo e anche sottile nel modo in cui usava il suo potere di ricatto; Cerino che afferrava Manuela con brutalità; lei che si lasciava afferrare. E mi veniva sempre più rabbia verso di lei, verso l'idea che fosse stata al gioco almeno fino a un certo punto. Ho detto "Ma più di tutto era la sua brutalità che ti attirava, no? L'aura di violenza e di sopraffazione animale che aveva, no? Ti piaceva l'idea di fare la vittima, no? Di precipitare in una vertigine di brutalizzazione per compensare il chiuso soffocato della musica classica e la smidollaggine del Dezza e l'ingenuità remissiva di tuo padre, no?".

Lei si è irrigidita ancora di fronte alla violenza del mio tono, ha detto "Cosa ne sai tu?".

"Lo so," ho detto io, e non riuscivo a fermarmi, andavo avanti come se precipitassi giù per una rampa di scale verso la cantina dei miei pensieri peggiori. Ho detto "Con tutti i discorsi sul tuo percorso e la tua ricerca eccetera, vai a fare la schiava del primo piccolo carnefice travestito da vittima che trovi barricato nel suo ruolo per ricattare il mondo".

"Io non sono mai stata la schiava di nessuno," ha detto lei, tremante di tensione, con i piattini delle tazze in mano.

Poi la tensione le si è rotta in rabbia aperta che è dilagata nel suo sguardo e nella sua voce; mi ha gridato "Che cazzo di film ti fai su di me? Come cazzo ti permetti?".

"Non mi faccio nessun film," ho gridato io, pieno di rancore verso di lei e non capivo perché, travolto da sentimenti che non controllavo più in nessuna parte. Ho gridato "È quello che penso e basta. E mi permetto quello che mi pare".

"Allora permettiti con qualcun'altra, stronzo!" ha gridato Manuela. "Nessuno può dare giudizi così sulla mia vita!" Teneva i piattini tra le mani e le tremavano, e lo sguardo le ha preso fuoco ancora, li ha scaraventati verso di me e li ho evitati per poco; ha gridato "Sei una merda, Leo, vattene via di qua! Vaffanculo!".

La sua rabbia era così forte che ha smorzato la mia; le sono andato vicino, ho detto "Non fare così, adesso. Calmati". Ho cercato di toccarla.

Ma la rabbia continuava a salirle dentro con un'accelerazione incontrollabile; mi ha scostato la mano con un colpo furioso, e il suo sguardo era invaso da una luce che mi faceva paura, ha gridato "Non mi toccare, porco!".

Invece ho cercato ancora di ristabilire un contatto, rompere la spirale; ho detto "Smettila per piacere", le ho stretto un braccio.

Lei mi ha dato una ginocchiata all'inguine, ha gridato "Sei un porco bastardo peggio di Cerino, sei un vigliacco schifoso anche tu! Vuoi solo distruggere la mia vita, raccogliere abbastanza elementi per farmi sentire come una specie di puttana!".

"Ma cosa dici?" ho gridato io, così scosso che non sentivo quasi il dolore. Ho gridato "Con chi credi di parlare?

Vieni qua per piacere!". Le sono andato dietro nel soggiorno, non riuscivo a credere che le cose fossero degenerate per gradi ravvicinati fino a quel punto.

Lei ha gridato ancora più forte "Non mi bloccare!", mi ha dato un calcio a una gamba, ha preso un posacenere da un mobile e me l'ha tirato addosso. Mi sono scostato appena in tempo, il posacenere è finito a terra ed era fatto di una strana pasta di vetro, è andato in mille schegge che sono schizzate tra gli oggetti sparsi. E ancora ho cercato di inseguirla, mi sembrava di lottare contro una tempesta o contro un'altra catastrofe naturale incontrollabile che avevo scatenato senza rendermene conto. Non avevo più una prospettiva da cui considerare le cose, ero trascinato sul suo stesso identico piano, nelle spinte e nei calci e nei divincolamenti, sgomento e incredulo e inferocito dai suoi gesti e dai miei e da quello che ci gridavamo e dalla rabbia e dal rancore e dal disprezzo che ci venivano negli occhi e nelle voci.

Manuela è riuscita a sfuggirmi tra le mani, si è infilata nel bagno e ha sbattuto la porta, così forte che pezzi di intonaco si sono staccati intorno allo stipite, ha girato rapida e furiosa la chiave nella serratura, *trac trac* come una chiusura definitiva fuori dalla sua vita, mi ha gridato da dentro "Vai via bastardo!". Ma non avevo nessuna intenzione di farmi mandare via così: battevo le mani aperte sulla porta, ho gridato "Sei una pazza furiosa! Altro che di un'analista avresti bisogno! Mi fai schifo!".

Ho smesso per un attimo di battere, e ho sentito che lei da dentro singhiozzava, in un modo così drammatico che si rifletteva tra le piastrelle delle pareti, arrivava amplificato attraverso la porta. Mi sono chinato a guardare dal buco della serratura: l'ho vista piegata a piangere sul lavandino con una disperazione quasi teatrale. E la disperazione mi si è comunicata come un'onda che mi ha invaso il cuore; ho ripreso a battere sulla porta ancora più forte, ho cominciato a prenderla a calci, gridato "Vieni fuori! Vieni fuori o butto giù la porta!".

Lei deve avere capito che l'avrei buttata giù davvero, perché è venuta a socchiuderla, è stata ferma e tremante di rabbia e di offesa a guardarmi, con i capelli spettinati e gli occhi pieni di lacrime. Le ho detto “Cerchiamo di calmarci. Non è successo niente di così grave. Stavamo solo parlando”.

Lei ha detto “È successo che sei un bastardo, è inutile che adesso fai tanto il finto comprensivo di merda. L’ho visto lo sguardo che avevi. Vattene via. Non ti voglio mai più vedere”.

“Non me ne vado se non parliamo,” ho detto io, e ho infilato una gamba per non farle richiudere la porta. Ho detto “Parliamo, almeno”. Tiravo forte la maniglia, in contrasto con il tono pacato che cercavo di mantenere. Manuela tirava nella direzione opposta, poi visto che non ce la faceva è saltata fuori, e sono riuscito ad afferrarla per un polso e poi per l’altro, glieli ho tenuti fermi e lei ha cercato di liberarsi con tutte le sue forze ma non ci riusciva perché la tenevo come se si trattasse di vita o di morte. Alla fine ha lasciato cadere le braccia, ha allentato i muscoli ma sentivo il tremito che aveva dentro; mi ha detto “Vattene via, Leo”, con un tono e uno sguardo così freddi e definitivi che ho mollato la presa e l’ho lasciata libera, ho fatto un passo all’indietro. Lei mi ha fissato ancora un secondo negli occhi senza dire niente, poi è tornata nel bagno e ha sbattuto la porta, l’ha richiusa a doppia mandata.

Sono rimasto a guardarmi intorno nel soggiorno, troppo sconvolto per pensare; poi ho preso il mio giubbotto di pelle e sono andato verso l’ingresso, fuori dalla porta, giù per le scale mezzo gradino alla volta. Non riuscivo a capire cos’era successo, adesso che la superficie dei miei stati d’animo era quasi ferma e tutta intorbidata: se ero stato davvero ignobile con le mie osservazioni o avevo solo usato troppa pesantezza nel territorio danneggiato dei suoi sentimenti; se avevo cercato di capirla o di impadronirmi di lei, se avevo scoperto un suo lato che sarebbe comunque venuto fuori o ero stato io a venire fuori peggio di come pensavo di essere. Non riuscivo a capire la natura precisa del rancore furioso che Manuela mi aveva rovesciato addosso, né di quello che io avevo provato per lei: se nascevano dall’incomprensione o dal capirsi troppo bene, dall’amore o dal desiderio di controllo o dall'insicurezza o dal senso di perdita. Non capivo quale di questi sentimenti era più forte, e perché ognuno di loro sembrava portarsi dietro il suo opposto come un'ombra; non capivo se avevo voglia di tornare indietro a bussare alla porta di Manuela, o di andarmene più svelto che potevo e non farmi mai più vivo con lei.

Ero incredulo, più di ogni altra cosa, adesso che l'inguine e le gambe e le braccia cominciavano a farmi male per i colpi che Manuela mi aveva dato mentre cercavo di bloccarla. Mi sembrava assurdo che tutto fosse successo così di colpo, la situazione tra noi rovesciata in pochi minuti, con così poche spiegazioni date. Avrei voluto qualche genere di testimone esterno in grado di ricostruire quello che era successo, dare un giudizio oggettivo o almeno un'opinione.

Sono uscito in strada in questo stato, ho lasciato che il portone mi si richiudesse alle spalle. Ho attraversato la prima metà del viale, e ancora ero incerto se tornare indietro; ho attraversato il percorso alberato dei tram al centro del viale, mi sono fatto quasi travolgere da un camioncino prima di raggiungere l'altro lato. Poi ho guardato indietro verso la casa di Manuela, e pensavo alla prima volta che c'ero andato con le sue fotografie appena sviluppate in una busta, e a come avevo cercato il suo nome sul citofono, a come la sua voce era venuta fuori dalla scatoletta metallica piena di allegria comunicativa; e mentre pensavo a tutto questo mi sono accorto che un tipo mi stava guardando da una Bmw bianca ferma a pochi metri dal portone.

Teneva il finestrino tirato giù anche se faceva freddo, e aveva un paio di occhiali da sole anche se certo non c'era molta luce; seguiva i miei movimenti finché i nostri sguardi si sono incontrati attraverso il viale. Subito ha girato la testa, tirato su il finestrino; c'era un'altra persona seduta al volante di fianco a lui ma con i riflessi sui vetri e il traffico che passava non riuscivo a distinguere niente, non capivo neanche se continuavano a guardarmi.

Sono andato avanti per un tratto lungo il marciapiede, con una strana mescolanza interiore di freddo e di caldo, rabbia fusa che scorreva sotto uno spessore di sentimenti ghiacciati. Mi tenevo raso al muro, al riparo degli altri passanti e delle macchine lungo il viale, sono entrato nel primo negozio che ho visto. Era un negozio di articoli sportivi, appena aperto. Ho guardato fuori attraverso il vetro della porta tempestato di adesivi di marche di sci: la Bmw bianca era ferma a qualche metro dal portone di Manuela, con il finestrino di nuovo abbassato, il tipo con gli occhiali da sole di nuovo sporto fuori anche se non riusciva più a vedermi.

Il proprietario del negozio alle mie spalle ha detto “Desidera?”. Mi sono girato di scatto, ma il freddo dentro di me prevaleva sul caldo in quel momento, sono riuscito a trovare un tono normale. Gli ho detto “Non ha una sbarra da ginnastica, di quelle che si mettono nelle porte?”. Lui ha fatto di sì con la testa, è andato dietro a cercarla. Mi sono girato di nuovo a guardare fuori: la macchina bianca non si muoveva. Respiravo lento, lo shock della scenata selvaggia con Manuela mi aveva azzerato quasi del tutto i pensieri; stavo piatto sui fatti, e mi sembrava di percepirli con una chiarezza fuori dal normale.

Il proprietario del negozio ha detto “Eccola qua”; protendeva la sbarra da ginnastica, sembrava stupito che io continuassi a non avvicinarmi al bancone. Mi sono avvicinato, l’ho presa in mano e aveva un buon peso, ho detto “Va bene, va bene”. Gli ho dato i soldi e lui ha battuto il prezzo sulla cassa; continuavo a girarmi per paura che la macchina fuori se ne andasse via.

Sono uscito, più vicino che potevo agli altri passanti, con la sbarra mezza fuori dal sacchetto di plastica del negozio. Appena una nuova ondata di macchine è arrivata a coprirmi ho riattraversato la prima metà del viale, mi sono defilato dietro uno dei platani. Ma il tipo sulla Bmw bianca era ancora sporto fuori e mi ha visto; si è girato verso l’altro, l’altro ha messo in moto. Ho fatto uno scatto per tagliargli la strada, e arrivava un tram in quel momento preciso, mi è sferragliato davanti con un odore di polvere e di metallo grattato, quando sono saltato dall’altra parte la Bmw bianca stava passando oltre. Le sono corso dietro all’impazzata, ho buttato via il sacchetto e alzato la sbarra mentre andavo come in un cartone animato accelerato attraverso la seconda metà del viale e lungo il marciapiede, ho urtato due o tre spalle e bustí di seguito e provocato fermate e voltamenti, e il semaforo era rosso ma è diventato verde e le macchine davanti sono ripartite lente, la Bmw bianca è passata a slalom, tutta rumore di gomme e di motore fuori giri, ha girato a destra. E sono riuscito a tagliare in diagonale l'angolo del marciapiede e arrivarle davanti con la sbarra di ferro alzata, ho dato un colpo sul parabrezza con tutta la forza che avevo nelle braccia e una torsione del busto per aumentarla ancora, e il vetro si è incrinato ma ho preso anche il montante del finestrino, ho sentito lo sfrigolio del cristallo stratificato che si incrinava e il clangore del ferro contro ferro e ho visto per un istante i due tipi dentro che si rattrappivano sui sedili e la macchina è passata oltre. Le ho tirato dietro la sbarra, e la sbarra è rimbalzata sul baule e la Bmw ha sbandato e grattato con una gomma sul marciapiede perché non dovevano vederci molto con il vetro incrinato, ha quasi travolto una signora che attraversava la strada con un sacco da tintoria in mano ed è andata di nuovo a sbattere contro il marciapiede, si è fermata.

Sono corso come un pazzo per raggiungerla, in un corridoio di sguardi della gente lungo i marciapiedi e sulle macchine e davanti ai negozi, con il cuore che mi batteva a duemila e l'adrenalina che mi andava in circolo e un ronzio nelle orecchie forte come uno scroscio d'acqua, e quando l'ho raggiunta il tipo al volante era ripiegato all'indietro sul sedile ma l'altro con gli occhiali scuri è sceso e mi guardava, tozzo e scosso ma con i pugni serrati, le gambe corte e le braccia corte pronte a scattare. Gli ho tirato un calcio allo sterno su un'onda di rabbia così purificata che mi sembrava di volare, l'ho visto che andava indietro e sbatteva la schiena contro la macchina. Ma era resistente, e duro come di gomma compatta, è tornato subito avanti e mi si è attaccato a un braccio con le mani a pinza, mi ha dato una testata mirata alla faccia, mi ha preso forte tra il collo e la spalla. E ho perso del tutto il coordinamento e la capacità di pensare, ho cominciato a riempirlo di calci e pugni senza la minima tecnica e a distanza troppo ravvicinata, e non mi sembrava più affatto di volare ma incontravo una resistenza enorme a ogni gesto, mi sembrava di dare colpi a un sacco da allenamento imbottito di tutte le ragioni negative della vita, di tutta la violenza e la sordità e l'ipocrisia e l'ambiguità e gli imbrogli e i ricatti del mondo.

Lui è finito di nuovo contro la macchina e gli occhiali da sole gli sono volati per terra, e sotto aveva dei brutti occhi grigiastri che mi sembravano identici a quelli di Cerino nelle fotografie a casa di Manuela, e gli ho preso un braccio e gliel'ho piegato dietro la schiena e ho cominciato a torcerlo con tutta la rabbia che avevo dentro, gli ho gridato "Dimmi chi vi ha mandato, brutto porco. Dimmi chi vi ha mandato". Lui emetteva delle specie di grugniti e continuava a dibattersi e cercare di dare morsi e calci all'indietro, e sentivo la resistenza che gli si attenuava nel corpo tozzo e lo smollava poco a poco senza indebolire la sordità nel suo sguardo, e ancora si ostinava a non dire niente.

Quello che era al volante è sceso anche lui, e aveva il naso sporco di sangue e un taglio sulla fronte, era più magro e incerto del primo. Ho spinto di lato il primo e ho dato un calcio laterale a quello magro e l'ho preso a un'anca, gli ho dato un colpo alla clavicola con la base della mano ed è appena andato indietro, aveva una struttura molto più fragile dell'altro ma sembrava anche lui persistente in un modo anomalo, non riuscivo a leggergli niente negli occhi. Ha alzato le braccia, detto all'altro "Dài, lascia perdere, cazzo. Andiamo", in una voce chiusa dalle vocali schiacciate come in una porta.

L'altro mi è tornato addosso ma quasi per dovere, mi ha dato un pugno a una spalla e l'ho ripreso per il braccio senza difficoltà, gliel'ho torto di nuovo dietro la schiena. Gli ho gridato "Guarda che te lo stacco, se non me lo dici"; e gliel'avrei staccato davvero, glielo torcevo e sentivo i legamenti quasi sul punto di cedere e non avevo più nessun limite etico o di altro genere, volevo solo che mi dicesse il nome di Cerino. Ma lui stava muto, ansimava e faceva ormai resistenza passiva, e il suo socio magro ha detto di nuovo "Andiamo cazzo"; e si era raccolta gente tutto intorno, gli sguardi a corridoio di prima si erano chiusi a cerchio e si stringevano sempre più su di me, c'erano voci che dicevano "Toglietegliel o dalle mani", dicevano "Lo lasci stare", dicevano "Cosa cavolo fa quello lì?", dicevano "Ma qualcuno ha chiamato la polizia?".

E non avevo nessuna voglia che arrivasse la polizia, e nella faccia del tipo tozzo non c'era ancora il minimo accenno di cedimento anche se ero a un millimetro dallo slogargli il braccio, sembrava una specie di kamikaze ex peromane disposto a morire piuttosto di fare il nome del suo boss, mi sono sentito sommergere da un senso di inutilità così intenso che l'ho spinto di lato più forte che potevo e l'ho visto scivolare lungo il cofano della macchina e quasi cadere a terra e raddrizzarsi molto lento verso il suo socio, sono venuto via molto lento anch'io.

Mi guardavo intorno, nella via del quartiere di Manuela che conoscevo così poco, e tutta la gente lungo i marciapiedi e sulle macchine e davanti ai negozi mi guardava con una curiosità venata d'accusa, le facce contratte in espressioni di estraneità e di rigetto. Ho dato un calcio alla gomma di una macchina ferma; mi sentivo tremare dentro adesso che la rabbia si era raffreddata quasi del tutto e i sentimenti congelati stavano tornando alla temperatura del corpo.

A mezzogiorno ero seduto sul pavimento del mio studio con una lattina di birra in mano

A mezzogiorno ero seduto sul pavimento del mio studio con una lattina di birra in mano, è suonato il citofono. Non avevo nessuna voglia di andare a rispondere, ma ci sono andato lo stesso, senza la minima aspettativa al mondo. Era mio cugino: ha detto "Sei solo?".

"Sì che sono solo," ho detto io. "Vieni su."

Lui è venuto su, ha chiesto "Si può?" sulla porta aperta. Aveva un giubbotto da aviatore simile al mio ma più morbido, la faccia colorita da un'abbronzatura quasi innaturale. Si è accorto di come lo guardavo, ha detto in tono di scusa "È che sono stato alle Canarie per lo spot di un cibo per gatti". Cercava con gli occhi dove sedersi; ha detto "C'era una modella danese da sballo". Sorrideva, ma non sembrava convinto neanche lui.

Avrei voluto chiedergli perché era passato; non mi faceva piacere vederlo, non mi sembrava di avere spazio mentale da dedicargli.

Lui ha detto "Volevo sentire come stavi. L'ultima volta non è che ci siamo lasciati gran che".

"Eh, bene," gli ho detto, senza fare finta di essere cordiale. "E tu?"

"Così," ha detto lui. "Cerco casa, per adesso sto ancora al residence. I bambini se voglio vederli li porto al cinema o a mangiare un hamburger, la loro madre non vuole che io metta più piede a casa."

Aveva un'aria sciupata, appena sotto l'abbronzatura: sicurezze danneggiate, richieste di solidarietà. Gli ho detto "Non ti siedi?"; sono andato a prendere due lattine di birra dal frigo, gliene ho porta una.

Lui si è tolto il giubbotto, si è seduto su una poltrona con la birra in mano; guardava la confusione intorno, rimessa a posto solo in parte. Dopo qualche minuto ha detto "È che ti chiedi se ne valeva la pena, no? Finché ero lì mi sentivo talmente in galera, avevo solo voglia di scapparmene via. Sai, come uno studente che si lamenta della scuola, no? Che tanto sa che la scuola è lì e che resterà lì anche se lui si lamenta e fa il furbo eccetera? Poi invece di colpo non c'è più la scuola e non c'è più niente, ti trovi lì fuori in strada e non sai neanche più dove andare a dormire".

Facevo di sì con la testa con appena un accenno debole di sorriso, come se avessi qualche genere di prospettiva più lunga o più alta rispetto a lui solo perché la stessa cosa mi era successa tre anni prima. Pensavo che il senso di perdita che avevo dentro in quel momento non aveva a che fare con nessuna sicurezza andata o con nessun luogo apparentemente sicuro o nessun oggetto apparentemente mio.

Mio cugino ha alzato le spalle; ha detto "È che noi uomini facciamo tanto casino e diciamo tanto, e non riusciamo a prendere una decisione drammatica neanche se ci tirano con la corda al collo. Invece le donne stanno zitte e non ti fanno capire niente di quello che gli passa per la testa, e da un momento all'altro viene fuori che non c'è più niente da fare, non c'è più verso di farle tornare indietro."

"Ma non è sempre così," ho detto io, e speravo che non lo fosse. Ho detto "Dipende, credo".

Lui stava a testa bassa, ha lasciato cadere in verticale la lattina di birra vuota, l'ha guardata rimbalzare sul linoleum del pavimento. Anch'io avevo finito la mia, sono andato a prenderne altre due. Mi colpiva come il suo ritmo interiore era rallentato rispetto all'ultima volta, come i gesti sembravano fare molta più fatica a raggiungergli le mani.

Ha detto "È una specie di mal di mare cosmico, madonna. Mi mancano i bambini, ma anche gli oggetti, non so, anche le piccolissime cazzate. Mi fa quasi paura farmi la barba, nel residence. Mi guardo allo specchio di mattina, dico chi cazzo è questo qui? Dove va, adesso? Chi lo conosce?".

"Passa con il tempo," gli ho detto, e più parlavamo più mi sembrava assurdo fare il confortatore, con il vischio amaro di sentimenti che avevo dentro. Ho detto "Passa quasi del tutto, se trovi una che ti prende davvero".

Mio cugino ha dato uno sguardo radente allo studio, forse per vedere se c'erano tracce di una che mi aveva preso davvero. Ha detto "Manuela?".

"Eh," ho detto io. Ma invece avevo bisogno di parlarne, e il suo sguardo non mi sembrava geloso o competitivo; ho detto "L'altro giorno stavamo rimettendo a posto casa sua e parlavamo ed è diventata una specie di tigre ferita, da un momento all'altro. Non c'era più verso di farla ragionare o di avvicinarsi in nessun modo. Non voleva sentire niente, si era trasformata in un modo terribile".

"Ha un bel carattere," ha detto mio cugino. "Non è certo una tranquillina."

Ma non mi sembrava che il suo tono fosse adeguato allo sfacelo disperato dei miei sentimenti; gli ho detto "È finita. Ha detto che non mi vuole vedere mai più, e non era un modo di dire. Dovevi vedere lo sguardo che le era venuto".

Mio cugino ha detto "Madonna, ma di cosa parlavate?".

Mi sono alzato, ho detto "Forse ho sbagliato io. Forse l'ho attaccata troppo sul suo passato e sulla sua storia con Cerino. Ma è che se ci penso mi viene troppa rabbia che un porco vigliacco come lui se la sia giostrata per due anni e l'abbia quasi tirata pazza. Un verme specializzato nell'arte del ricatto e della sopraffazione".

"È un brutto tipo, su questo non ci sono dubbi," ha detto mio cugino. "Sgradevole come pochi."

"Ma è peggio che sgradevole," ho detto io, e mi sembrava strano provare un odio così fondo per uno che non avevo mai incontrato in vita mia. Ho detto "Sono sicuro che è colpa sua se Manuela adesso è così. Se è sempre sulla difensiva e sempre pronta a contrattaccare per difendersi. Se non riesce a rilassarsi e credere alle buone intenzioni di nessuno neanche per un attimo".

Mio cugino ha preso un sorso dalla lattina; ha detto "Dovresti averla conosciuta prima per dirlo. Chi lo sa com'era".

"Io lo so," ho detto. "Lo so quanto sarebbe ingenua e

aperta e anche semplice di fondo, se quel bastardo non l'avesse costretta a difendersi e stare in guardia così a lungo."

Lui ha alzato le sopracciglia, e ho pensato che probabilmente non era proprio la persona più obiettiva per parlare di Manuela dopo l'invito a vuoto nel mio studio, ma mi sembrava anche che la rottura della sua famiglia l'avesse portato oltre, in un territorio di relativo distacco dai giochi più meschini.

Ho detto "E il bastardo continua a starle alle costole. Le ha fatto buttare per aria la casa, l'hai visto, e ha mandato qualcuno a buttare per aria anche qua. E teneva due scagnozzi in macchina davanti al portone di Manuela, ne ho riempito uno di botte ma non sono riuscito a farlo parlare".

"Sta' attento, Leo," ha detto mio cugino, con una luce di preoccupazione negli occhi.

Gli ho detto "Ma non posso mica stare a guardare mentre questo verme minaccia Manuela e la spaventa e la fa pedinare. Io lo ammazzo".

"Guarda che si protegge bene, il signor Cerino," ha detto mio cugino. "Ha milleduecento tossici in tre comunità. Per ogni tossico che rieduca, lo stato italiano gli passa trecentomila lire al giorno. Se fai i conti e moltiplichi per milledue, sono trecentosessanta milioni al giorno, tre miliardi e sei ogni dieci giorni, dieci miliardi e ottocento milioni al mese. È per questo che li riempie di botte, se cercano di scappare. Più quello che gli danno le fondazioni private, e quello che guadagna vendendo i prodotti delle comunità. È un bel business, stai tranquillo che si protegge bene."

"Madonna," ho detto io. "Ma sei sicuro? Dieci miliardi al mese?" Non avevo ancora pensato a questo aspetto dei traffici di Cerino, al risultato materiale della sua opera di mistificazione e di ricatto.

"Mica male, no?" ha detto mio cugino. "Non ci sono molti allevamenti di polli che rendono così. Certo, hai le spese di organizzazione e di mantenimento, ma in compenso c'è tanta di quella manodopera a costo zero. E in più ci fai la figura del santo, cosa che con un allevamento di polli è difficile."

"Tu come le sai 'ste cose?" gli ho chiesto.

"Le so," ha detto mio cugino. "L'anno scorso ci hanno contattato per uno spot per il loro vino, e ci siamo visti con Cerino un paio di volte, e abbiamo raccolto un po' di informazioni per conto nostro. Alla fine hanno scelto un'altra agenzia."

"Ma nessuno dice niente?" ho detto io. "Nessuno controlla niente? Gli lasciano fare quello che vuole?"

Mio cugino ha finito la seconda birra, ha lasciato cadere la seconda lattina sul pavimento. Ha detto "Non ti credere che le cose in questo paese siano cambiate tanto, Leo. Anche se qualche capo ladrone se ne sta un po' defilato per il momento o addirittura deve mettersi fuori gioco. I giri continuano, stai tranquillo. C'è troppa gente che si è abituata ad avere troppi soldi ogni mese, stai tranquillo che ci si attacca con le unghie e coi denti, prima di mollarli. E se è solo questione di cambiare bandiera al momento giusto, quello non è un problema".

"Ma la gente è stufa marcia," ho detto io. "Nessuno è più disposto a tollerare niente. I tempi sono cambiati."

"Mah," ha detto mio cugino, con una faccia smussata dai dubbi. "Non lo so, Leo. Certo quelli più bruciati magari si tengono quieti almeno per il momento. Magari il signor Craxi se ne va a Parigi, o in Tunisia o al Cairo dove è più facile non avere l'estradizione e le guardie del corpo costano meno e con un migliaio di miliardi di lire da parte si può ancora vivere decentemente. Ma tutti gli altri cosa credi che fanno? Quelli che si sono sempre tenuti meno in vista anche se trafficavano come pazzi? Credi che se ne vanno in esilio?"

"Se si sono già fregati abbastanza soldi forse sì," ho detto io. "Se hanno già dei buoni conti in Svizzera. Chi glielo fa fare, di continuare a rischiare?"

Mio cugino è andato a prendere un'altra lattina di birra nel frigo, ed era l'ultima; ha bevuto un sorso e me l'ha porta, ci siamo seduti di nuovo tutti e due. Ha detto "Non ci sono mica solo i soldi, Leo. Guarda che il potere è una droga che non ce n'è mica tante. Dovresti vedere il signor Cerino nella sua comunità principale di Cuneo, quando cammina e gli ex tossici gli fanno ala e gli vanno dietro a scia. Dovresti vederlo quando tiene i suoi discorsetti la mattina, davanti a tutta la comunità radunata. O i suoi ritratti a olio che fa appendere in tutte le sale e salette. Avrà magari qualche rogna ogni tanto, ma ti assicuro che ne vale la pena".

E l'orrore mi aumentava man mano che il quadro diventava nitido; pensavo alla sproporzione di forze tra Cerino e Manuela nella loro storia, a come lui doveva averla tenuta prigioniera dei suoi giochi perversi di potere, al gusto che doveva aver provato a umiliare una donna così più dotata di lui. Ho detto "Ci credo che ha paura di farsi sputtanare da Manuela. Chissà quante storie sa su di lui".

"Anche di molto brutte, credo," ha detto mio cugino, con una specie di aria reticente.

"Molto brutte in che senso?" gli ho chiesto, attraversato da nuove onde di allarme.

"Be'," ha detto mio cugino; sembrava dibattuto tra voglia e non voglia di parlare. Ha detto "Anche la storia di Milesi, no?".

"Cos'è?" gli ho chiesto. "L'ha fatto ammazzare lui?": ridevo, quasi.

Mio cugino non ha riso affatto, né sorriso, muoveva appena la testa e si mordicchiava il labbro di sotto. Ha detto "E poi ha avuto un così bel martire, per farsi propaganda. Sono voci, non so".

Siamo rimasti zitti qualche secondo, sembrava di essere in una stanza sotto vuoto spinto.

Ho detto "Ma lo ficcheranno in galera, prima o poi, no? Verrà fuori qualcosa, prima o poi?".

"Chi lo sa," ha detto mio cugino. "Forse no."

"La gente sta in campana, ormai," ho detto io. "Sta attenta. Tutti i giochi sporchi stanno venendo fuori, ormai." Mi sono alzato di nuovo, la rabbia mi faceva girare il sangue così veloce che mi sembrava di soffocare.

Mio cugino ha detto "La gente starà anche attenta, ma sta attenta alla televisione. Sarà anche vero che in questo paese c'è una specie di rivoluzione, ma certo è la prima rivoluzione di telespettatori nella storia. È solo una questione di cambiamento di indici di gradimento, alla fine. Abbiamo guardato gli stessi programmi per anni e a un certo punto qualche personaggio non piaceva più, o magari un'intera categoria di personaggi ci era diventata insopportabile. O magari erano proprio le regole dello show a disgustarci. Ma cos'è successo? Hai visto davvero molta gente nelle strade a protestare? Qualcuno che ha fatto qualcosa di concreto, a parte i giudici che hanno avviato le inchieste? Tutto quello che abbiamo fatto è stato mandare impulsi con il telecomando per dire che eravamo stufi delle vecchie facce e dei vecchi modi di fare, poi siamo rimasti lì davanti allo schermo ad aspettare che mandassero in onda qualche faccia nuova e qualche show più decente. Sai che paura gli fai a uno come Mimmo Cerino, se te ne stai attaccato al tuo Sony trinitron a pensare quanto ti fa schifo".

Camminavo avanti e indietro per lo studio, e mio cugino mi seguiva con lo sguardo, e la rabbia e il senso di oltraggio retrospettivo e il desiderio di vendetta continuavano a inseguirmisi dentro, resi ancora più aspri dall'idea di avere litigato forse in modo irreparabile con Manuela, dal senso di perdita e dal senso di irrimediabilità che provavo solo a pensare a lei. Ho detto "Ma io non ho nessuna voglia di stare a guardare. Io ho voglia di fare qualcosa. Beccarlo e dirgli di lasciare in pace Manuela, per lo meno".

"E dove lo becchi?" ha detto mio cugino.

"Andrà pure a dormire, no?" ho detto io. "Avrà pure un cavolo di camera da letto, in una delle sue comunità." Mi vedevo già di notte sulle colline di Cuneo: a saltare oltre una recinzione e scivolare tra cespugli verso la casa di Cerino; entrare dalla finestra.

Mio cugino ha detto "Nelle comunità non gli arrivi neanche a duecento metri, se non sei invitato. Ti fermano prima. E poi non è mica sempre lì. Gran parte del tempo se ne sta a Milano, ormai. Ha una casa. Si è comprato tutto un palazzo, l'ha rimesso a posto quasi gratis con i suoi ex tossici. È lì che stava con Manuela".

"Dove?" gli ho chiesto, senza più riuscire a pensare ad altro. "Dimmi l'indirizzo."

"Perché, cosa vorresti fare?" ha detto mio cugino, con la voce rallentata dalla cautela e la preoccupazione.

"Niente," ho detto io, e facevo fatica a non dirgli cosa avrei voluto fare. "Gli scrivo. Gli dico di smetterla di perseguitare Manuela, soltanto."

Lui mi guardava come se avesse qualche genere di responsabilità su di me, gli era tornato in parte l'atteggiamento di quando ci vedevamo mesi prima.

Gli ho detto "Dimmelo. Per piacere. Cosa dovrei, stare a guardare mentre questo porco minaccia Manuela? Gli dico solo di smetterla". Avevo una voce incalzante, ma ero pieno di nuove preoccupazioni per lei: me la vedevo inseguita sotto i portici di Ferrara, la porta della sua camera d'albergo buttata giù; la vedevo vicina al telefono piena di paura ma troppo ostinata e offesa e orgogliosa per chiamarmi.

Mio cugino mi ha guardato ancora, e il suo sguardo in realtà era ben diverso da quello di mesi prima, non riuscivo più a vederci nessuna sicurezza. Alla fine ha detto "Va be'. Ma mi giuri che non fai cazzate"; mi ha dato l'indirizzo di Cerino a Milano.

Camminavo avanti e indietro nel mio studio con il cuore che mi batteva veloce

Camminavo avanti e indietro nel mio studio con il cuore che mi batteva veloce, le gambe elettriche e le mani che mi facevano male dalla voglia di stringerle intorno al collo di Mimmo Cerino. Non riuscivo a fare nessun ragionamento lineare, riuscivo solo a vedere la sua brutta faccia come l'avevo vista alla televisione e nelle foto di Manuela: il suo brutto sguardo torbido dietro le lenti degli occhiali mentre veniva ad aprirmi la porta.

Riuscivo a vedere il suo modo di muoversi sciatto e incurante e compiaciuto e carico di aggressività latente, di chi è abituato a prevaricare sugli altri al riparo dal mondo e senza rischi. Riuscivo a sentire la sua voce come me la ricordavo dalla televisione: il timbro aspro e senza colore di chi riesce a ricavarne vantaggi dalle cose senza smettere tutto il tempo di criticarle e di mostrarsene superiore. Riuscivo a sentire il suo cinismo sordo come si può sentire il fegato di un pescecane aperto su un banco di pescheria: la consistenza molle e viscida e resistente di chi nasconde i sentimenti più squallidi sotto una pelle di finti ideali.

Riuscivo a vedere Manuela che si faceva lacerare dai suoi denti aguzzi; che cercava di affrontarlo nel modo diretto e aperto e vulnerabile con cui affrontava tutto nella vita. Riuscivo a vederla ferita e ossessionata e tenuta prigioniera e ricattata e perseguitata, costretta a difendersi e a contrattaccare in una lotta troppo sleale già vinta da lui in partenza. Vedevo le braccia di Manuela: gli avambracci lisci e i polsi flessibili, le mani dalle dita lunghe con i polpastrelli larghi per l'abitudine alle corde dell'arpa. Vedevo il suo modo di stare in piedi e di camminare e di girare la testa, il suo modo di sorridere e di stare in attesa; la sua natura di strumento molto sensibile che prevaleva a tratti sui suoi giudizi così chiari; il gioco di istinti e di riflessioni che la portava anche a mettersi in pericolo di fronte alla vita. La vedevo lontana e fuori portata, che guardava i miei gesti senza capirli e si spaventava della mia attenzione e perdeva il filo dei pensieri e l'equilibrio dei movimenti per cercare di difendersi dalla parte sbagliata. Vedevo Cerino che alzava il telefono per farle sentire di nuovo la sua voce di plagiatore e di persecutore; che di nuovo giocava sui toni e sugli atteggiamenti per arrivare a ferirla e riprendere controllo su di lei.

Poi queste immagini sono diventate rapide e definite al punto che non potevo più restare confinato nello spazio ingombro e vuoto del mio studio: ho preso la giacca e sono corso fuori, il sangue mi scottava nelle vene.

Ho guidato come un pazzo attraverso la città, ogni tanto guardavo lo stradario a un incrocio per capire come arrivare alla via di Cerino. Non avevo nessun piano, non sapevo nemmeno cosa avrei fatto; sapevo quanto era poco probabile trovarlo. Ma volevo almeno vedere dove abitava, dare un'immagine alla sua tana e sapere che prima o poi avrei potuto raggiungerlo. Non mi ricordavo quasi di cambiare marcia, tanto ero travolto dalla rabbia e dall'impazienza e da altri sentimenti opachi; schiacciavo l'acceleratore e il freno, mandavo il motore fuori giri.

Alla fine sono arrivato alla via che mi aveva detto mio cugino, in un quartiere ex popolare che si era riempito negli ultimi anni di negozi di antiquari e ristoranti e bar alla moda. Ho lasciato la macchina nel primo spazio che ho trovato lungo il marciapiede, camminavo e leggevo i numeri civici uno dopo l'altro con il cuore che mi batteva ancora più veloce e un'impazienza ancora più divorante nel sangue. Cercavo di muovermi in modo normale, ma non mi sembrava di riuscirci: mi guardavo intorno a scatti, acceleravo e rallentavo senza nessuna fluidità.

Mi sono fermato al numero che aveva detto mio cugino, davanti al portone ben verniciato di verde; sono stato qualche minuto a guardare la facciata color giallo milanese. Cercavo di immaginarmi un modo per entrare e arrivare fino all'appartamento di Cerino, ma non riuscivo a stabilizzare i miei pensieri abbastanza a lungo, avevo il cuore avvelenato all'idea che Manuela fosse entrata e uscita di lì per due anni. Pensavo alla parte d'ombra nei suoi sentimenti, al fondo incontrollabile delle emozioni che lei aveva dentro e mi si comunicavano quando facevamo l'amore; agli istinti di predazione e di possesso che scavalcavano le mie attitudini razionali quando ero con lei. Cercavo di capire perché ero così più interessato a lei che alle altre donne che avevo conosciuto; se era la sua capacità di comunicare con il suo inconscio ad attrarmi, la sua capacità di saltare il filtro delle parole e delle spiegazioni pronte, il suo modo di essere disposta a rischiare pur di scoprire qualcosa. Mi veniva in mente quando parlava del suo percorso, e mi chiedevo perché il suo percorso aveva dovuto portarla a quel portone, perché non mi era capitato di incontrarla prima.

C'erano una decina di targhette sul citofono, due con scritto "Nuova Via" a caratteri stampati, le altre solo con numeri. Ho esitato se premere tutti i tasti e provare a inventare una scusa; ma ho provato prima a spingere il portone, ed era aperto.

Sono entrato rapido, passato sotto l'androne, nel cortile ex popolare rimesso a nuovo e ornato di fioriere su tutti i ballatoi e vasi di bambù ai quattro lati e perfino una brutta scultura di bronzo al centro. Camminavo raso a un muro, con i muscoli contratti, gli occhi e le orecchie tesi a raccogliere il minimo suono o movimento. Mi sembrava di attraversare la scena di un delitto, troppo tardi per fare qualcosa di davvero utile ma non troppo tardi per vendicare Manuela o vendicare i miei sentimenti o almeno ristabilire un equilibrio di giusto e sbagliato.

Guardavo in alto i ballatoi ex popolari illuminati nel pomeriggio di nebbia dalle luci gialle di faretti leziosi, con tralicciati per piante rampicanti dove un tempo erano stati appesi i panni ad asciugare, su verso l'ultimo piano dov'era l'appartamento di Cerino e dove Manuela era stata chiusa per due anni. Pensavo ai suoi sentimenti e al suo corpo abusati, a come era stata convinta dalla sua analista e dal mondo a considerare i soprusi e le violenze di Cerino una parte necessaria della sua ricerca di identità. Sono andato verso l'ascensore nella sua gabbia di ferro verniciata di verde in tinta con il portone e con le finestre, ho fatto per salirci e invece sono andato su a piedi per le scale di pietra grigia, così carico di desideri di vendetta che avrei potuto fare a pezzi Mimmo Cerino con le mie mani, non mi sembrava di avere bisogno di nessuna arma.

Cercavo di immaginarmi se era in casa, e chi sarebbe venuto ad aprire: se uno dei suoi ex tossici disposti a fare i kamikaze per lui, o qualche ragazza che aveva preso il posto di Manuela, o lui. Cercavo di immaginarmi come avrebbe reagito se fosse venuto lui alla porta: mi immaginavo la violenza dell'impatto, i colpi e i punti dove darli. Lungo la strada mi erano venute in mente frasi da dirgli prima, ma adesso non avevo più nessuna voglia di parlare, avevo solo voglia di guardarlo in faccia e ruotare il busto più veloce che potevo e dargli un colpo di gomito a lato del collo, dargli un calcio in mezzo allo stomaco con tutta la forza che avevo e farlo volare all'indietro e inchiodarlo a terra.

E a ogni gradino pensavo a quando li aveva saliti o discesi Manuela con tutte le sue emozioni incrinate. Era un pensiero freddo e tagliente come una lama, e ci si rifletteva l'idea che in tutto lo schifo di Mimmo Cerino ci fosse stato qualcosa che l'aveva attratta. Era questa l'immagine più intollerabile: la giovane arpista romantica e delusa dalla vita che si lasciava risucchiare dalla sporcizia e dal rumore più bassi che aveva intorno, dopo aver vissuto filtrata e schermata nel mondo fuori dal mondo della musica classica fino a quel momento. Mi ricordavo quando mi aveva detto "Sono precipitata nel mondo da un momento all'altro, con tutta la violenza possibile". Pensavo alla sua vita con il marchese debole e ipocrita e narciso, a come l'aggressività bestiale e ricattatoria di Cerino doveva averla affascinata e forse anche soggiogata all'inizio: a quanto forte doveva essere stato l'impatto sulla sua sensibilità estrema; ai danni che doveva avere prodotto. Pensavo alla psicanalista che era stata ad ascoltarla e incoraggiarla nella ricerca dell'oscuro, eccitata come una guardona seduta con il culo pesante nella sua poltrona. Mi immaginavo le volgarità che Cerino doveva avere detto a Manuela, e le volgarità di cui l'aveva resa partecipe; il compiacimento che doveva aver provato nel trascinarla a forza fuori dalla sua vita riparata, nello sconvolgere e scardinare il suo equilibrio di artista delicata e intensa. Pensavo all'energia e all'attenzione che era riuscito a strapparle, a come l'aveva distolta dal suo lavoro e dalle sicurezze fragili che si era costruita da sola nel tempo. Pensavo agli impulsi oscuri che l'avevano portata a fare la vittima in quella casa; alle frustrazioni nella sua famiglia, l'educazione cattolica di sua madre e l'assenza di suo padre, l'egoismo di suo fratello maggiore che le aveva occupato la vita in ogni angolo per poi andarsene di colpo e lasciarla sola.

Pensavo a tutto questo mentre salivo i gradini più silenzioso che potevo, e a ogni rampa il mio desiderio di vendetta era aumentato di dieci volte ancora, al terzo piano mi sembrava che avrei potuto strappare una grata o piegare una sbarra di ferro con le mani, sfondare la più resistente delle porte blindate come se fosse fatta di cartone.

Poi sono arrivato all'ultimo piano, e ho fatto un piccolo tratto di ballatoio come mi aveva detto mio cugino, e a quel punto il cuore aveva quasi smesso di battermi, mi sembrava di camminare su un tapis roulant o in un sogno, non sentivo i miei passi ma scivolavo avanti senza nessuna fatica muscolare apparente. E c'era luce dalle finestre che mi aveva descritto mio cugino.

Sono stato fermo di fianco alla porta, appiattito contro il muro. Cercavo di recuperare i battiti del cuore, guardavo ai due lati e guardavo sotto nel cortile, cercavo di tenere d'occhio i possibili movimenti sui ballatoi e dietro le finestre. Certo non era la porta ideale dove entrare senza essere visti, esposta agli altri tre lati del cortile com'era, ma mi tenevo piatto contro il muro ed ero vestito di nero; e non mi preoccupavo nemmeno tanto, avevo troppa voglia di entrare da Cerino e tirare fuori tutta la rabbia che avevo accumulata contro di lui.

Così mi sono staccato dal muro, incerto ancora su come suonare il campanello, cosa fare con chi veniva ad aprirmi.

C'era musica che filtrava attraverso la porta; mi immaginavo Cerino sul suo divano o sulla sua poltrona preferita, con a fianco la sua donna-vittima preferita o due o tre dei suoi discepoli-kamikaze preferiti, immerso fino al collo nel compiacimento di se stesso che lo rendeva indifferente forse anche di fronte alla sorpresa di me che entravo per ammazzarlo.

Ma la porta era aperta, si è spalancata appena ho appoggiato la mano sul pomolo di ottone. Sono entrato senza più pensare a niente, silenzioso e fluido come un assassino, senza quasi sentire il battito del mio cuore. La musica usciva a basso volume da uno stereo, ed era musica d'arpa, si diffondeva nel soggiorno largo e lungo pieno di mobili firmati e tappeti persiani e scaffali di metallo carichi di libri e quotidiani e riviste sparsi dappertutto. C'era un odore acido e penetrante, da tana di iena o di sciacallo, mescolato a odore di vernice e di polvere in un modo che mi prendeva alla gola. Sono andato avanti, e mi sembrava di avere una familiarità strana con i miei gesti e anche con le mie intenzioni lì dentro, ero stupito di quanto ero calmo adesso.

Ho attraversato il soggiorno con il passo più leggero che mi veniva, e il poco rumore che facevo sul parquet era smorzato dalla musica d'arpa che usciva dallo stereo, e mi sembrava di riconoscere nelle note liquide il tocco di Manuela, era una strana musica fatta di cerchi e spirali di suoni, fuori dai confini di una partitura scritta, e non c'entrava niente con l'arredamento e con i tappeti e con i libri sugli scaffali, sembrava prigioniera in quello spazio come doveva esserlo stata lei.

Sono passato oltre una porta aperta in fondo al soggiorno che dava in una stanza da dove partiva una scala di legno, e ancora non sentivo rumori né voci dal resto della casa, e l'odore acido da tana di iena era ancora più intenso, mi riempiva di nuovo disgusto e nuova rabbia omicida, e ho guardato in alto con tutti i muscoli tesi per salire la scala più rapido e silenzioso che potevo e piombare addosso a Cerino qualunque cosa stesse facendo, e invece ho visto Cerino impiccato.

Non ho capito subito che era impiccato, e nemmeno che era lui, perché la luce era bassa e non c'era nessun rumore e mi muovevo come in un film senza colonna sonora diretta. Ma ho visto una figura appesa a lato della scala come un sacco, con un maglione di lana grossa e calzoni di velluto a coste, e l'odore acido di iena mi ha preso alla gola con un'intensità insostenibile, e ho riconosciuto i lineamenti contratti della faccia di Cerino e visto la corda che aveva stretta intorno al collo fissata a doppio giro al corrimano della scala; e c'era vomito sul pavimento, maccheroni quasi interi e pezzi di pomodori e forse vino o liquido rossastro non ancora rappreso.

È venuto da vomitare anche a me, ho vomitato a pochi centimetri dal suo vomito senza neanche il tempo di avere dei pensieri in testa. Poi mi sono avvicinato a vedere meglio, e avevo la pelle accapponata e lo stomaco scosso e un senso di freddo interiore che non avevo mai provato prima eppure mi evocava di nuovo una strana familiarità lontana. Ho guardato la faccia contratta e livida di Cerino, i brutti occhi borsati e cerchiati di linee che avevo visto alla televisione e nelle foto di Manuela, il brutto corpo pesante da sopraffattore insaccato e sospeso alla fune con un ciondolio appena percettibile; i suoi occhiali dalla montatura d'osso caduti nel vomito. Non riuscivo a riconoscere dentro di me nessun sentimento, mi sembrava di riuscire solo a registrare dei dati di fatto così com'erano, senza essere sicuro della loro vera natura o del loro significato.

Poi una fretta inarrestabile mi si è accorciata dentro come un elastico teso all'estremo che torna di colpo alla sua lunghezza: sono corso attraverso il soggiorno e fuori dalla porta sul ballatoio, giù per le scale quattro gradini alla volta senza preoccuparmi del rumore che facevo o delle porte che mi sembrava si aprissero o dei possibili sguardi dalle finestre o dagli altri ballatoi o dal cortile, fuori in strada come se volassi.

Sono arrivato a Ferrara verso le sette di sera

Sono arrivato a Ferrara verso le sette di sera, e mi sembrava di essere rimasto imprigionato sul sedile per giorni interi, non ne potevo più del riscaldamento e dei vetri chiusi e della musica sullo stereo e delle vibrazioni meccaniche per chilometri e chilometri di paesaggio quasi invisibile.

Ho girato a piedi l'angolo del teatro, sono entrato dall'arco che portava all'ingresso degli artisti, ho attraversato il breve cortile. Ma la porta di metallo in fondo al cortile era chiusa; ho suonato il citofono, una brutta voce gracchiante ha chiesto "Chi è?".

"Leo Cernitori," ho detto io. "Devo vedere Manuela Duini."

"Sta provando," ha detto la voce; e non mi ha aperto, la porta di metallo è rimasta chiusa sbarrata.

Ho girato di nuovo l'angolo e sono entrato in un bar, ho provato a telefonare al teatro per chiedere di Manuela. Avevo bisogno di sentirla, anche se mi odiava e davvero non voleva vedermi mai più; avevo bisogno di parlarle e dirle di Cerino e provare almeno a spiegarle i miei sentimenti per lei. Ma il centralino non rispondeva: ho lasciato suonare cinque minuti, desolato come poche volte in vita mia; le voci e le risate degli avventori e il fumo delle loro sigarette mi facevano venire una vera nausea da vuoto.

Sono andato in giro a piedi sotto i portici, e guardavo le finestre e i vecchi portoni delle case, cercavo di immaginarmi come doveva essere vivere in una città così più tranquilla e controllata di quelle che conoscevo. Guardavo le vetrine dei negozi di vestiti e di mobili e di elettrodomestici, le vetrine delle pelletterie e delle farmacie e dei negozi di cibi, ben illuminate e ricolme com'erano di tutto quello che può servire all'esistenza di una famiglia ordinata e serena. Guardavo le giovani madri con le carrozzine, e i ragazzi e le ragazze davanti ai bar, e le coppie che camminavano sottobraccio, e anche se passavo a pochi centimetri da loro mi sembrava di vederli da una distanza enorme, come un alieno davanti a un telescopio che riesce a ingrandire ogni minimo dettaglio di un altro mondo senza per questo permettergli di toccarlo.

Poi i negozianti hanno cominciato a spegnere le vetrine e tirare giù le serrande una dopo l'altra, e le luci si sono ridotte e le persone lungo i marciapiedi sono sparite verso le loro case, i suoni si sono rarefatti e la nebbia è diventata più densa. Avevo freddo alla schiena e mi facevano male le gambe; mi chiedevo se Manuela aveva voglia di vedermi, se era stata lei a dire di non farmi salire. Mi veniva in mente Cerino come l'avevo trovato, e la musica d'arpa sullo stereo mentre attraversavo la sua casa; mi chiedevo che effetto avrebbe avuto la sua fine su Manuela, se sarebbe stata una liberazione o avrebbe reso definitiva la nostra rottura. Avevo una voglia terribile di vederla, mi sembrava di perdere forza con ogni minuto che passava.

Sono tornato al bar di fianco al teatro, ma neanche al caldo e al riparo riuscivo a sottrarmi alla desolazione; poi mentre stavo per ordinare qualcosa ho visto Manuela che arrivava sotto i portici con Priore il direttore d'orchestra e due o tre altre persone.

Priore le ha aperto la porta a vetri, stava facendo ridere lei e gli altri del gruppetto, tutto preso nel suo ruolo e nei suoi sorrisi e ammiccamenti e rotazioni del busto lungo, passi scivolati sulle gambe corte. Manuela lo ascoltava e rideva e girava la testa nel suo modo elegante e naturale, gli stava di fianco come una gazzella di fianco a un pony tenuto in grande considerazione.

Mi ha visto solo quando è stata a pochi passi da me: la faccia che le si è illuminata di sorpresa, e non capivo che altri sentimenti c'erano nel suo sguardo ma non mi sembrava di vedere la distanza terribile di quando avevamo litigato a casa sua. Le ho stretto la mano, anche se avrei voluto abbracciarla e baciarla e trascinarla via; le ho chiesto "Come va?", anche se avrei avuto mille altre cose da chiederle.

Lei ha detto "Abbiamo la prova generale tra mezz'ora". Stava in bilico tra me e gli altri, viva e sensibile e ben pettinata, con un cappotto grigio sopra un completo elegante di giacchetta e pantaloni. Mi ha presentato a Priore e agli altri; loro mi hanno stretto debolmente la mano, senza il minimo interesse per uno sconosciuto che non aveva niente a che fare con il lavoro in cui erano immersi. Priore in particolare non mi ha quasi guardato, si è girato dall'altra parte a stringere per il braccio una tedesca giovane e pallida, farla ridere con qualche battuta soffiata all'orecchio.

E non avevo voglia di stare lì chiuso con loro per mezz'ora; ho detto a Manuela "Non possiamo andare da qualche altra parte io e te?". Lei si è guardata intorno, mi ha fatto cenno di sì. È andata a dirlo a Priore; Priore ha fatto un piccolo gesto di saluto, finto distratto e finto cordiale.

Fuori abbiamo seguito i portici per un tratto, e ancora facevo fatica a toccarla o dirle qualcosa. Le ho posato una mano su un fianco e l'ho tolta subito, sentivo la tensione delle cose dette e non dette come una corrente elettrica tra noi. Abbiamo attraversato la piazza senza parlare, siamo entrati in un vecchio bar pasticceria tutto specchi e ottoni e vecchi legni ben curati.

Dentro c'erano solo due o tre ferraresi che sorseggiavano aperitivi davanti al bancone e parlavano tra loro senza fretta in attesa di andare a cena; ci siamo seduti a un tavolino d'angolo, abbiamo ordinato qualche tartina e due punch al mandarino per tirarci su. Ci guardavamo negli occhi e guardavamo di lato, seduti uno di fronte all'altra, stavamo zitti. Alla fine Manuela ha acceso una sigaretta, ha detto "Perché non mi hai telefonato?". Ha soffiato fuori il fumo, con uno sguardo misto di domanda e di sfida, muoveva le gambe nervose sotto il tavolino.

"Mi hai cacciato di casa tua così piena di odio," ho detto io. "Pensavo che non ci saremmo visti mai più." Il cameriere ci ha portato i bicchierini con il punch ma era ancora troppo caldo per berlo; tenevo una mano sul tavolino e non sapevo se avvicinarla a quella di Manuela o no, non sapevo se ci sarei riuscito, anche a volerlo.

"E non ti dispiaceva per niente?" ha chiesto lei: la sfida nel suo sguardo sempre più esile, la luce di richiesta sempre più scoperta.

"Sì che mi dispiaceva," le ho detto; poi le ho toccato una mano e sono scivolato verso di lei come se precipitassi, l'ho abbracciata e stretta più forte che potevo, baciata sui capelli e sulla fronte e dappertutto. Ho detto "Mi dispiaceva da morire. Ero paralizzato dal dispiacere, se vuoi saperlo".

Lei mi respirava contro, ha detto "Anche a me". Si è asciugata qualche lacrima agli angoli degli occhi con due dita; ha detto "Ma eri così spietato. Mi avevi così distrutta con i tuoi giudizi".

"Eri tu spietata," le ho detto. "Io stavo solo cercando di capirti. Cercavo di capire perché sei come sei."

Il cameriere ci ha portato le tartine e alcuni piccoli panini a pasta semidolce ripieni di prosciutto e acciughe sott'olio; ce li siamo mangiati con una voracità da lupi, di nuovo senza parlarci, tutti sguardi e movimenti di mandibole.

Dopo almeno cinque minuti le ho chiesto "Cosa pensi di fare poi? Quando avrai finito le repliche dell'opera?". Avrei voluto dirle di Cerino, ma non mi sembrava il momento, ero io che volevo sapere delle cose da lei.

"Voglio andare via," ha detto Manuela. "In qualche posto di mare caldo e pieno di luce dove si può stare nudi tutto il tempo. Non ne posso più di questa galera, sono stufa di stare sulle corde."

"Da sola?" le ho chiesto, perché non riuscivo a capirlo dal suo tono.

"Anche con te, se vuoi," ha detto lei. E non c'erano resistenze o filtri nel suo sguardo; mi ha stretto un braccio, si è avvicinata ancora a strofinare la testa contro la mia spalla, premermi addosso. Ha detto "Mi sei mancato tanto, Leo. Dov'eri, porca miseria? Tutte le volte che mi sembrava di essere una specie di pazza fissata che pretende chissà cosa dalla vita? Tutte le volte che mi sono sentita fuori luogo e fuori tempo?".

"Dov'eri tu?" le ho chiesto io, senza più ancoraggi ormai. "Quando morivo di noia e di chiuso e di vuoto e di semplice mancanza di slancio?"

Ci abbracciavamo nel vecchio bar ferrarese di legno e ottone, felici delle nostre consistenze e della temperatura e dello spazio protetto e dei pensieri che passavano tra noi come in una comunicazione telepatica, e mi sembrava impossibile avere litigato in modo così selvaggio solo due giorni prima. Mi sembrava impossibile che lei mi fosse mai stata così ostile; che il suo rancore mi si fosse comunicato al punto di aprire un vero abisso. Non ci pensavo molto; mi veniva in mente solo a frammenti, come un brutto sogno raccontato da un altro, mi faceva apprezzare ancora più l'onda calda delle sensazioni che mi venivano incontro.

Poi Manuela mi ha guardato l'orologio al polso, ha detto "Io devo andare, cominciamo tra cinque minuti". E mi sono reso conto che l'eccitazione per l'idea di dover suonare non l'aveva mai lasciata, le correva in ogni gesto e in ogni tratto della faccia, le faceva passare luci diverse negli occhi come se ci si potesse vedere la musica in trasparenza. Ma non voleva tenermene fuori: non si è staccata da me mentre andavamo verso l'uscita, ha detto "Vieni dentro a sentire, eh? Ti trovo un palco dove ti puoi mettere, così poi mi dici se ho fatto schifo".

Ancora non le ho detto niente di Cerino morto, non volevo aggiungere un altro motivo di agitazione subito prima della prova generale. Mi sembrava di avere così poco controllo sulla sua vita in ogni caso: camminavo sottobraccio a lei e misuravo il mio passo sul suo, finto rilassato come una guardia del corpo che deve dissimulare il suo lavoro.

Manuela ha detto "Madonna, sono quattro mesi che non faccio un concerto", guardava dritto davanti.

"Non ti agitare," le ho detto, agitato com'ero. "Sei la migliore di tutti, vai tranquilla."

Lei non mi ascoltava quasi; ha detto "È che faccio così fatica a entrare nello spirito, ormai".

Invece man mano che ci avvicinavamo al teatro riusciva sempre meno a concentrarsi su di me, anche se mi teneva stretta la mano: potevo sentire le sue due parti distinte che le lottavano dentro, e la prima aveva un'intera struttura architettonica e decine di altre persone a convogliarla, la seconda aveva solo me che la seguivo cercando di misurare il mio passo sul suo.

Poi siamo arrivati al teatro, Manuela ha suonato il citofono, detto il suo nome; da sopra hanno sbloccato la porta che mi aveva chiuso fuori quando ero solo. Di sopra lungo i corridoi l'animazione era raddoppiata rispetto a qualche giorno prima: i tecnici e gli assistenti e i coristi e le ballerine andavano avanti e indietro pieni di richieste, ognuno alla ricerca di qualcun altro o di qualcosa, ansiosi di ascolto o di spiegazioni o di oggetti. I cantanti venivano fuori dai camerini e dalle sale trucco nei loro costumi ormai quasi completi, si tiravano dietro piccole scie sovreccitate di assistenti costumiste e truccatrici; facevano esercizi di respirazione e di concentrazione, guardavano il pavimento e gonfiavano il petto, con le loro andature di animali da cortile.

Passavo tra loro con Manuela, vicino a lei e anche escluso dal gioco, e mi colpiva come le molte tensioni individuali rientravano in una tensione collettiva e la alimentavano e la percorrevano di intensità diverse; e come anche lei era parte del clima generale, come cercava di tenersene fuori e ne era attratta con una specie di forza inevitabile. Se ne rendeva conto e ne era sgomenta e cercava di reagire prendendo distanza, mi diceva "La vedi, l'isteria?"; diceva "Sono convinti di essere al centro del mondo"; diceva "Ti rendi conto che tra poco siamo nel Duemila, cazzo?".

Mi ha accompagnato per un passaggio inclinato che portava a un corridoio su cui si affacciavano le porte dei palchi, me ne ha aperta una. Era un palco laterale a poca distanza dal palcoscenico, ovattato come una bomboniera con i suoi stucchi dorati e le poltroncine e i divanetti foderati di velluto rosso cupo. Manuela ha detto "Siediti"; mi si è seduta di fronte per un attimo e guardava il palcoscenico e la buca dell'orchestra dove qualche violoncellista e qualche violinista e oboista stavano già cominciando a prendere posto. Ha detto "Che bello che sei qua. Non ho mai avuto nessun uomo che mi seguiva sul lavoro. Sono sempre state due cose così separate, madonna".

Ma potevo sentire la tensione per il suo lavoro che continuava a crescerle dentro, per quanto fosse contenta di avermi lì; le ho detto "Forse è meglio che vai".

Lei ha alzato le spalle come per dire lasciali aspettare, ma guardava a intervalli brevi i suoi colleghi nella fossa dell'orchestra; dopo pochi secondi si è alzata, ha detto "Vado".

Sono rimasto lì nel palco ad aspettare, fermo sulla mia poltrona come un clandestino: guardavo gli ultimi movimenti frenetici dei macchinisti e dei tecnici sul palco, i gesti concitati tra il regista e lo scenografo, l'arrivo degli orchestrali ai loro posti. Anche Manuela si è sistemata all'arpa, l'ha tirata a sé con il movimento fluido e naturale che mi ricordavo bene da quando l'avevo fotografata, ha controllato l'accordatura. Anche tutti gli archi si sono messi ad accordare, producevano una specie di frinio da grossi insetti che saliva nello spazio tondo del teatro o lo faceva entrare in risonanza.

Poi è arrivato Priore, con un golfino di cachemire giallo sulle spalle, molle e quasi disarticolato di movimenti; si è seduto sullo sgabello del direttore e ha scambiato qualche parola con gli orchestrali e ha dato l'attacco, tutta l'orchestra è partita insieme. Era strano ascoltarla dal palco nel teatro vuoto, sentire la sala che conteneva il suono e gli dava risalto e vibrava come una grande scatola armonica di legno e stucco studiata e costruita per quello scopo un secolo prima. Sembrava davvero un mondo fuori dal mondo come diceva Manuela, ma era anche un mondo complesso e affascinante, fatto di volumi e colori e densità e spessori in continua variazione. Guardavo Manuela nella buca dell'orchestra, trascinata dall'onda di suoni prima ancora di toccare la sua arpa difficile da sentire tra gli altri strumenti. Guardavo i movimenti da grilli ben coordinati degli archi e dei fiati e delle percussioni, gli sguardi che dagli spartiti sui leggii correvano ai gesti di Priore sul podio. Priore percorreva il suo repertorio di gesti da direttore, fatto di slanci delle braccia e scuotimenti dei capelli, impennate focose e improvvisi cenni di zittimento con un dito sulle labbra. Mi venivano in mente i discorsi di Manuela su come era più facile dirigere che suonare, e su come lo stesso senza un direttore anche i più bravi suonatori avevano dei problemi; su come lei aveva bisogno di un guru o di una guida artistica per lo meno; su come oscillava di continuo tra la disciplina del suo lavoro e gli impulsi selvatici che la attraversano di continuo.

Dopo l'ouverture sono arrivati i cantanti, con movimenti orizzontali da esseri a due sole dimensioni anche se erano quasi tutti ben grassi e tondi, hanno preso le loro postazioni sul palcoscenico e hanno cominciato a immettere aria nei polmoni ed emettere le loro voci in frasi comprensibili solo a tratti. Gonfiavano il petto verso la platea, dritti e rigidi come se avessero le vertebre del collo e quelle del bacino saldate, slanciavano fuori i suoni a colpi di diaframma e contrazioni dei muscoli addominali, li sostenevano con i muscoli del torace e del collo, attenti a non offrire mai il fianco o la schiena. Avevano tra loro una relazione parallela, più che di contatto, anche quando si gridavano interrogativi o accuse a squarciagola; e con il teatro una relazione verticale da alghe o attinie o pomodori di mare, tra le luci sopra le loro teste e le tavole del palcoscenico sotto i loro piedi, quasi incapaci di toccare o assorbire o raccogliere niente davanti o di fianco o dietro di sé. Cantavano con le loro voci spinte e aspirate e trascinate a tunnel e scoppiettate a mitraglia, vestiti come clown o vecchi manichini colorati nella scenografia mezza seria e mezza ironica, e l'orchestra li sosteneva con la sua onda sonora in continua variazione, compatta e melanconica e zuccherosa e insistente e rapida e rallentata e incalzante e minacciosa come un mare sotto controllo ma non per questo del tutto controllabile.

Poi l'orchestra si è zittita a un gesto di Priore, e le note dell'arpa di Manuela sono venute fuori da sole nel più strano e improvviso vuoto acustico. Erano gli stessi arpeggi che mi aveva fatto sentire con tanta facilità ironica e insofferente nel mio studio, ma adesso acquistavano una tensione precaria da gioco di equilibrio senza rete. La ascoltavo dal mio palco con il fiato sospeso, e mi sembrava di percepire la calibratura di sforzo con cui toccava ogni singola corda, e la concatenazione rapida di note mentali che le faceva dimenticare subito un tocco per quello seguente; la miscela di presenza e assenza che le avevo visto nello sguardo mentre la fotografavo nel mio studio, la cura micrometrica dei dettagli e l'istinto che le scorreva nel sangue.

Una soprano grassoccia e bassa ha cominciato a cantare sopra i suoi arpeggi, e poco dopo una seconda cantante più grande è entrata in un duetto; i suoni delle due voci sul palcoscenico e quelli dell'arpa nella buca d'orchestra si sovrapponevano e intrecciavano in una corrente oscillatoria che li trascinava all'indietro di un secolo e li riportava vivi e tridimensionali nella scatola sonora del teatro. Mi venivano in mente i discorsi di Manuela su come il suo lavoro a volte richiedeva una specie di contatto medianico con il passato, su come poteva essere una cosa sinistra o noiosa oppure entusiasmante a seconda della musica e del momento e dello spirito con cui la si suonava. Mi venivano in mente i suoi discorsi su quanto poco riusciva a controllare la musica una volta che l'aveva attivata; su quanto se ne lasciava catturare e sorprendere e trasportare come da uno slancio d'amore o da un flusso altrettanto intenso di sentimenti negativi.

Poi l'orchestra ha ripreso l'insieme e altre voci di cantanti sono entrate nel gioco, l'arpa di Manuela è scomparsa poco alla volta nella tessitura densa degli altri strumenti più sonori, finché non si riusciva quasi più a sentirla anche a fare molta attenzione.

Cercavo di restare in contatto con lei in tutto questo insieme variabile di movimenti e vibrazioni e risonanze su un unico ritmo, e mi sembrava che si lasciasse portare via da me senza rimedio. Non capivo come avrei mai potuto offrirle un mondo altrettanto intenso dove vivere, né come lei avrebbe potuto lasciare la musica malgrado tutto quello che le sembrava insopportabile e contrario alla parte più libera e irrequieta della sua natura. Non capivo se incoraggiarla a smettere di suonare come lei voleva sarebbe stato un gesto di amicizia o una specie di azione criminale; se lei me ne sarebbe stata poi riconoscente o mi avrebbe odiato. Non capivo quanto quello che diceva sui suoi rapporti con la musica era dovuto al fluttuare dei suoi umori o a un momento della sua vita o alle delusioni e frustrazioni che aveva avuto, quanto avrebbe potuto cambiare in circostanze e luoghi diversi. Non capivo come avevo potuto ficcarmi in una situazione così complicata e pesante e piena di richieste implicite ed esplicite dopo tutto quello che mi ero detto e giurato; come avevo potuto lasciarmi risucchiare al cuore dei problemi e le aspettative e i dubbi di una donna peggio di come mi era mai capitato in passato.

Ero così assorto da non accorgermi quasi che era entrata una ragazza con la pelliccia e si era seduta ad ascoltare sul divano di fianco alla mia poltrona, con lo stesso genere di partecipazione semiabusiva che avevo io. Mi dava fastidio avere qualcuno così vicino in uno spazio tanto raccolto, sentire la sua presenza muta e il suo sguardo dagli occhi truccati e l'odore della pelliccia di tasso o di procione che aveva appoggiato su uno sgabello imbottito, ma non ci pensavo molto, ero troppo preso dalle sensazioni della musica e dai pensieri su Manuela che suonava persa e quasi invisibile tra gli altri strumentisti, trascinata lontano da me nell'onda mutevole di suoni.

La musica mi stimolava associazioni libere nella testa, aveva abbastanza spazi di vuoto e di ripetizione per qualunque genere di riflessione. Non seguivo le parole e nemmeno il percorso dei suoni, mi lasciavo solo suggestionare dalle note e dagli accordi come venivano: dentro e fuori i turbini di noia e di allegria e di convenzione e di gioco e di oppressione e di sdilinquimento come un delfino nell'acqua torbida. Mi chiedevo se avrei potuto trovare un lavoro che mi appassionasse più di quello che avevo; se avrei potuto trovare un posto più bello dove vivere, e un modo migliore di vedere i miei figli; quanto sarebbe durato lo stato inebriato e ipersensibile in cui io e Manuela eravamo adesso; se nel tempo avrei continuato a essere affascinato da lei e da quello che faceva o avrei cominciato a trovare scomodi i suoi sbalzi continui di umore e le sue richieste di attenzione e di rassicurazione; se avrei continuato a sentirmi escluso da parte della sua vita come in quel momento, o me ne sarei tirato fuori io come mi era sempre successo con le altre donne in passato.

Poi la porta del camerino si è aperta, e c'era Manuela che mi guardava tutta fremente: ha detto piano ma con una tensione che le faceva tremare le parole "Puoi venire un attimo fuori?".

Mi sono alzato di scatto, trascinato verso il suo sguardo infiammato nel corridoio semicircolare, e appena fuori e richiusa la porta lei ha detto "Che cazzo facevi con quella?".

"Stai scherzando?" ho detto io, con uno sgomento da assassino innocente, da ladro che non si è neanche accorto di avere rubato. Ho detto "Non le ho rivolto neanche la parola"; e mi sembrava assurdo giustificarmi e nello stesso tempo il suo sguardo e il suo tono di voce mi comunicavano una strana specie di vertigine che mi accelerava il cuore. Ho detto "È venuta a sedersi lì, non l'ho neanche guardata".

"Invece sì che la guardavi," ha detto Manuela. "Ti ho visto benissimo da sotto, gli occhi di falco predatore che le facevi." I suoi occhi erano scuri e mobili, illuminati da bagliori di gelosia e di passione e di rabbia e di ricerca di verità: sondavano la minima distanza tra me e lei, in attacco e in attesa, aggressivi e ingenui e feroci, con uno slancio che non aveva limiti apparenti.

Ho detto "Te lo sei sognato. Pensavo solo a te e alla musica, non mi sono neanche accorto di niente". Avevo un tono contraddittorio, come uno che cerca di sfuggire a un abisso e ne è attratto; stavo fermo di fronte a lei con lo sguardo più sincero e pacato che mi veniva, e nella mia testa ero tutto un alzare di braccia e piegare di ginocchia e arretrare senza la minima sicurezza o dignità.

"Allora perché ti senti così in colpa, adesso?" ha detto Manuela. "Perché fai quella faccia?"

"Perché chiunque si sente in colpa se lo accusano a bruciapelo di qualcosa," ho detto io. "Perché sei totalmente assurda. Non riesci a vederlo che non ho il minimo spazio mentale per nessuna al di fuori di te?"

Lei ha detto "Ho visto il balletto di seduzione che faceva quella troia. Ho visto come ti passava addosso gli occhi e ti ansimava vicina". C'era un vero fuoco dentro di lei, come mi era capitato di leggere nei libri ma non avevo mai incontrato nella vita vera: un'intensità di sentimenti che scavalcava qualunque pensiero razionale e le attraversava il corpo e lo sguardo e mi si comunicava con una concentrazione impossibile da resistere.

Mi sono sentito avvampare dello stesso fuoco furioso che aveva lei: le ho detto "Se non ci credi vai al diavolo Vai al diavolo bastarda isterica ignobile e lasciami in pace".

Eravamo uno di fronte all'altra, tremanti tra le pareti strette che risuonavano della musica appena fuori, presi nel calore incontrollabile dei nostri sguardi e delle nostre voci sussurrate con violenza, nel gioco selvaggio dei sentimenti subito sotto, e mi sembrava che non ci fosse nessun argine a quello che poteva succedere tra noi. Mi sembrava che avremmo potuto lasciarci per sempre in quel momento, o fare l'amore o farci del male serio a seconda di come prendeva luce quello che avevamo dentro; eravamo comunque su un orlo pericoloso.

Manuela ha sorriso, ha detto "Davvero non hai spazio mentale per nessun'altra?".

Le ho detto "No", ma avrei voluto dirle "Ho tutto lo spazio del mondo" solo per farle rabbia, e lei mi è venuta contro a testa bassa e ci siamo baciati sulla bocca senza guardarci negli occhi, e la tensione furiosa non si è affatto placata ma sembrava più forte ancora e ancora meno arginabile. Ho preso Manuela per un braccio e ho aperto una porta a caso delle tante piccole porte, il palco era vuoto e l'ho trascinata dentro, l'ho stretta tra le braccia con una specie di desiderio scardinato di farla risuonare a forza sulla mia stessa lunghezza d'onda.

L'orchestra andava avanti in un pieno da mare ingrossato e i cantanti cantavano con tutta la forza dei polmoni e delle viscere e delle corde vocali. Ho baciato Manuela e la premevo contro una parete del palco e mi sembrava di riuscire a entrare nel fondo della musica, dove i contrabbassi e i corni producevano le loro basse frequenze sotto il tessuto dei violoncelli e dei violini. Spingevo la lingua a sentirle la lingua e il palato, e continuavo a scendere tra le onde sonore come un pescecane più che un delfino adesso, e l'attrazione che provavo per lei si rimescolava allo sgomento dell'incomprensione e alla vertigine delle accuse e alla rabbia per la mancanza di controllo e all'orrore di Cerino trovato morto e all'incertezza e al vago e al concreto che mi si agitavano dentro. Le ho slacciato i pantaloni di lana morbida, glieli ho tirati giù insieme alle mutandine come togliere una buccia, confuso tra la consistenza delle stoffe e quella calda e liscia e piena delle sue forme e l'umido bagnato alla congiunzione tra le sue cosce, e l'ho presa e spinta all'indietro sul pavimento rivestito di velluto rosso scuro verso il fondo del palco. E le tenevo una mano dietro la nuca per sostenerle la testa e guardarla negli occhi e guardarle le labbra dischiuse, le passavo l'altra mano sul seno sotto la giacca e la camicetta e sulla vita e sui fianchi e all'interno e all'esterno delle gambe, e andavamo avanti e indietro nell'onda di fondo della musica e la scatola di legno del palco tremava per le vibrazioni che venivano da fuori e si mescolavano e confondevano con quelle che venivano da dentro di noi sempre più travolgenti.

Poi siamo rotolati di lato e ci siamo guardati, rossi in faccia e sudati per la concitazione selvaggia e i vestiti e il riscaldamento esagerato del teatro, con la musica degli strumenti ad arco e le voci di due o tre tenori che producevano una specie di suono circolare da ventilatore gigante che gira al minimo, ed eravamo sconvolti e compiaciuti e divertiti come due ragazzini improvvisamente innocenti e semplici e trasparenti. E Manuela ha detto "Madonna devo suonare tra cinque minuti"; ha raccolto i suoi pantaloni e le mutandine e le scarpe, e le sue gambe lunghe erano quasi bianche e così ben modellate, mi chiedevo se qualcuno aveva potuto accorgersi di noi ma non me ne importava niente.

Dopo che l'opera è finita Manuela è tornata da me nel palco

Dopo che l'opera è finita Manuela è tornata da me nel palco, piena di animazione per la musica e per quello che avevamo fatto e per tutte le tensioni diverse che le passavano dentro. Siamo andati insieme verso l'uscita, nella confusione di riaggiustamenti di scene e recuperi di strumenti e chiusure di custodie e salite e discese di gradini e svestimenti e rivestimenti e martellate sul legno e cigolii di carrucole e consigli e giudizi gridati e sussurrati e passi e schiocchi e richiami e risate e attardamenti nei corridoi e sui pianerottoli e giù per le scale. Manuela ha detto "Andiamo via, andiamo via", chiusa nel suo cappotto grigio da brava musicista insospettabile percorsa da istinti selvatici; ero felice di tenerla stretta intorno alla vita e uscire all'aria fredda della notte con un passo che finalmente ci veniva facile e ben coordinato.

Le ho detto "Hai suonato in un modo fantastico. Dieci metri sopra tutti gli altri".

"Smettila," ha detto lei, e rideva; e mi guardava per scoprire se dicevo sul serio.

"Davvero," le ho detto. "Quando il resto dell'orchestra si è zittito e l'arpa è venuta fuori da sola mi sei sembrata una specie di equilibrista incredibile, avevo il cuore in gola a ogni nota."

Lei mi ha baciato sul collo, ha detto "Non sono mai stata agitata come questa volta, a sapere che c'eri tu lì che mi ascoltavi". Mi veniva contro con le labbra umide, mi appoggiava la testa sulla spalla mentre attraversavamo il centro della città solcato da poche macchine furiose. C'era una vera gioia esilarante solo nel fatto di camminare così stretti e guardarci ogni tanto e premerci addosso, e nello stesso tempo mi sembrava di vedere un riflesso di provvisorietà in ogni sguardo che ci scambiavamo, mi attaccavo a ogni sfumatura di sensazione come se potesse sparirmi tra le dita un istante dopo. E mi guardavo alle spalle, mentre andavamo verso la macchina: controllavo i portici in apparenza deserti, gli aloni di luce intorno ai lampioni, i rari passaggi di motori nella nebbia.

Manuela mi ha chiesto "Cosa guardi?".

"Niente," le ho detto; eravamo arrivati, le ho aperto la portiera.

"Hai sempre questo modo di guardarti intorno," ha detto lei. "Anche stasera prima della prova lo facevi."

Ma non riuscivo ancora a raccontarle di Cerino, non avevo nessuna voglia di mettere in pericolo l'equilibrio difficile dei nostri stati d'animo; ho detto "Guardo la città. Non la conosco quasi". Ho messo in moto, le ho toccato un ginocchio.

Lei ha detto "Cos'hai paura, che ci sia qualche amante che mi segue?".

Così le ho raccontato almeno dei due tipi nella Bmw bianca sotto casa sua, e di come certo li aveva mandati Cerino per tenerla d'occhio o forse minacciarla in altri modi. Non sono entrato nei particolari della sbarra di ferro e delle botte; ho solo detto che li avevo bloccati e gli avevo chiesto cosa facevano e non mi avevano risposto.

"Che scemo," ha detto lei, attraversata da paure diverse. "Se tiravano fuori un coltello o una pistola? O se non c'entravano niente ed erano lì sotto per qualunque altra ragione?".

"Erano lì sotto per te," ho detto io. "E potevano avere anche un mitra, non me ne importava niente."

"Bravo, fai il macho," ha detto Manuela, e sentivo che sotto i giudizi e i sentimenti maturi e giusti una piccolissima parte di lei era lusingata che lo facessi. Ha detto "Piantala di ossessionarti con Cerino, Leo. È solo un povero disgraziato, alla fine. Fa il sadico e la carogna solo perché ha paura delle donne e perché avrebbe voluto fare l'attore e non c'è riuscito. Mi viene solo tristezza e squallore, se ci penso, e non ci penso mai. Ma tu gli proietti addosso tutte le tue ombre. Lo fai diventare un mostro, gli trasferisci tutta la violenza e la cattiveria che hai dentro".

"Non ho nessuna violenza e cattiveria," ho detto. "E non

gli proietto addosso più niente.” Non sono andato oltre come avrei potuto; le ho carezzato i capelli, ho detto “Discorso chiuso, chiuso”. Mi immaginavo già la sua camera d’albergo, i nostri gesti una volta dentro; come avremmo potuto stare vicini e naturali, andare dietro ai pensieri più semplici.

Ma quando siamo stati davanti al suo albergo lei non ha accennato neanche a scendere, stava con i piedi appoggiati al parabrezza e guardava fuori. Ha detto “Non ho voglia di dormire qui”.

“Andiamo nell’albergo dell’altra volta,” ho detto io. “Forse hanno ancora una stanza.”

“Non ho voglia di dormire a Ferrara,” ha detto lei, in un tono capriccioso e infantile che mi incantava e mi riempiva di preoccupazione.

“Dimmi dove vuoi andare, allora,” le ho detto. “Ti porto in qualunque posto al mondo. Dimmi solo dove e ti porto.” Ed era vero: sarei partito per qualunque direzione senza pensarci un attimo, non mi sarei tirato indietro davanti a nessuna proposta.

“Dimmelo tu,” ha detto lei. “Portami tu da qualche parte. La prima dell’opera è dopodomani sera, ho quasi due giorni liberi.”

Mi sono venuti in mente dieci posti diversi dove avrei voluto essere con lei, e nessuno mi sembrava abbastanza semplice e libero e facile da raggiungere. Ho detto “Se vuoi ho una casa in campagna, in un posto vicino alle terme. Ma ci vogliono ore, da qui”.

Lei ha alzato le spalle, ha detto “Se ti va”: come se la questione non la riguardasse quasi.

Poi guidavo sull’autostrada nel mezzo della notte, e la nebbia si diradava a tratti e a tratti tornava densa; acceleravo e rallentavo senza pensarci molto, quasi tutta la mia attenzione focalizzata su Manuela alla mia destra. Lei guardava fuori, canticchiava pezzi dell’opera, cambiava posizione sul sedile, appoggiava i piedi sul cruscotto, percorsa ancora dalla tensione del concerto che la teneva sveglia come se fosse giorno. Continuava a pensarci, era piena di eccitazione e di impulsi vivi malgrado i discorsi che mi aveva fatto su come era stanca e disgustata di suonare. Ha detto "Quando hai finito ti sembra di camminare sull'aria, non c'è nessuna droga che può darti lo stesso effetto. E se suoni da sola è molto più forte ancora. Hai molta più paura prima, ma poi è pazzesco".

"Era strano vederti nell'orchestra," le ho detto; e mi sembrava di essere tagliato fuori dalla sua eccitazione e anche di averla condivisa almeno in parte. "Vederti lì in mezzo, tra tutti gli altri suonatori."

"È come viaggiare su una nave," ha detto lei. "Ognuno fa un viaggio diverso ma tutti vanno nella stessa direzione."

"Sembravate così compatti," ho detto io. "C'era questo sincronismo connaturato, da insetti, quasi."

Lei ha detto "Ma se guardi un'orchestra da dentro o da molto vicino vedi i ponti e le classi dei viaggiatori".

"Per esempio?" le ho chiesto. "I solisti dove sono?"

"Mah, sopra," ha detto lei. "Ma sei una specie di viaggiatore di lusso un po' malato, vieni tenuto d'occhio dagli altri tutto il tempo. C'è sempre qualche dubbio sulla tua affidabilità, perché sei sola e perché sei troppo esposta alla luce, mentre gli altri sono in gruppi e se ne stanno molto più riparati."

"E i gruppi?" le ho chiesto. "Che genere di gerarchia hanno tra loro?"

"Gli archi sono i passeggeri più ricchi," ha detto lei. "Sono l'anima dell'orchestra, potrebbero anche suonare da soli se volessero."

Ed era troppo irrequieta per andare avanti con la metafora della nave, era troppo mobile e viva: si è accesa una sigaretta, guardava fuori. Ha detto "I percussionisti sono tutti dei maniaci sessuali. Quando studiavo al conservatorio c'era la classe di percussione che dava sul cortile, ogni volta che passavo sotto le finestre vedevo queste facce da allupati con le loro bacchette in mano, tan tan tan bacchettavano sui vetri e tiravano fuori la lingua nel modo più schifoso".

"E i fiati?" le ho chiesto.

"I fiati si fondono il cervello," ha detto lei. "Deve avere a che fare con il soffiare così tanto, in qualche modo la testa si svuota di pensieri. Mi ricordo uno che suonava il bassotuba, uno dei migliori che ho sentito. Arrivava in orchestra prima degli altri e si metteva a pulire il suo strumento con dei movimenti dilatati da animale lento, e vedevi bene che non pensava a nient'altro. Puliva questo bassotuba al rallentatore, passava uno straccio sull'orlo della campana di ottone e sui tasti e andava avanti a strofinare e soffiarci sopra finché era lucido come l'oro. Poi quando aveva finito e la musica cominciava lui stava lì sullo sfondo, grasso e gonfio come una grossa rana mezza addormentata, si risvegliava solo per tirare fuori le sue due o tre note ogni tanto. E tirava fuori queste frequenze basse, una specie di barrito di elefante che annullava l'intelligenza, toglieva qualunque ragione. Come una vibrazione primordiale, sai prima del più semplice pensiero articolato? Poteva distruggerti qualunque genere di processo mentale, se gli stavi vicino. Ti spazzava via i pensieri, li dissolveva."

Ho riso; e mi piaceva guidare e ascoltarla: mi piaceva la mescolanza di intelligenza e puro istinto che c'era nei suoi giudizi, e come non dava niente per scontato, non si nascondeva mai dietro idee approvate e codificate. Le ho detto "È bello come vedi le cose. Come non ti fidi mai dei nomi pronti".

Lei mi ha guardato, non prendeva mai subito per complimenti i miei complimenti, c'era sempre un margine di diffidenza quando mi ascoltava. Ha detto "Ma anche tu sei così. Hai sempre quest'aria stupita, quando qualcuno ti dice qualcosa. All'inizio non capivo se era un modo di fare. Se eri un po' tardo o un po' ruffiano".

"Ma è vero che mi stupisco, quasi sempre," le ho detto, e pensavo a quanto mi stupiva lei. "E non sono ruffiano, ma tardo può darsi. Mi ci vuole sempre del tempo per capire le cose, mi sembra sempre di avere qualche elemento in meno rispetto agli altri. Non sono mai stato un afferratore."

"Cosa vuoi dire, afferratore?" ha detto Manuela; aveva questo modo di ascoltare davvero in una conversazione, non voleva solo giocare davanti a uno specchio.

"Uno che coglie subito le occasioni," ho detto. "Uno che appena ne vede passare una scatta, come un camaleonte che fa schizzare fuori la lingua e prende una mosca a mezzo volo."

"Neanch'io sono mai stata così," ha detto Manuela. "Ci ho sempre messo un sacco, prima di capire le cose. Ho dovuto sempre pagarla cara, prima."

"Tanto erano gli altri che afferravano te," le ho detto: e pensavo a come era riuscito ad afferrarla Mimmo Cerino, e chissà chi altro prima di lui, facendo leva sulla sua mancanza di pregiudizi e sul suo bisogno di ricerca. Ho pensato di dirle come avevo trovato Cerino, ma era un pensiero lontano, non sapevo come formularlo in parole.

"Forse," ha detto lei. "Ma poi quando mi rendevo conto delle cose mi liberavo, stai tranquillo. Magari ci mettevo un po' di tempo, ma mi liberavo."

"Però è questo che mi fa star male," ho detto io. "Il tempo, porca miseria. Tutto il tempo che hai dedicato ad altri prima che io e te sapessimo anche solo di esserci. Quando sono andato a casa tua guardavo le tue scarpe sul pavimento della camera da letto, guardavo com'erano consumate le suole e i piccoli segni e gli acciaccamenti del cuoio, e pensavo a quanta strada avevano fatto fare ai tuoi piedi, quanto avevano camminato e corso e guidato e salito e sceso scale per portarti a incontrare chissà chi."

"Ma smettila," ha detto lei. "Non ti riempire di ossessioni, adesso."

"Sei tu che me le fai venire," le ho detto. "Sei tu."

"Smettila," ha detto lei di nuovo. "Che magari tra una settimana siamo già stufi marci e non hai più il minimo rimpianto di niente, solo l'idea delle suole delle mie scarpe ti fa venire la nausea."

Siamo stati zitti per un tratto, la macchina correva nella notte sempre più limpida man mano che l'autostrada saliva a curve e sovrappassi e gallerie attraverso le montagne. Non c'erano quasi più macchine, c'era solo qualche grosso camion in trasferimento non-stop, vedevamo le sue luci di coda molto da lontano. Guardavamo davanti, mezzi ipnotizzati dal rumore del motore e dal vento sui vetri e dal tepore del riscaldamento, i nostri pensieri erano quasi fermi.

Poi ho chiesto a Manuela "Secondo te c'è un tempo fisso? C'è un termine entro cui qualunque storia si esaurisce ed è tutto finito?".

"Non so se è fisso," ha detto lei. "Ma c'è un tempo, credo. Per me è sempre stato così, almeno."

"Ma è una specie di legge fisica?" le ho chiesto, e il paesaggio di monti freddi e spogli fuori sembrava ancora più freddo e spoglio alla luce della luna. "Una specie di legge naturale che non si può eludere in nessun modo? Non importa quanto forte è lo slancio all'inizio?"

"Non credo che ci siano leggi nei sentimenti," ha detto Manuela. Riuscivo a sentire la fatica che le costava tradurre i suoi pensieri in parole: e la perdita di colore che c'era in ogni traduzione. Ha detto "Ma è una specie di arco, no? Può essere tondo o lungo o basso o stretto e alto come una porta, e magari prima ancora che tu incontri qualcuno hai già dentro di te l'inizio di una curva e lo senti e non capisci cosa sia. Poi ci sei sopra e fino a un certo punto ti sembra di salire e salire soltanto, e ti fermi e sei in alto e ti sembra che possa durare così per sempre e non ti rendi conto che stai già cominciando a scendere verso terra di nuovo".

"Ma perché succede?" le ho detto. "È tutto perché al tempo delle caverne era necessario che un maschio mettesse incinta una femmina e le stesse vicino il tempo minimo di fare un figlio e allattarlo i primi mesi e poi fosse libero di passare a un'altra femmina e fare un altro figlio? È un programma biologico inarrestabile che abbiamo dentro?"

"Non lo so," ha detto lei. "Forse è solo che tutto finisce. E di quello che non finisce ci si stufa." Ha sbuffato, guardato fuori; ha detto "Ma tu cerchi sempre di dare spiegazioni parascientifiche in questo modo? Hai sempre bisogno di razionalizzare tutto così tanto?".

"Non razionalizzo niente," le ho detto, pronto anche alla rissa quanto lei. "Cerco solo di spiegarmi le cose. Di non lasciarmi vivere senza il minimo tentativo di capire cosa succede. Ma spero sempre che non ci siano regole implacabili, o che se ci sono esista un modo di scamparle, correre fuori tracciato per qualche pista secondaria."

"Anch'io," ha detto Manuela, già in un tono più morbido, pieno di luci mutevoli come i riflessi nei suoi occhi nel semibuio. “Anch’io ho sempre pensato di trovare un arco d’amore che non finisce mai.”

“Ma perché poi non è così?” le ho detto, con una vera disperazione anche se ridevo.

“Sono gli uomini che si fermano,” ha detto lei. “Che si lasciano affondare nei loro ruoli finché rimane solo distanza e noia.”

“E le donne?” le ho chiesto. “Non perdono slancio e passione nello stesso modo degli uomini?”

“Le donne restano deluse,” ha detto Manuela. “Poi alla fine per forza che perdono interesse. Ma ci provano, prima.”

“Allora è sempre colpa degli uomini, in un modo o nell’altro?” le ho detto.

“Quasi sempre,” ha detto lei. “Siete tutti così, bastardi.”

Continuavo a guardarla a intervalli mentre guidavo, e non capivo se nelle sue parole c’era pura sincerità o anche voglia di provocarmi o diffidenza o quali altri sentimenti. Lei ha cambiato posizione, rimesso i piedi sul cruscotto.

L’autostrada aveva già cominciato a scendere da un pezzo, attraverso le valli della Toscana rischiarate dalla luce quasi azzurra della luna.

Ho guidato per l’ultimo tratto di strada sterrata, fermato la macchina sotto l’ex granaio, spento il motore, fermato le vibrazioni meccaniche, detto “Basta basta basta”.

Siamo scesi, e la luna illuminava in modo stupefacente la casa e tutto il paesaggio intorno, si riusciva a vedere per chilometri nell’aria tersa e fredda. Manuela ha detto “Che bello”; guardava intorno e sorrideva, inspirava a fondo. Si è tirata giù i calzoni e si è accovacciata a fare la pipì, e anch’io l’ho fatta poco lontano, con una specie di gioia da animali che riprendono contatto con la terra. Poi l’ho inseguita e le ho dato una spinta, e lei ne ha data una a me, è scappata via e abbiamo fatto un giro di corsa intorno alla casa. Il sonno ci si era già tutto riassorbito, la stanchezza girata in una dilatazione acuta di sensazioni, quasi dolorosa a tratti. Ci muovevamo sul terreno irregolare e ci guardavamo tra noi e ci guardavamo intorno, come due bambini in un parco di divertimenti notturno.

Ho raccolto due grandi fascine di rami nella legnaia, ho detto "Adesso facciamo un fuoco enorme nel camino". Sono andato verso l'ingresso ma non avevo neanche voglia di entrare in casa, mi dispiaceva l'idea di chiudere una porta sull'universo selvatico e senza limiti che c'era fuori.

E Manuela ha detto "Non ho voglia di entrare. Stiamo fuori ancora". Mi ha dato un finto pugno nello stomaco, mi ha dato un finto calcio; l'ho bloccata per un braccio con una torsione, e solo vedere il suo profilo alla luce della luna mi comunicava un'euforia senza limiti: solo sentire il suo odore, lo spostamento d'aria a ogni suo movimento.

L'ho stretta intorno alle braccia e lei si è dibattuta e rideva, siamo rotolati per terra sull'erba corta e secca e fredda del prato. L'ho baciata sulla faccia e sul collo, le ho detto "Non è incredibile? Solo stare vicini? Senza fare niente di speciale?".

"Sì," ha detto lei. "Solo esserci."

La sua voce così vicina mi faceva venire la pelle d'oca; le guardavo le labbra e gli occhi e la fronte, le orecchie delicate che mi sembrava di conoscere così poco.

Lei ha detto "Dove sono le terme?".

"Bisogna andarci in macchina," ho detto io. "Ma ci sono delle pozze calde qui sotto. Cinque minuti a piedi, se vuoi."

Ci siamo alzati senza dire altro, avevamo una comunicazione fatta solo di sguardi e respiri, siamo andati per la piccola strada sterrata giù dalla collina. Ogni tanto ci giravamo a guardare la luna alle nostre spalle, tonda e grande e bianca e luminosa come non l'avevo mai vista, rischiarava il paesaggio fino ai sassi più piccoli e ai fili d'erba con una precisione sognata che il sole non ha mai. Tenevo un braccio intorno alla vita di Manuela, camminavamo e respiravamo senza dirci niente, e mi sembrava di assorbire le forme e le consistenze e le vibrazioni della terra e dei vegetali tutto intorno senza la minima mediazione, senza dover filtrare o spiegare o tradurre niente per i miei pensieri. Ascoltavo il rumore dei nostri passi sull'argilla battuta, il rotolio dei piccoli sassi sotto i nostri piedi, il fruscio che veniva dall'erba secca e dai cespugli, i versi degli uccelli notturni nel folto dei boschi, gli abbaiamenti molto lontani dei cani dei contadini;

e le variazioni appena percepibili di temperatura a seconda del terreno dove passavamo, il freddo più asciutto delle pietre e quello più profondo dei campi, l'umido quasi tiepido vicino alle canne sopra la falda d'acqua.

Siamo passati oltre la vecchia casa di pietra abbandonata, ci siamo affacciati in una finestra rotta e anche lì dentro l'aria aveva una densità diversa: ci siamo affacciati sulla distanza e l'estraneità e il vuoto del tempo, e non ci facevano nessuna paura perché eravamo così vicini e contemporanei che ci sembrava di essere invulnerabili. Manuela ha detto "Oh", come uno schiocco acuto tra le pareti di pietra antica, e mi aspettavo di veder volare fuori un barbagianni o un allocco che ci passava sulla testa ma abbiamo sentito solo il suono, siamo rimasti incantati a ripeterlo e ascoltarlo di nuovo.

Abbiamo continuato per il sentiero che scendeva e curvava e risaliva tra i dorsi e gli avvallamenti delle colline, facevamo dei tratti di corsa come capre e dei tratti lenti come serpenti, scivolavamo attraverso la campagna e raccoglievamo ogni possibile minuta sensazione lungo il percorso, lasciavamo che ci si amplificasse dentro fino a farci ridere o farci fermare, farci respirare fondo.

Siamo saliti per l'ultimo tratto dove il sentiero è più sottile e siamo arrivati alle tre pozze sotto la quercia grande, e dalla breve radura tonda si potevano vedere tutti gli avvallamenti più in basso e le curve e le pieghe del paesaggio, solo che le distanze e le profodità erano rese indecifrabili dalla luce azzurra. Ci guardavamo intorno e ci toccavamo le mani, guardavamo il vapore che saliva dalle pozze e filtrava la luna e filtrava il paesaggio.

Poi mi sono tolto il giubbotto e le scarpe e tutto il resto, e il freddo cominciava a mordermi man mano che ero più nudo, e anche Manuela si è spogliata, ma prima che avesse finito mi sono buttato nella pozza più grande.

Sono andato giù senza muovere le braccia né le gambe, mi sono lasciato affondare nell'acqua che sembrava ancora più salda per contrasto con l'aria fuori, ho lasciato che mi penetrasse nelle narici e nelle orecchie e in bocca con il suo sapore di sali argillosi e di muschio e di zolfo, sono tornato a galla proprio quando Manuela nuda e chiara stava saggiando la temperatura con un piede.

Rideva dal bordo dell'acqua, teneva le braccia incrociate davanti e rabbrividiva per il freddo, perfettamente bianca nella luce. Le ho detto "Vieni dentro", e mi sembrava di sentire la mia voce da qualche profondità amniotica, lontana dalle mie parole e dal mio tono ma non dalla voglia che lei mi arrivasse vicina.

Lei è entrata: è andata sotto come avevo fatto io, riaffiorata con una specie di sbuffo da balenottera, è venuta vicina a darmi un bacio. Ci siamo baciati a fior d'acqua, con le labbra tra liquido e aria, ci premevamo le mani contro i fianchi e ridevamo, gorgogliavamo e soffiavamo e andavamo sotto con la testa. Stavamo a contatto e poi andavamo indietro ai lati opposti della pozza, ci rovesciavamo sulla schiena o su un fianco; ci lasciavamo galleggiare, nel silenzio e nell'immobilità generali, nell'unico punto caldo e denso dello spazio freddo e vuoto per chilometri di campagna tutto intorno.

Andavo sotto e sopra e respiravo il vapore con tutti i muscoli allentati, senza più nessuna ragione di tensione e senza più nessuna resistenza, e Cerino morto e la lite furiosa con Manuela mi sembravano ricordi lontani di persone lontane, vestite e rifugiate e nascoste e imprigionate in un tessuto fitto di richieste e giustificazioni, consapevoli fino allo spasimo dei loro gesti e dei loro lineamenti. Era come regredire a uno stadio primordiale, a una dimensione di esseri semplici in grado di raccogliere le sensazioni del mondo senza elaborarle o interpretarle o cercare di usarle come spunto o ispirazione per altro. Galleggiavamo su un fianco o sulla schiena o sulla pancia, senza più traccia delle preoccupazioni e delle aspirazioni e delle ansie che ci avevano trascinati e sospinti a Milano e fin qui come se dovessimo correre contro il tempo a prenderci una rivalsa sulle persone e sulle cose. Sembrava che anche il tempo non ci fosse più, fluttuavamo in una dimensione immobile, sfumata e vaga, sovrapposta alle nostre sensazioni come un guanto caldo su una mano. Ci guardavamo e sorridevamo e ci sfioravamo nei nostri galleggiamenti, e con una lentezza infinita il chiarore dell'aria ha cominciato a diventare più intenso e sempre meno azzurrino. Era un processo appena percepibile, sembrava di vedere i pigmenti della vegetazione e della terra che prendevano a fermentare mentre il cielo si sbiancava poco a poco e i dettagli del paesaggio diventavano più esposti e le distanze tra un punto e l'altro si ristabilivano.

Siamo rimasti nell'acqua a guardare questa trasformazione, senza neanche più muoverci. Respiravamo soltanto, adagiati sulla stessa onda profonda e quasi ferma del tempo, finché la luna è impallidita sopra di noi fino a un velo e il cielo e la campagna intorno sono stati intrisi di una luce lattiginosa e abbiamo sentito cinguettii di uccelli diurni tra i cespugli e un gallo che cantava molto lontano. Manuela ha detto "È giorno"; e la sua voce aveva un suono completamente diverso dalle ultime parole che avevamo pronunciato, riverberava di stupore e nostalgia e quasi spavento, come se uscissimo da un sonno di mesi interi.

Sono uscito dalla pozza calda e ho aiutato lei a venire fuori, all'aria che sembrava molto più gelida della sera prima; ci siamo asciugati con la mia maglietta e tremavamo e rabbrividevamo, non riuscivamo a stare fermi in nessun punto. Ci siamo rimessi i vestiti, umidi e freddi com'erano diventati, nella luce che cresceva e diventava più bianca ogni minuto, siamo corsi verso casa per la campagna che ci saliva intorno come un paesaggio graffiato nel vetro.

A casa ho buttato nel camino tutta la legna che ci stava, ho acceso un fuoco così grande che le fiamme venivano fuori a lambire il muro. Manuela non si è neanche guardata intorno nelle stanze al pianterreno, ho lasciato chiusi gli scuri delle finestre; la stanchezza si riprendeva i nostri movimenti e i nostri pensieri e li invischiava allo stesso modo, ci faceva stare senza parole più vicini che potevamo al camino. Con uno sforzo estremo sono andato a prendere una coperta e un piumino e due cuscini; ci siamo sdraiati sulla coperta e tirati sopra il piumino, non ci siamo neanche accorti di addormentarci.

Ho sentito Manuela che si muoveva e ho aperto gli occhi

Ho sentito Manuela che si muoveva e ho aperto gli occhi, non sapevo neanche se era giorno o notte o dove eravamo. Manuela ha detto "Ho fame", mi guardava seduta a gambe incrociate, spettinata e vischiata di sonno, i suoi occhi sembravano ancora più grandi del solito.

Le ho detto "Non so se c'è qualcosa". Il camino era spento ma la brace era ancora viva sotto la cenere, sono uscito a prendere altra legna. Fuori il sole era alto e fin troppo brillante, quando sono rientrato con la legna Manuela stava aprendo gli scuri delle finestre e faceva entrare la luce.

Siamo andati in cucina, e anche lì abbiamo aperto le finestre e io acceso la stufa, ho aperto l'armadio per vedere cosa potevamo mangiare. Manuela mi ha chiesto "Ci vieni spesso, qui?".

"No," ho detto io. "Da quando mi sono separato ci ho portato i bambini un paio di volte e qualche volta ci sono venuto per i cavalli, ma mi intristiva."

"Si vede," ha detto Manuela. "È così ferma, come se fosse rimasta surgelata per anni."

"Ma lo è stata," ho detto. E non avevo voglia di parlarne, non avevo voglia della luce che entrava dalle finestre e dava contorni fin troppi netti ai nostri movimenti. Ho tirato fuori dall'armadio un pacco di maccheroni e una scatola di tonno, una bottiglia di olio che si era condensato per il freddo in una pasta dorata. Ho messo l'acqua sul fuoco; detto "Se vuoi ti faccio vedere la casa".

Siamo andati al piano di sopra, e non mi sembrava di conoscere più di lei le stanze dove la facevo entrare: era come affacciarsi sui ricordi di un altro, senza collegamenti diretti. Aprivo le porte con una strana miscela di cautela e di facilità; aprivo le finestre, aprivo gli armadi e c'era una gonna o una camicia o un piccolo oggetto qualsiasi che mi sorprendeva come un'apparizione improvvisa da qualche punto nascosto nel tempo.

Manuela guardava i libri sugli scaffali, le mie foto di paesaggi appese alle pareti, i mobili che avevo costruito io e i giocattoli dei bambini sul pavimento, e c'era una luce triste nel suo sguardo.

"Perché fai quella faccia?" le ho chiesto.

"Ma niente," ha detto lei, guardava da vicino due casette di porcellana bianca e blu che avevo portato a mia figlia da un viaggio.

"No, dimmi perché," le ho detto, e cercavo di intercettare il suo sguardo ma non ci riuscivo.

Lei stava zitta, guardava un libro di esercizi di ginnastica della mia ex moglie, una piccola specchiera ovale dalla cornice di legno crepata, una forcina per capelli.

Le ho detto ancora "Dimmi perché. Per piacere". Le ho toccato una spalla, infiltrato com'ero di tristezza per gli oggetti sparsi intorno, per l'idea che lo spirito di quando eravamo nell'acqua la notte se ne fosse andato forse per sempre.

Manuela si è scostata dalla mia mano; ha detto "È che hai fatto già tutto".

"Ma non è vero," le ho detto, e mi faceva disperare il suo tono e come abbassava la testa e si allontanava da me. Ho detto "Non ho fatto niente. Non ho neanche cominciato".

Lei è uscita dalla stanza, entrata nello studio che non ero ancora mai riuscito a usare, con tutte le prese inutili di corrente. Senza pensarci ho aperto gli scuri anche lì, seguivo i suoi movimenti senza più cercare di toccarla.

Ha detto "Hai fatto due figli e ti sei costruito una casa e tutto il resto, e io niente". È scesa lenta con la schiena contro la parete, si è seduta per terra e piangeva. Ha detto "Io sono riuscita solo a correre in giro e fidarmi di uomini stronzi e suonare e suonare, e non mi è rimasto niente".

"Ma sei rimasta tu," le ho detto, con uno sforzo per resistere alla tentazione di avvicinarmi. "E se non fossi come sei sarebbe una tale perdita per il mondo."

"Sai cosa gliene frega al mondo," ha detto lei.

"Sarebbe una perdita terribile per me, in ogni caso," ho detto. Sono andato a sedermi di fianco a lei, le ho carezzato i capelli.

Lei non ha cercato di sottrarsi, ma non ha neanche smesso di piangere; ha detto tra i singhiozzi "Ho sbagliato tutto. Ho trent'anni e non sono una moglie e non sono una madre e non sono una figlia, non sono arrivata da nessuna parte".

"Sì che ci sei arrivata," le ho detto, sgomento di fronte alle richieste al mondo che le facevano tremare la voce. "Sì che ci sei arrivata"; continuavo a carezzarle i capelli.

Lei poco a poco ha smesso di piangere, si è asciugata gli occhi; non mi guardava, ha camminato attraverso la stanza. Ha detto "Poi penso a due che vivono insieme, e hanno la loro casa e i loro bambini e le loro abitudini, gli orari e i modi di fare e gli amici e le vacanze e i ricordi e il frigorifero e i vestiti e i libri che hanno letto insieme, e di colpo uno dei due perde la testa per una persona sconosciuta quasi solo perché non la conosce, e di colpo non gliene importa più niente di tutto quello che aveva messo insieme con tanta cura".

"Stai parlando di te?" le ho chiesto, e non riuscivo a controllare il tono della mia voce.

"O di te," ha detto lei.

Stavo appoggiato di schiena al muro, con la testa piena di immagini mescolate: la mia ex moglie che preparava da mangiare nella cucina di sotto, Manuela nel soggiorno della casa dove viveva insieme al marchese Dezza, mia figlia che mi veniva incontro alla stazione con suo fratello più piccolo per mano, Mimmo Cerino che nel soggiorno di casa sua porgeva un libro a Manuela, io su un treno per andare a Venezia dalla ragazza per cui avevo abbandonato la mia famiglia, Manuela che rifaceva un letto in una casa che non avevo mai visto, io che telefonavo da un posto e dicevo di essere in un altro, la mia ex moglie che si guardava nello specchio ovale che Manuela stava guardando adesso. Le immagini di Manuela prendevano il sopravvento in questo rimescolio, ma si caricavano anche della tristezza delle mie, le due tristezze sovrapposte fino a diventare insostenibili. La vedevo in una sua ex casa che suonava l'arpa o metteva a posto in cucina o faceva ginnastica pensosa e annoiata, che faceva colazione con un suo quasi-marito o a tavola la sera con amici di lui; e subito dopo invece che correva piena d'ansia attraverso la città ed entrava in portoni sconosciuti per farsi prendere da un uomo sconosciuto nel vano di una scala o su un tavolo di cucina, affascinata solo dall'idea di non conoscerlo. Mi sembra di sentire il suo cuore che batteva lento e poi in modo sempre più concitato e irregolare, di leggere i suoi pensieri che andavano in dieci direzioni diverse a una velocità impossibile da fermare; di riprovare gli strappi interiori che avevo già provato, ricadere negli abissi di scelte impossibili in cui ero già caduto.

"Cos'hai tu adesso?" mi ha chiesto lei.

"Niente," le ho detto.

Lei mi guardava con la testa appena inclinata, e capiva benissimo che c'erano due ragioni e due tristezze sovrapposte nel mio tono.

"L'idea di quello dei due che non se l'aspetta," ho detto. "Che se ne sta lì immerso nella sicurezza delle cose che conosce e di colpo scopre di non avere più nessuna sicurezza. Come ammazzare uno nel sonno, o mentre sta facendo colazione, no?"

"Va be', e allora tu?" ha detto lei. "Non hai fatto la stessa cosa?"

"Non stavamo parlando di me?" ho detto io, stupito per come la prospettiva continuava a spostarsi tra noi senza che ce ne accorgessimo.

Ci siamo guardati, speravo solo che lei sorridesse. Lei ha attraversato la stanza verso la porta, ha detto "Non avevi messo su dell'acqua per la pasta?".

Siamo usciti sul prato, e il sole delle due era quasi caldo e l'aria limpida e brillante, ci siamo seduti sulla panchina di pietra. Manuela ha detto "Gli altri talponi dell'orchestra saranno tutti lì a provare e riprovare le loro parti, adesso".

"Ti senti in colpa?" le ho chiesto.

"Un po'," ha detto lei, con i piedi allungati in avanti, la testa inclinata per prendere il sole in faccia.

"Tanto tu non ne hai bisogno," le ho detto.
"Non è vero," ha detto lei, già irrequieta di nuovo, non riusciva neanche a stare ferma al sole. Si è alzata, è andata a staccare una foglia di alloro dall'albero, guardava tra le colline dove si intravede il fiume lontano.
Le ho detto "Se vuoi torniamo a Ferrara subito": quasi esasperato per come passava da uno stato all'altro senza il minimo preavviso, si riempiva di luce o d'ombra a seconda del momento.
Lei ha scosso la testa, si è girata a guardarmi con un mezzo sorriso.
"Perché sorridi?" le ho chiesto, anche se sapevo che non avrei dovuto seguire millimetro per millimetro i suoi cambiamenti di umore.
"Perché sei buffo," ha detto lei. "Sei sempre così attento, ma hai un punto di equilibrio così basso che niente te lo può scombinare davvero. Sei come il tuo lavoro. Non hai bisogno di nessuno, non chiedi niente a nessuno."
"Ma non è vero," ho detto. "Ho bisogno di te. E mi sforzo di mantenere un equilibrio solo perché rischio di perderlo in qualunque momento. Quando avevo dodici o tredici anni c'erano dei momenti in cui mi saltavano tutti i contatti con il mondo. Ero lì magari che studiavo o facevo qualcos'altro, e di colpo precipitavo in una voragine di nomi e di forme del tutto incomprensibili, mi sembrava che niente avesse più senso."
Manuela si è messa a ridere; ha detto "Si vede che sei un pazzo".
E detto da lei mi sembrava un complimento, e mi sembrava di non esserlo ancora abbastanza: c'era sempre questo fondo di sfida nella nostra attrazione, eravamo sempre su un orlo pericoloso. Le ho detto "Sai andare a cavallo?".
Lei mi ha guardato con una faccia perplessa, ha detto "Ho preso due o tre lezioni anni fa. Perché?".
"Vieni," le ho detto. Sono corso nel capanno degli attrezzi a prendere un sacco d'avena mezzo vuoto, e lei mi è venuta dietro, siamo andati giù per il sentiero che porta al prato a sud.

I due cavalli erano vicini alla tettoia di lamiera, quando mi hanno visto con il sacco dell'avena hanno drizzato la testa; uno è scappato verso il margine della recinzione, l'altro si è avvicinato ma diffidente. Anche Manuela era diffidente, mi seguiva a qualche passo; ha detto "Ma li lasci sempre qui da soli?".

"C'è un contadino che viene un giorno sì e uno no," le ho detto. "Sono abbastanza rinselvatichiti ormai. Non erano tanto domestici neanche in partenza. Vengono dall'Argentina, li ho comprati come carne da macello. Mi dispiaceva per loro."

Cercavo di muovermi lento per non spaventarli, tenevo proteso il sacco dell'avena. Il meno selvatico dei due è venuto a infilarci il muso e l'ho preso subito per la cavezza, l'ho tirato vicino al punto dove tenevo i finimenti e le selle, nascosti tra le balle di fieno. L'ho sellato e gli ho messo il morso; Manuela stava a guardarmi da qualche metro, e mi sembrava di bere la sorpresa nel suo sguardo, l'idea che ci potessimo incuriosire a vicenda solo per quello che eravamo.

Le ho porto le briglie del cavallo sellato e sono andato a prendere l'altro. Ci sono riuscito dopo dieci minuti di avvicinamenti molto cauti, sentivo lo sguardo di Manuela a distanza. Poi ho sellato anche il secondo cavallo, ho aiutato Manuela a salire sul primo. Stava su ben dritta, anche se il cavallo tendeva ad arretrare e scuotere la testa e scartare di lato. Le ho detto "Non ti preoccupare, stai tranquilla".

Lei ha detto "Basta che non mi butti giù"; aveva sempre questo modo di affrontare le situazioni, non c'era niente che la facesse uscire a metà da un gioco. Sono saltato sul mio che era ancora meno controllabile dopo mesi di vita brada, siamo andati giù al passo per il prato secco in pendenza.

E nel giro di poco ho cominciato a riprendere controllo sul cavallo: a sentirlo con le gambe e con il bacino e con le braccia, sentire il suo movimento ondulatorio e il suo respiro e i suoi istinti primitivi e ottusi e ipersensibili sotto di me. Sentivo l'andatura e lo sguardo periferico e le orecchie mobili che raccoglievano i suoni della campagna e lo scricchiolio del cuoio e il mio respiro, sentivo il ritmo delle quattro zampe e degli zoccoli, la densità del terreno che passava attraverso il suo corpo massiccio e arrivava al mio e gli ritornava. Manuela mi veniva dietro con una faccia da donna selvatica e addestrata, spaventata e divertita; ha detto “E se mi parte?”.

“Se ti parte vai,” le ho detto, e ho dato coi talloni nei fianchi al mio cavallo e l’ho fatto partire al galoppo, e il suo ha preso a galoppare dietro al mio, lei ha emesso un piccolo grido acuto ma quando ho girato la testa per vederla si teneva bene in sella e aveva un sorriso di divertimento e di istinto e di semplice capacità di stabilire un contatto naturale con le cose. Le ho gridato “Hai paura?”. Lei ha gridato “No”; siamo andati giù per la pendenza come se potessimo mangiarci il paesaggio o respirarlo, con l’altezza e la velocità e il ritmo e il controllo della direzione e il rumore stagno sulla terra che ci eravamo sognati da bambini. Non c’erano ostacoli e non c’erano buche e non c’era fatica o resistenza, tutti i muscoli erano in gioco e rilassati al tempo stesso, io e Manuela separati e vicini, i due cavalli non si sarebbero mai lasciati tra loro mentre correvano sfrenati nel ritmo lungo.

Siamo scesi al galoppo fino al fiume, e l’abbiamo costeggiato al piccolo trotto, l’abbiamo guadato in un punto basso e sentivamo l’acqua gelata ma eravamo abbastanza caldi e anche i cavalli lo erano, abbiamo ripreso il piccolo trotto sull’altro lato e siamo passati attraverso la vegetazione di pioppi e carpini e querce man mano che risalivamo la pendenza di un’altra collina coltivata a erba medica non ancora cresciuta e a filari di vite ancora secchi.

Ho detto a Manuela “È incredibile come sai andare”; anche se il suo cavallo continuava a scuotere la testa e scartare e cercava di impuntarsi a tratti.

Lei ha detto “Ho imparato anni fa con il Dezza, a un cavolo di circolo ippico dov’erano tutti vestiti da caccia alla volpe”.

Mi ha fatto ridere, e la nostra comunicazione era ancora diversa, nel gioco di controllo e di abbandono che avevamo adesso con i cavalli; le ho detto “Non riesco a vederti, nella tua fase Dezza”.

“Cazzo ridi?” ha detto lei, e anche se aveva un senso acuto dell’umorismo a volte poteva perderlo nel giro di due secondi. Eravamo fuori dagli ultimi alberi, salivamo obliqui per la collina lungo un sentiero da trattori.

Abbiamo attraversato il campo in pendenza fino alla sommità dove c'era una strada sterrata, l'abbiamo seguita per un pezzo al piccolo trotto e poi siamo scesi lungo il versante opposto. Si sentivano delle voci di contadini a grande distanza; un filo di fumo di legna saliva da una casa lontana.

Manuela ha detto "Ho letto un libro di un'allieva di Jung che spiega come quando ti innamori di qualcuno gli proietti sopra i desideri e le immagini che hai dentro".

"Non c'era bisogno dell'allieva di Jung," ho detto io: parte per stuzzicarla e parte per come avevo il dente avvelenato sulla storia dell'analisi.

"Va be'," ha detto lei. "Ma lo dice bene. Come arrivi a vedere in un altro modo il carattere e i sentimenti e addirittura la faccia e il corpo di una persona, te li rimodelli davanti agli occhi per farli corrispondere a quello che vorresti. Come cambi il suo modo di essere, cambi le sue ragioni. E ci credi."

"Quando ancora non la conosci quasi, no?" ho detto io. "Quando magari ha solo un particolare che ti piace, anche solo dei capelli o degli occhi che ti piacciono, o la voce o un modo di muovere le mani, e parti da lì per farti piacere anche tutto il resto. Anestetizzi il tuo senso critico, e il senso dell'umorismo. Come guardare qualcosa con un teleobiettivo, senza la minima profondità di campo. O con un obiettivo macro, che amplifica i dettagli e toglie qualunque idea delle proporzioni reali."

"E meno conosci uno più ti sembra che possa nascondere cose interessanti," ha detto Manuela. "C'è questo fascino dell'ombra, no?"

"Sì," ho detto io, e mi è tornato in mente Mimmo Cerino come l'avevo trovato nella sua casa, la musica d'arpa sul suo stereo, ho pensato a quanto doveva avere giocato con lei in modo cinico e ultraconsapevole sul fascino dell'ombra. Ma era troppo bello parlare con lei, e il passo dei cavalli ci attraversava come un'onda di istinto terreno che smuoveva tutte le nostre sensazioni; ho allontanato a forza questi pensieri.

Manuela ha detto "Poi man mano che lo conosci e la passione si riassorbe tutto torna come è davvero. I lineamenti e il tono di voce, e i modi di essere e le ragioni che ci sono dietro. Ed è una delusione terribile, ti sembra una specie di truffa".

"Questo lo dice l'allieva di Jung?" le ho chiesto. Pensavo a tutte le volte che era capitato a me: a tutte le volte che i dettagli di una donna avevano smesso di affascinarmi per comunicarmi insofferenza crescente e alla fine fastidio.

"Sì," ha detto Manuela. "Ma è quello che succede, di solito."

Ho detto "E succederà anche a noi?" anche se in quel momento mi sembrava impossibile perdere mai l'ammirazione e l'attrazione e il desiderio di contatto che avevo per lei.

"Non lo so," ha detto Manuela. "Forse. Magari invece questa volta non ci siamo anestetizzati ed è tutto vero."

"Magari non ci sentiremo truffati," ho detto io. "Magari non stiamo usando un teleobiettivo o un macro, magari abbiamo un 50 millimetri con una prospettiva perfettamente realistica."

Il mio cavallo ha preso il trotto per conto suo, era irrequieto nei tratti piani, e quello di Manuela l'ha seguito; li abbiamo lasciati fare senza trattenerli finché sono arrivati ai primi alberi.

Siamo tornati a casa quando il sole era già sceso tra le onde di colline all'orizzonte

Siamo tornati a casa quando il sole era già sceso tra le onde di colline all'orizzonte, ho riacceso un fuoco nel camino e nelle stufe. C'era una bottiglia di vino rosso vecchio in fondo all'armadio e l'ho aperta e ho riempito due bicchieri, abbiamo bevuto seduti sul divano davanti al camino. Sentivo il vino che mi circolava nel sangue e arrivava ai tessuti insieme all'ossigeno della campagna, dilatava i miei sensi liberati dall'opacità innaturale della città. Mi era tornato il tatto e l'olfatto, e l'udito nel silenzio puro dove riuscivo a distinguere ogni piccolo schiocco della legna nel fuoco, e avevo i muscoli della schiena e delle gambe e della pancia indolenziti in un modo piacevole che mi faceva ricordare di averli, mi faceva venire voglia di fare l'amore con Manuela che mi guardava con le guance arrossate dal vino e dal calore del fuoco.

Lei ha detto "Mi tagli i capelli?".

"Perché?" le ho chiesto, e le guardavo i capelli castani chiari striati di biondo da qualche parrucchiere e dal sole dell'estate quando ancora non sapevo che lei esistesse; il tono della sua richiesta mi ha sfalsato il ritmo del cuore.

"Sono stufa di averli così," ha detto. "Prendi le forbici."

Sono andato a prenderle, come avrei potuto prendere uno strumento rozzo per tagliare con il passato; ho preso una sedia e l'ho messa davanti al fuoco, ci ho fatto sedere Manuela. Le giravo intorno con le forbici in mano, le ho chiesto "Come li vuoi?".

Lei se li è spettinati con una mano, ha detto "Corti. Taglia tutto".

"Ma sei sicura?" le ho chiesto; l'esitazione mi rallentava il respiro.

"Sì che sono sicura," ha detto lei. "Hai paura di farlo?"

Ha preso una gollata di vino, mi guardava in atteggiamento di sfida, con le labbra bagnate di rosso che sembrava sangue.

Le ho passato una mano tra i capelli lisci che odoravano appena di erbe e di sudore e del suo profumo corporeo. Ho detto "No che non ho paura". Sentivo la forma della sua testa appena sotto, la nuca le tempie e la fronte, le orecchie delicate. Ho cominciato a tagliare, a piccoli colpi cauti di forbice: scostavo con le dita una ciocca e tagliavo, scostavo e tagliavo. I capelli recisi mi restavano in mano, e da lisci e morbidi che erano diventavano quasi impalpabili, sfioccavano per terra come pure impressioni.

Manuela stava seduta dritta sulla sedia, nel modo che le veniva dal tai-chi e dalla sua postura all'arpa e dalla ricerca di un equilibrio che aveva fatto fin da bambina. E quando decideva una cosa non tornava indietro: non mi diceva di stare attento o di non rovinarla o di fermarmi in modo da potersi guardare; non mi chiedeva neanche cosa stavo facendo, non mi chiedeva uno specchio. Stava seduta dritta e silenziosa e lasciava che seguissi il mio istinto con i suoi capelli che avevano impiegato almeno due anni a crescere fino a quella lunghezza e le stavano bene così com'erano; mi interrompeva solo per prendere un sorso di vino dal suo bicchiere ogni tanto.

Anch'io bevevo, eccitato fino ai brividi a ogni colpo di forbici e spaventato dal senso di responsabilità; andavo avanti come se ogni ciocca tagliata potesse provocare un danno irreparabile. Misuravo con lo sguardo ogni gesto prima di compierlo, prendevo fiato e giravo intorno a Manuela e passavo le dita tra i suoi capelli, davo un nuovo piccolo colpo secco di forbici.

Un paio di volte mi sono fermato a un taglio intermedio, che le ammorbidiva e arrontondava un poco la faccia, ma lei si è toccata i capelli alla nuca, ha detto "Vai ancora. Non fare il vigliacco".

Così glieli ho tagliati davvero corti, una specie di taglio da ragazzo selvatico, solo che la sua testa era così femminile da farlo risultare più dolce di come sarebbe stato su un'altra. Ero sudato e con il fiato corto, apprensivo e sorpreso e divertito, il fuoco nel camino aveva scaldato ancora la stanza e il vino mi aveva scaldato dentro.

Solo allora Manuela mi ha chiesto "Come sto?".

"Bene," ho detto io; e ancora non ne ero del tutto sicuro ma mi piaceva, mi sembrava di avere tagliato via una parte almeno del suo passato e me ne sentivo in colpa e me ne sentivo sollevato.

Lei si è alzata, è andata a guardarsi allo specchio di fianco alla libreria. Girava un profilo e l'altro, si guardava di fronte come se guardasse un'altra persona che conosceva bene ma non del tutto. Non mostrava rimpianto o nostalgia; non è neanche rimasta davanti allo specchio a lungo. Sembrava sorpresa, più che altro; alla fine ha detto "Sì. Bravo" con la voce appena più sottile di prima. Ha camminato attraverso il soggiorno come una commediante, divertita dal cambiamento e dal vino e dal mio sguardo che la seguiva.

Le ho detto "Vieni qua". Lei è venuta e l'ho presa per un polso, me la sono premuta addosso. I suoi capelli adesso avevano un colore castano più scuro, prendevano riflessi dal fuoco. Abbiamo bevuto altro vino, ci carezzavamo e ci guardavamo, ci stringevamo quasi con rabbia. Con il nuovo taglio le veniva fuori meglio la faccia, anche: gli occhi le sembravano più grandi, gli zigomi più alti, le labbra più carnose; le si vedevano meglio le orecchie, mi piacevano ancora di più. Sembrava ancora più moderna di prima, più indipendente e anche più vulnerabile; ed ero contento di averla cambiata io, ed ero infiltrato di una forma strana di disperazione per quello che i suoi capelli di prima avevano vissuto senza di me.

L'ho presa, le ho tirato giù i calzoni e l'ho fatta sedere di nuovo sulla sedia davanti al fuoco, mi sono tolto la cintura e le ho legato le mani dietro la schiena, le ho assicurate al legno dello schienale. C'era una luce nel suo sguardo che si rifletteva perfettamente nel mio, un brivido di attesa nel suo corpo che mi si comunicava con una violenza lontana. Abbiamo bevuto ancora, ero in ginocchio e le porgevo il bicchiere alle labbra visto che lei non poteva muovere le mani, ed eravamo ubriachi nello stesso modo; ci respiravamo bocca contro bocca e ci guardavamo negli occhi e registravamo ogni minimo palpito uno dell'altro. Era un gioco fondo e confuso tra le mie aspettative e le sue, più concentrato di come era successo fino a quel momento, così intenso da farmi quasi paura a ogni sfioramento di pelle e a ogni respiro e a ogni battito di cuore. Oscillavamo tra gesti e immaginazioni di gesti come in un sogno a occhi aperti, dove uno riesce a decidere cosa farsi succedere ed è libero dalle leggi dello spazio e del tempo e dalla forza di gravità e dalle richieste di spiegazioni.

Le ho detto "Mi dispiace che tu sia così legata, ma non c'è niente da fare", con un'ombra cattiva che nasceva dall'idea di non riuscire a esserle abbastanza vicino comunque. E c'era un alone denso intorno a ogni mio movimento, intorno a ogni sensazione che il contatto con il suo corpo e anche solo la sua vista mi suscitavano. Continuavamo a bere vino direttamente dalla bottiglia di vetro scuro e spesso, continuavamo a sfumare la linea sottile che corre tra la realtà e l'immaginazione. Le ho aperto le gambe, l'ho sfiorata con le dita e ho sentito il calore umido che mi risaliva per le mani e le braccia fino alla spina dorsale; le ho versato altro vino in bocca e l'ho baciata, sentivo il sapore del vino mescolato a quello della sua lingua in un liquido tiepido e dolce. Sono sceso a baciarle le caviglie e i polpacci e le ginocchia e il dietro delle ginocchia, l'interno delle cosce via via più su, e lei si inarcava all'indietro e produceva piccoli suoni soffiati e aspirati, si muoveva in risposta alle labbra e alle mie dita che la solleticavano e la torturavano con lentezza. Non mi sembrava di poter perdere nessuna sfumatura di lei: ogni curva e ogni linea di giunzione e ogni avvallamento del suo corpo mi sembravano un miracolo.

Però man mano che andavo avanti il mio desiderio veniva fuori dai percorsi tortuosi e dalle sfibrature di sensazioni e dai riccioli di desideri collaterali per andare lungo un flusso più dritto. E questo flusso dritto come un torrente in piena smuoveva dal fondo tutto quello che c'era dentro di me, trascinava insieme la nostalgia e l'eccitazione e il divertimento e la noia e il bisogno di vicinanza e il senso di perdita, mescolati e intorbiditi fino a essere indistinguibili. Ho sciolto la cintura che legava Manuela, l'ho stretta forte tra le braccia, le ho detto "Madonna cosa sei" e la baciavo dappertutto con il sangue che mi scorreva rumoroso nelle vene e lacrime agli occhi per come mi sembrava di essere padrone di quel momento della nostra vita e per come mi sembrava di averlo già perduto e di essere già oltre nel tempo.

Ma non l'avevo ancora perduto; ho preso Manuela per un braccio e l'ho portata nella camera da letto accanto e ci siamo tolti tutti i vestiti di dosso, ci siamo fatti travolgere senza più la minima resistenza dal torrente in piena che avevamo dentro. Era anche un genere musicale di torrente in piena; trascinava note e suoni di sentimenti diversi e li mescolava, li faceva rotolare sul fondo e li riportava verso la superficie. Manuela rispondeva a ogni mio gesto in un tempo così breve che il mio gesto e la sua risposta mi sembravano due note di uno stesso accordo; era come andare su e giù in un'acqua rapida di onde sonore, a precipizio per secondi interi e lungo curve e rallentamenti in piano e a sobbalzi per tratti ondulatori. Non riuscivo a distinguere una sola linea melodica perché ero troppo dentro la musica, percepivo solo i colori e l'intensità delle note e le variazioni continue del ritmo, le onde ravvicinate ed estese e ravvicinate delle vibrazioni sonore. Manuela cambiava le sue note a seconda di quello che suonavo io, rispondeva e si chiudeva e si apriva e passava da un registro all'altro, calda e morbida e quasi ferma e mobile e ripetuta e imprendibile e fredda e rapida e lenta e pesante e leggera com'era, così che nessuno dei miei movimenti riusciva mai davvero a prevalere se non corrispondeva a un suo movimento complementare, nessuno slancio trovava strada se non aveva la stessa temperatura del suo sguardo.

La premevo contro il cuscino ammorbidito dall'umidità della casa quasi abbandonata, tra le lenzuola riscaldate dalla nostra presenza che si allargava come un'aura fino a raggiungere le pareti e appannare i vetri delle finestre, ed ero preso dai suoi occhi quanto dal suo sedere e dalle sue cosce e dai suoi capelli corti e dalle sue labbra e dal suo modo di respirare e dal fuoco nel camino nella stanza accanto e dal vino che avevamo bevuto e dalla pozza d'acqua calda la notte prima e dall'andatura dei cavalli e dalla musica che lei aveva suonato nell'opera e dai gesti che faceva e dallo sguardo che aveva mentre suonava. In qualunque punto la toccassi mi sembrava di toccare tutte queste cose e di sentirle rispondere allo stesso modo, e provavo un'esaltazione senza limiti e un senso concentrato di precarietà, come può capitare a uno che sale sulla cima di una montagna e si mette a gridare che è sua e sa che poco dopo dovrà scendere ma ci crede lo stesso.

E ci credevamo tutti e due sempre di più, il senso di precarietà si è ridotto e ridotto come un paesaggio che arretra nella distanza; i nostri gesti incontravano sempre più resistenza nell'aria sempre più densa, i pensieri e le sensazioni erano sempre più mescolati e confusi nei nostri respiri e nel caldo dolce appiccicaticcio e scivoloso dei nostri corpi, nell'addossamento di onde che si avvicinavano e avvicinavano fino a fondersi in un'unica vibrazione estesa a coprire tutto quello che è possibile sentire e raccogliere dal mondo, rallentata fino quasi all'immobilità per un solo istante prima di rompersi in una contrazione ed estensione e contrazione di tutti i respiri e le luci e i colori e le forme e le consistenze dell'universo percepibile.

Poi siamo rimasti fermi abbandonati sulla schiena, senza più cuore e senza più respiro, con appena la forza di girarci su un fianco e guardarci, sconvolti e inondati di sentimenti liquidi come eravamo.

Manuela ha detto "Eeeehi", in una voce di gola appena distinguibile: con gli occhi socchiusi, il corpo liscio e generoso disegnato di curve morbide nella penombra.

"Eeeehi," le ho detto io nello stesso tono, e sapevo benissimo che non c'era nessuna parola da cercare o da trovare, non c'era verso né ragione.

Dalla finestra a est entrava la luce della luna

Dalla finestra a est entrava la luce della luna: la vedevo se alzavo di poco la testa, tonda e bianca quasi come la notte prima. Cercavo di capire dal respiro di Manuela se dormiva o era sveglia come me; mi sono avvicinato a pochi centimetri dalla sua bocca per sentire. Lei ha detto "Sei sveglio?".

"Sì," ho detto io. "Non riesco a riaddormentarmi."

"Provaci," ha detto Manuela sottovoce.

"Anche tu," ho detto, ancora più piano di lei; ho allungato una mano a sfiorarle i capelli corti, quasi non mi ricordavo di averglieli tagliati.

Siamo stati zitti qualche minuto, ma nessuno dei due riusciva più a dormire: continuavamo a girarci e scivolare tra le coperte, non c'era altro rumore nella stanza o in tutta la casa.

Alla fine lei si è tirata su con un sospiro, ha detto "Allora?".

Ho detto "Pensavo ai discorsi di ieri, o dell'altroieri, non so neanche più quando. Ho la testa piena di frasi e di domande che girano in tondo".

"Quali discorsi?" ha detto lei, la sua voce tesa e fragile come la mia, tutte e due voci da costeggiatori di pericoli.

"L'arco d'amore," ho detto io. "Il fatto che ogni storia ha una linea curva che sale e poi scende ed è finita, la puoi vedere da lontano come un tubo al neon colorato."

"Eh," ha detto Manuela; si è raccolta meglio il piumino, non riuscivo a vedere il suo sguardo nella luce debole e fredda della luna, non mi sembrava né vicina né lontana.

"A che punto siamo del nostro arco, secondo te?" le ho chiesto.

Lei ci ha pensato; lo spazio intorno era vuoto, senza misura. Ha detto "Molto in alto, credo".

"In questo momento?" le ho chiesto. "O prima quando facevamo l'amore?"

Manuela ha detto "Anche quando andavamo a cavallo o eravamo nella pozza calda, o eravamo in cucina. Anche quando ci parlavamo soltanto, o ci guardavamo soltanto".

"Perché hai già questa specie di tono di nostalgia?" le ho chiesto; e non sapevo se le rovesciavo addosso i miei sentimenti o era viceversa, i miei sentimenti sbattevano contro le pareti dei miei pensieri come uccelli selvatici chiusi in gabbia.

Lei ha detto "Non ho nessun tono di nostalgia. È notte. Dormivo, fino a dieci minuti fa".

"Però non pensi che ci sia un punto ancora più in alto?" le ho chiesto. "Che possiamo andare ancora oltre?"

"Non lo so. Forse," ha detto lei. "Ma dove vorresti arrivare? Non ti basta così?"

"Sì che mi basta," ho detto io. "Però se siamo al punto più alto vuol dire che da qui possiamo solo scendere, e non ne ho voglia. Non ho voglia di nessun arco del cavolo. Voglio una linea diagonale che sale soltanto, o almeno una linea che continua dritta all'infinito."

Lei ha riso, ma era un riso soffiato come un sospiro, ha detto "Anch'io".

"E secondo te quanto dura un arcodamore?" le ho chiesto. "La parte vera, non quella che poi magari continua sottoterra come uno scavo di talpa."

"Dipende," ha detto lei.

"Ma in media?" le ho detto. "Qual è la tua media? Qual è il tuo massimo? Per quanto sei riuscita a essere davvero innamorata e presa e piena di passione?"

"Non lo so," ha detto lei di nuovo, ma ci pensava; non riuscivo a vederle gli occhi. Ha detto "Due anni, forse".

"O forse un anno e mezzo?" ho detto io. "O un anno? O anche solo sei mesi, se dici proprio la passione pura, quando la smania di vedere qualcuno ti consuma qualunque gesto e dà un altro senso a qualunque cosa fai? Prima che tutto cominci a diventare più realistico e si sedimenti e si fissi? Prima di cominciare a guardare fotografie invece di guardare un'immagine in movimento continuo?"

"Forse," ha detto lei; si è appoggiata più indietro alla parete, in una zona di aria più densa e scura. Ha detto "Ma ho sempre sperato che invece una volta sia diverso e duri per sempre".

"Ma tutti lo sperano," ho detto, e avrei voluto avvicinarmi e toccarla, rompere l'argomento e non riprenderlo più. Ma ero quasi paralizzato, avevo un ghiaccio cristallino nel sangue; ho detto "Tutti sperano che duri per sempre, e invece dura sei mesi o un anno o due al massimo. Finisce ogni volta, non c'è niente da fare. Non importa quanto era forte e quanto ci credevi all'inizio".

Lei ha allungato i piedi, guardava in alto nel semibuio. Ha detto "Forse ci sono dei modi per fare durare le cose più a lungo. Stare attenti a non soffocarsi e non pesarsi sempre addosso e non bruciare tutto quello che c'è da bruciare".

"Io non ci riesco," le ho detto con uno scatto nella voce, come un selvaggio che cerca di ribellarsi alle leggi di un paese più civile. "Se sono preso non riesco a non avere voglia di vederti e toccarti tutto il tempo, non riesco a misurare niente. Non sono ragionevole. Non sono saggio."

"Ma neanch'io," ha detto lei, rideva. "Però forse una storia può anche evolversi e diventare più matura e durevole, non so. Forse due possono costruire delle cose e fare dei figli e crescere e còntinuare a volersi bene, spostarsi su piani diversi, man mano."

"Ma la passione?" le ho chiesto, e ghiacciato dentro com'ero mi sembrava di essere così lucido da riuscire a vedere le cose fino ai loro confini più distanti, e quello che vedevo mi riempiva di nuovo sgomento.

"Diventa un'altra cosa, forse," ha detto Manuela. "Forse diventa un arco asimmetrico, che sale e poi scende molto più lento di come è salito, con una curva lunga di affetto profondo, comprensione, non so."

"A me non interessa l'affetto profondo," ho detto io, di nuovo con uno scatto. "Quello ce l'ho già per i miei figli e per le donne che ho avuto e per la mia famiglia e per gli amici. E non saremo mai così saggi e sereni ed equilibrati, noi due, anche se ci provassimo. Non è il genere di storia che si evolve e diventa ragionevole e matura, la nostra."

Lei si è girata su un fianco, e quasi riuscivo a leggere il suo sguardo anche se non lo vedevo, speravo che almeno provasse a smentirmi o mi indicasse un'incrinatura sottile da qualche parte. Invece ha detto "Lo so".

Sono rimasto fermo, respiravo lento e sentivo il peso del piumino sopra di me, la consistenza del materasso a molle sotto di me, guardavo la luce azzurrina dove si stemperava nello scuro. Alla fine ho detto "E se uno non ha voglia di vedere scendere l'arco cosa deve fare? Tagliarlo nel momento migliore? Senza aspettare? Saltare giù come si salta da una finestra?".

Manuela ha detto "Non lo so. Ho sonno".

E avevo sonno anch'io, e non ne avevo, la casa era immersa nel silenzio più prodigioso, nel cuore della campagna vuota per chilometri e chilometri. Sono riuscito a muovermi dalla mia posizione, sono rotolato verso di lei, le ho steso un braccio e una gamba sopra.

Poi ero sveglio di nuovo, o non mi ero mai addormentato o avevo dormito solo a intervalli, mi passavano scatti di immagini in testa e scatti di tensione nelle gambe. E mi sembrava di essere sul punto di morire: mi sembrava di avere dentro una condensa di sentimenti così vischiosa e spessa da non lasciarmi respirare, fermarmi il cuore. Mi tornavano in mente frammenti delle frasi che io e Manuela ci eravamo detti prima, e non ero neanche sicuro di ricordarmele giuste, o di riuscire a distinguere quelle dette da quelle solo immaginate, o le mie dalle sue, ma il loro senso era forse ancora più concentrato per questo.

Manuela non si muoveva, ma dal suo respiro o dalla consistenza dell'aria sentivo che doveva essere sveglia come me; ho detto "Dormi?" con appena un soffio di voce.

Lei ha detto "No". Si è girata verso di me, il fruscio delle lenzuola mi è sembrato così forte da riempire la stanza.

Guardavo verso di lei nella penombra, affacciato su una possibile frase come da un cornicione alto; alla fine ho detto "Senti, l'altra sera a Milano è successa una cosa un po' brutta. Dopo la storia dei due tipi in macchina sotto casa tua". Non riuscivo a decidermi per un tono, me ne veniva uno tutto sbalzi e slittamenti di registro.

Lei si è tirata su; ha detto "Sei andato da Cerino?".

"Sì, ma era morto," ho detto io.

Manuela ha acceso la luce sul comodino: di colpo lo spazio tra le nostre due persone è cambiato, ci guardavamo nella luce gialla e respiravamo lenti come due animali in trappola.

"È vero," ho detto io, con i lineamenti tesi nel modo più innaturale. "Sono andato da lui perché volevo dirgli di smetterla di perseguitarti o anche spaccargli la faccia, e invece era morto. C'era la porta aperta e sono entrato e l'ho trovato lì."

"Morto come?" ha detto lei; mi guardava di traverso, e più mi guardava di traverso più mi sentivo a disagio.

Ho detto "Morto. Era impiccato. Appeso a una scala subito dopo il soggiorno. C'era vomito dappertutto. C'era un odore tremendo". Non sapevo perché aggiungevo questi dettagli o perché avevo scelto quel momento per dirglielo, che effetto avrebbe avuto su di noi. Ho detto "Si è ammazzato, o l'hanno ammazzato, non so. Era lì".

E dovevo avere un'aria abbastanza stravolta da convincerla che era vero, ma questo non ha fermato il sospetto che le vedevo salire nello sguardo. Ho allungato una mano a toccarle un braccio e lei si è scostata, ho fatto in tempo a sentire il tremito che la attraversava.

Le ho detto "Non pensi mica che sia stato io?".

Lei è stata zitta, e continuava a guardarmi, la tensione correva nel suo modo di stare seduta, caricava l'aria nella stanza ferma e senza suoni.

Ho detto di nuovo "Cosa cavolo pensi, che l'abbia ammazzato io davvero?". E siccome non mi rispondeva l'ho ripresa per un braccio e l'ho scossa; lei ha lanciato un grido nella sua voce acuta, come se avesse paura che volessi ammazzare anche lei.

Le ho detto "Cerchiamo di ragionare, per piacere. Cerchiamo di restare lucidi. Non facciamo gli scemi. Cerchiamo di essere maturi".

"Sei tu che non sei maturo," ha detto lei, si ritraeva al margine del letto. Lo sguardo le si è incrinato, la sua posizione si è rotta; ha gridato "Sei tu che sei un mostro. L'avevi detto che volevi ammazzarlo".

“Ma erano parole, Manuela,” ho detto io, in oscillazione sempre più instabile tra un tono pacato e un tono fuori controllo. Le ho quasi gridato “Ho la faccia da assassino, secondo te? Ti sembra che potrei davvero andare ad ammazzare uno così?”.

“Sì,” ha gridato lei. “Potresti benissimo farlo. Sei la persona più violenta che conosco. Sei cattivo. Sei un pazzo maniaco ossessivo.”

Piangeva molto peggio del modo melodrammatico che avevo visto a casa sua, era scossa e travolta senza ancoraggi. Mi sono avvicinato ancora, le ho detto “Smettila di dire scemenze, Manuela. Cerchiamo di stare vicini, porca miseria”.

Lei si è scostata con violenza, ha gridato “Lasciami stare, sei un mostro! E sorridi anche!”.

Non sorridevo affatto, anche se la tensione mi aveva tirato i lineamenti nel modo più innaturale; l’ho presa per un braccio, ma lei si è strappata via, non mi sembrava di avere abbastanza forza nella mano. Ha gridato di nuovo “Sei un porco, sei un bastardo!”, e ha cercato di alzarsi e io ho cercato di tenerla nel letto, l’ho afferrata per tutte e due le braccia e lei mi ha dato un morso a un polso, scalciava come una specie di cavalla alle strette. La sua violenza autodifensiva mi arrivava addosso così intensa e priva di limiti da suscitarmi dentro un sentimento che vibrava sulla stessa frequenza: le ho gridato “Smettila, bastarda tu, cerca di ragionare!”. Le ho gridato “Stammi a sentire!”; le ho gridato “Guardami negli occhi!”; e prendevo colpi al petto e alle braccia e alle gambe e alla testa ma non mollavo la presa e continuavo a stringerla e scuoterla e tenerla vicina e cercare di ristabilire una comunicazione di sguardi almeno. Ci respiravamo addosso e facevamo piccoli grugniti e ansimii di sforzo e di frustrazione, con tutti i muscoli tesi allo spasimo, i sentimenti ormai in frammenti aguzzi che si conficcavano nelle nostre percezioni e le laceravano come stoffe sottili di colori diversi. C’era una parte di senso di liberazione in questo, una parte di attrazione per gli abissi che avevamo costeggiato da quando ci eravamo messi insieme; la familiarità si era rovesciata in estraneità come una faccia in uno specchio, al punto che non riuscivo a riconoscere il suo sguardo e lei non riusciva credo a riconoscere il mio, non riconoscevamo le nostre voci né i pensieri dietro le voci.

E mi è salita dentro una rabbia furiosa verso di lei, come acqua torbida che sale dal fondo di un pozzo, carica di incomprensione ed equivoci e desideri ribattuti e difficoltà di stare insieme, richieste non esaudite e ricerche fermate a metà e interpretazioni di gesti e di toni di voce, attenzione estrema e vicinanza estrema e lontananza estrema. L'irrazionalità di Manuela e la sua autonomia e il suo carattere mutevole e le ombre che mi avevano attratto a lei adesso mi sembravano minacce sorde e attacchi al mio equilibrio mentale e a tutto quello che ero riuscito a tenere insieme fino a quel momento; le ho gridato "Sei tu la pazza! Sei talmente impregnata dello schifo del tuo passato che non riesci a immaginarti che qualcuno possa essere diverso!". La mia voce grattava l'aria nel modo più sgradevole, risuonava tra le pareti in un modo che mi faceva quasi male alle orecchie, carica com'era di verità e opposti di verità, impressioni e dati di fatto e pensieri e parole e sentimenti che non avrei mai neanche pensato di avere dentro.

Manuela mi ha sputato in faccia, saliva acida di stati d'animo inaspriti e avvelenati al limite estremo; ha gridato "LASCIAMI BASTARDO, NON TI VOGLIO MAI PIÙ VEDERE IN VITA MIA!". Ha gridato "SEI LA PERSONA PIÙ SCHIFOSA DEL MONDO! TI ODIO!". E io le ho gridato "ANCH'IO TI ODIO!"; le ho gridato "SEI UNA PERSONA ORRENDA! SEI UNA EGOCENTRICA INFANTILE E IGNOBILE!". E ancora continuavo a cercare di tenerla ferma e questo non faceva che esasperare la violenza delle nostre voci e dei nostri gesti e dei nostri sentimenti, ci portava ancora più in un territorio senza contorni. Cerino morto non c'entrava più niente, la rabbia e il rancore e il sospetto e l'offesa e il disprezzo e l'estraneità nascevano da ragioni così fonde e indefinite da travolgere qualunque paratia di consapevolezza. Ci gridavamo contro e ci spingevamo e strattonavamo per quello che avremmo voluto uno dall'altra e per quello che ci eravamo dati, per quello che ci eravamo aspettati o promessi senza neanche dirlo; per come ci immaginavamo di essere e come avremmo voluto essere, come eravamo stati prima e come saremmo diventati. Tutto ci si mescolava e confondeva dentro nella maniera più brutta, e stavamo diventando brutti noi stessi, ansimanti e contratti come due esseri primordiali in una lotta sorda.

Lei è riuscita a farmi mollare la presa con un calcio delle gambe forti, è saltata giù dal letto e sono saltato giù anch'io e ho cercato ancora di fermarla, e la situazione si era dilatata e deformata al punto di non farmi neanche più capire perché lo facevo. Ci siamo strattonati e spinti con violenza ancora peggiore, e Manuela ha preso un vaso antico di terracotta da una mensola e me l'ha tirato contro e mi ha mancato e il vaso è andato in pezzi contro la parete, e io le ho storto un braccio dietro la schiena e lei mi ha tirato i capelli con la mano libera, si è svincolata in parte e ha fatto volare a terra dei libri e una scatola di pastelli colorati prima che io riuscissi ad afferrarla di nuovo. Lottavamo senza senso, nudi e sconvolti dalla rabbia, nel rumore di legno e carta e vetro e piedi e ginocchia sul pavimento e struscii di pelle contro pelle e soffi e respiri, e mi sembrava a tratti di distinguere tra la rabbia e il rancore e l'offesa e il resto un sentimento simmetrico all'amore che non era proprio odio ma qualcosa di più violento e caldo e difficile da fermare.

Poi stavo di fronte a Manuela senza più cercare di toccarla e ci guardavamo, e tutti i sentimenti ci si sono raffreddati dentro allo stesso tempo, senza per questo perdere intensità. Lei ha cominciato a raccogliere i suoi vestiti da terra, e io a raccogliere i miei; ci muovevamo tra le tracce dell'amore della sera prima senza dire una parola, senza capire ancora come le cose avevano potuto cambiare in modo così drammatico, e perché.

Quando abbiamo finito di vestirci Manuela ha detto "Mi riporti a Ferrara o a un treno qualsiasi, per piacere?". Stava dritta, con una mano su un fianco, come se si rivolgesse a qualcuno molto più in basso di lei dopo essere sopravvissuta con grande dignità a una catastrofe.

Le ho detto "Certo. Ti porto subito. Non ti voglio vedere mai più". Non riuscivo quasi a muovere le labbra tanto ero pieno di sentimenti freddi; ho chiuso gli scuri delle finestre, e fuori e dentro la stanza c'era già la luce biancastra del mattino, non ce n'eravamo neanche accorti.

Ho riportato Manuela in macchina fino a Ferrara

Ho riportato Manuela in macchina fino a Ferrara. Stavamo zitti: io guidavo e lei guardava fuori, ogni tanto accendeva una sigaretta e ogni tanto sonnecchiava. Le comunicazioni erano tagliate, nessuno dei due ha provato a fare tentativi di recupero. Le davo solo un'occhiata laterale a intervalli lunghi, e lei faceva credo lo stesso con me, per il resto era come se viaggiassimo in contenitori paralleli perfettamente stagni. Avrei voluto odiarla, ma non ci riuscivo abbastanza a lungo; non riuscivo a rintracciare neanche il sentimento molto vicino all'odio che avevo provato durante la nostra scena selvaggia. Il massimo che riuscivo a sentire era distanza e rancore e offesa, e compiacimento pallido e freddo all'idea che tutto fosse finito a un punto così alto del nostro arco, come uno potrebbe compiacersi di annegare giovane o di vedersi bruciare sotto gli occhi una casa in cui è appena andato ad abitare.

Ci siamo fermati a mangiare e bere qualcosa in un autogrill sull'Appennino, camminavamo tra gli scaffali pieni di scatole di biscotti e caramelle e salumi e formaggi come due estranei, legati dal filo sottile di un breve viaggio insieme quasi finito. Manuela ha preso un giornale, l'ha sfogliato finché ha trovato nelle pagine interne un articolo che parlava di Cerino. Ho preso una copia anch'io: leggevamo le stesse righe a distanza di qualche metro. La notizia della morte dovevano averla data il giorno prima con più risalto; l'articolo diceva solo che la polizia stava facendo delle verifiche ma sembrava un vero suicidio in ogni caso, era probabile che Cerino si fosse ammazzato perché stavano venendo fuori i suoi traffici finanziari illegali e altre storie di violenze nelle comunità, un ex rieducato l'aveva accusato anche per l'omicidio di Milesi e un pretore stava per mandargli un avviso di garanzia. Era l'ottavo suicidio da quando erano partite le prime inchieste giudiziarie che avevano sconvolto il nostro paese; nessuno aveva niente di molto commovente da dire su di lui.

Sapere come Cerino era morto non ha cambiato niente tra me e Manuela; abbiamo ripiegato i giornali e li abbiamo rimessi al loro posto nello scaffale, siamo usciti dalla porta a vetri dell'autogrill senza dirci una parola o scambiarci un'occhiata diretta. C'era una distanza senza misura tra noi, ha continuato a crescere con ogni chilometro che facevamo seduti fianco a fianco. Ogni tanto la guardavo ancora, e il suo profilo dalla fronte ostinata non mi comunicava più niente, i suoi capelli corti non mi intenerivano più, il suo modo da teppista di appoggiare i piedi sul cruscotto mi dava solo fastidio. Sapevo che sarebbe successo comunque: che avremmo trovato uno qualunque di mille possibili pretesti per tagliare a metà i nostri sentimenti in modo irrecuperabile.

A Ferrara il tempo era nebbioso e grigio come lo avevamo lasciato; ho guidato fino all'albergo di Manuela nel piazzale della stazione, provavo solo sollievo all'idea di lasciarla lì e non vederla mai più. Ho fermato la macchina, sono sceso ad aprirle la portiera ma lei era già scesa per conto suo. Ci siamo guardati negli occhi per la prima volta da ore, in piedi sul marciapiede sotto il brutto porticato di cemento, e ho pensato a darle una mano o anche abbracciarla o almeno dirle qualche genere di frase definitiva. Invece le ho detto "Ciao" e ho abbassato lo sguardo e sono venuto via, e lei ha detto "Ciao" nello stesso identico tono ed è andata verso la porta automatica dell'albergo, l'ho vista sparire dentro proprio mentre richiudevo lo sportello della macchina.

Sono andato lungo i viali della semiperiferia pieni di macchine e camion e autobus e gente lungo i marciapiedi, e ogni edificio e ogni portone e ogni fila di finestre mi comunicavano la stessa estraneità assoluta. Il paesaggio mi sembrava del tutto incomprensibile, non riuscivo a capire il senso di nessuno dei mille movimenti che mi si incrociavano intorno; e non era la mia città ma non mi sembrava di averne un'altra più familiare a cui tornare, non avevo voglia neanche di pensarci. Mi sono fatto prendere dalla vertigine di questa mancanza di significati, ho lasciato che mi trascinasse in giri e controgiri senza direzione e senza scopi, con una pura attenzione meccanica per i movimenti del volante e della leva del cambio e dei pedali sotto i miei piedi.

Ogni tanto mi veniva in mente Manuela la notte prima, o all'alba, o quando l'avevo lasciata davanti all'albergo: mi venivano in mente la sua faccia e la sua voce e i suoi sguardi e le sue parole, e mi sembravano incomprensibili quanto le case e le macchine che avevo intorno. Non riuscivo a capire come un uomo e una donna che non si conoscono possano passare in breve tempo dalla curiosità più leggera e giocosa al più cupo e fondo desiderio di possesso, e dal desiderio di possesso frustrato alla rabbia, e dalla rabbia frustrata al rancore, e dal rancore all'odio più sordo e difficile da rintracciare. Non capivo i passaggi di queste trasformazioni, né la natura delle scie che si lasciavano dietro, né il colore o i contorni dei sentimenti che mi passavano attraverso.

Poi a brevi tratti mi sembrava di vedere le cose dal punto di vista di Manuela, ed era strano: mi sembrava di vedere me, attento e curioso e caldo e gentile ma sempre con una porta da chiudere se ce n'era bisogno. Mi sembrava di vedermi con ancora più richieste di lei, ancora più ansioso di rassicurazioni e spiegazioni e gesti e ragioni, pronto a scavare fino in fondo alla sua vita ma disposto a lasciarla entrare solo di molto poco nella mia in cambio. Durava poco; subito dopo vedevo di nuovo lei all'alba, deragliata e violenta e intollerabile, ritrascinata dai suoi impulsi a un passato di cui non facevo parte.

C'erano singole immagini che mi affioravano alla mente come fotografie: Manuela nuda a casa sua che mi portava yogurt e mandarini su un vassoio di legno blu, lei che suonava l'arpa nel mio studio, lei che sorrideva sospesa tra due sentimenti, lei che faceva mosse di tai-chi e mi guardava, lei molto da vicino mentre facevamo l'amore. Queste immagini arrivavano e se ne andavano, e con loro i pensieri che si portavano dietro, nessuno abbastanza persistente da poterlo considerare la verità o anche solo l'indizio di una possibile verità.

Mi venivano anche pensieri molto più dalla mia parte: pensieri amici o addirittura servi di pensieri, che mi davano ragione e richiamavano altre immagini a confortarmi: Manuela che mi sputava in faccia e mi tirava addosso oggetti la notte prima, che mi prendeva a pugni e calci e morsi, che mi guardava piena di rabbia e rancore e astio cieco e sordo e mi urlava contro con le vene del collo gonfie e tutto il corpo teso nell'esasperazione più insensata. Cercavo di costruire muri con questo secondo genere di immagini; mettevo gesti e gesti e gesti e sguardi e sguardi e sguardi uno di seguito all'altro per creare una barriera permanente tra i miei pensieri e lei. Lo stesso c'era sempre un margine dl vulnerabilità negli sguardi che mi ricordavo, un riflesso incerto anche nella rabbia più feroce, che rovesciava il senso di ogni gesto e di ogni frase nel suo esatto opposto, me li faceva tornare indietro a minare i tentativi di muri che avevo tirato su.

E mentre guidavo a caso per la città esterna la luce se n'è andata poco a poco, e l'estraneità poco a poco si è ritratta dal paesaggio intorno come un lago che si prosciuga, fino a condensarmisi nel cuore in un senso di vuoto così forte che mi sono dovuto fermare. Mi sembrava di essere rimasto intrappolato in un sogno sbagliato che era andato avanti ad acquistare contorni per conto suo ed era diventato solido e fermo e implacabile come un condominio di cemento, e non ero neanche più sicuro di come era cominciato. Non capivo come avevo potuto provare sollievo all'idea di non rivedere più Manuela; come avevo potuto la notte prima farle discorsi da romantico marcio sulla lunghezza degli archi d'amore e la bellezza di buttarsi giù dal punto più alto. Non capivo come i pensieri più inconsistenti una volta tradotti in parole possano incidere sulla realtà con la stessa forza dei dati di fatto, riescano a modificarla e lasciarla modificata con il loro peso. Non capivo come dei semplici suoni concatenati possano cancellare intere concatenazioni di gesti, e cambiare il senso di una storia dalla fine verso l'inizio, scavare veri abissi di fronte a cui qualunque ponte sospeso di semplici suoni concatenati sembra inadeguato.

Ho rimesso in moto, ho cercato di rintracciare la strada

verso l'albergo di Manuela. Volevo solo rivederla, anche se non avevo idea di cosa dire o cosa fare una volta davanti a lei perché mi sembrava di avere smesso completamente di pensare, ero trascinato avanti da un flusso di sensazioni non articolate e non tradotte che diventava più forte ogni dieci metri di strada e mi faceva passare con il rosso e scavalcare corsie e tagliare incroci nel modo più selvaggio. Ero sicuro che se non l'avessi trovata subito sarebbe stato troppo tardi, e anche questo lo sentivo più che pensarlo, non avevo giudizi o riferimenti razionali per capire quanto le mie sensazioni erano fondate e da dove venivano. Guidavo come un pazzo, con il cuore che mi batteva sempre più veloce.

Sono arrivato al piazzale della stazione, ho frenato davanti all'ingresso dell'albergo e sono corso dentro. L'impiegata al banco della reception era curva su un registro, ha alzato la testa con una lentezza abissale.

Le ho detto "Mi chiama Manuela Duini, per piacere?"; senza neanche provare a calibrare il volume della voce.

Lei ha girato la testa verso il quadro delle chiavi alle sue spalle, lenta come un animale sottomarino. Ha detto "Non c'è".

"Quando è uscita?" le ho chiesto; e sapevo che non sarei mai andato a cercarla in teatro e non l'avrei aspettata all'uscita dallo spettacolo né le avrei telefonato dopo, anche se non sapevo la ragione e non riuscivo a pensarci.

L'impiegata ha alzato appena le spalle, ha detto "Non so" come se la sua voce e il suo sguardo arrivassero davvero da qualche profondità semitrasparente.

Sono corso fuori e saltato in macchina e uscito dal piazzale, ed era buio ormai e la nebbia era diventata più densa anche se non capivo quando era successo. Il cuore mi batteva a scatti, non lo sentivo localizzato in nessuna parte del corpo mentre andavo per il viale enorme che portava verso il centro e guardavo di lato e speravo tutto il tempo di vedere Manuela lungo il marciapiede. Ma non c'era nessuno che camminava, c'erano solo macchine e camion con i fari accesi e qualche bicicletta sul lato; guidavo sempre più lento nella nebbia fitta, e il flusso di sensazioni non articolate mi si era rallentato dentro allo stesso modo anche se continuava a trascinarmi avanti. Non capivo per quanto l'avrebbe fatto ancora: mi sembrava di essere sull'orlo di un arresto definitivo, e subito dopo mi sembrava di avere ancora un minimo margine di movimento, subito dopo di non averne più.

Ho fermato la macchina e sono sceso, e c'erano solo alberi sottili e spogli nella nebbia, ed ero così perso che tutti i sensi di perdita della mia vita fino a quel momento facevano ridere in confronto. Le mie sensazioni erano senza contorni e sfumate come i miei pensieri; mi era rimasta solo una specie di capacità ottica di registrazione, come la gelatina sensibile sulla superficie di una pellicola. E su questa gelatina sensibile poco alla volta è affiorata una figura, e la figura prendeva familiarità man mano che si definiva attraverso la nebbia; e quando è stata a quattro metri da me le mie sensazioni e i miei pensieri avevano gli stessi contorni precisi dei suoi lineamenti, il cuore mi si è rallentato ancora fino quasi a fermarsi.

Ci siamo guardati a breve distanza, non dicevamo niente. Manuela Duini ha inclinato appena la testa; ha sorriso nel modo più trattenuto e incerto e pieno di luce che avessi mai incontrato in vita mia.

Indice

ANNOTAZIONI

ANNOTAZIONI

ANNOTAZIONI

ANNOTAZIONI

ANNOTAZIONI

ANNOTAZIONI

ANNOTAZIONI

ANNOTAZIONI

ANNOTAZIONI

ANNOTAZIONI

Bompiani ha raccolto l'invito della campagna
"Scrittori per le foreste" promossa da Greenpeace.
Questo libro è stampato su carta riciclata senza cloro
e non ha comportato il taglio di un solo albero.
Per maggiori informazioni: http://www.greenpeace.it/scrittori/

I GRANDI Tascabili Bompiani
Periodico quindicinale anno XVIII numero 1045
Registr. Tribunale di Milano n. 133 del 2/4/1976
Direttore responsabile: Elisabetta Sgarbi
Finito di stampare nel mese di febbraio 2008 presso
il Nuovo Istituto Italiano d'Arti Grafiche - Bergamo
Printed in Italy

RCS Libri
ISBN 978-88-452-6086-5